MATTHIAS P. GIBERT
Unkrautkiller

MATTHIAS P. GIBERT
Unkrautkiller
Lenz' 16. Fall

GMEINER SPANNUNG

Bisherige Veröffentlichungen im Gmeiner-Verlag:
Paketbombe (2016), Halbgötter (2015), Müllhalde (2014),
Bruchlandung (2014), Pechsträhne (2013), Höllenqual (2012),
Menschenopfer (2012), Zeitbombe (2011), Rechtsdruck (2011),
Schmuddelkinder (2010), Bullenhitze (2010), Eiszeit (2009),
Zirkusluft (2009), Kammerflimmern (2008), Nervenflattern (2007)

Besuchen Sie uns im Internet:
www.gmeiner-verlag.de

© 2016 – Gmeiner-Verlag GmbH
Im Ehnried 5, 88605 Meßkirch
Telefon 0 75 75 / 20 95 - 0
info@gmeiner-verlag.de
Alle Rechte vorbehalten
1. Auflage 2016

Lektorat: Sven Lang
Herstellung: Mirjam Hecht
Umschlaggestaltung: U.O.R.G. Lutz Eberle, Stuttgart
unter Verwendung eines Fotos von: © 31moonlight31 / Fotolia.com
Druck: GGP Media GmbH, Pößneck
Printed in Germany
ISBN 978-3-8392-1958-4

Personen und Handlung sind frei erfunden.
Ähnlichkeiten mit lebenden oder toten Personen
sind rein zufällig und nicht beabsichtigt.

PROLOG

Kassel, 20.02.2016

»Was für eine riesige Beerdigung«, sagte Verena Kramer leise mit Blick auf die Masse an Menschen unter ihren Regenschirmen. In ihrer linken Hand hielt die etwa 40-jährige Frau ein Taschentuch, mit dem sie sich immer wieder über die Wangen fuhr.

»Ja, das habe ich auch eben gedacht«, erwiderte ihr Mann Sigmar. »Ich glaube, es ist ein Polizist gestorben. Zumindest habe ich das vorhin, als wir gekommen sind, irgendwo aufgeschnappt.«

Ein pechschwarz gekleideter Mann trat auf die beiden zu und folgte ihren Blicken. »Es ist ein Polizist, der dort zu Grabe getragen wird«, erklärte er ungefragt. »Der Pressesprecher des Polizeipräsidiums Nordhessen, um genau zu sein.«

»Ach«, machte Verena Kramer.

Er nickte. »Knapp über 50. Herzinfarkt.«

»Woher wissen Sie das?«

»Ich bin Grabredner und war für die Beerdigung vor dieser engagiert.«

»Grabredner?«, wiederholte sie ungläubig. »Ist das ein Beruf?«

»Nun ja, ein richtiger Beruf vielleicht nicht, aber ich komme ganz gut zurecht.«

»Und wer engagiert Sie?«

»Viele Menschen, die nicht konfessionell beerdigt werden möchten und deren Verwandtschaft die Grabrede nicht selbst halten kann oder will.«

»Und …« Die Frau brach ab, weil sich ein weiterer Mann zu ihnen gesellt hatte.

»Guten Tag, liebe Frau Kramer«, begrüßte er sie mit einem warmen Händedruck. »Und auch Ihnen einen guten Tag, Herr Kramer.« Sein nicht wirklich gütiger Blick streifte den Grabredner, ohne ihn jedoch weiter zu beachten.

»Guten Tag, Herr Pfarrer«, erwiderten die Eheleute Kramer im Chor.

»Sind Sie bereit?«, wollte der Kirchenmann behutsam wissen, was beide mit einem Nicken beantworteten.

Zwei Stunden später saßen die drei zusammen mit etwa 40 weiteren Angehörigen und Freunden, die der Beisetzung ihrer Tochter beigewohnt hatten, in einem kleinen Café etwa zehn Gehminuten vom Kasseler Westfriedhof entfernt.

Sigmar Kramer nippte an seinem Kaffee, stellte die Tasse ein wenig umständlich zurück auf den Tisch und fixierte mit trauriger Miene einen Punkt an der Wand gegenüber.

»Nochmals vielen Dank für Ihre einfühlsamen Worte, Herr Pfarrer.«

»Dafür nicht, Herr Kramer.«

»Und dafür, dass Sie Ulrikes viel zu kurzes Leben so anschaulich und so gefühlvoll dargestellt haben.«

»Das konnte ich nur, weil Sie mir ihr Leben so sensibel und detailliert geschildert hatten. Und natürlich, weil ich sie ein wenig kannte.«

»Ja, das stimmt«, bestätigte Verena Kramer und tupfte

sich mit dem Taschentuch über die rot geränderten Augen. »Sie hat immer nur gut von Ihnen gesprochen, wenn sie vom Konfirmationsunterricht nach Hause gekommen ist. Wie nett und lieb Sie mit den Konfirmanden umgegangen sind.«

»Das freut mich natürlich, vielen Dank.«

Es traten zwei Ehepaare zu ihnen, um sich zu verabschieden.

»Und danke, dass Ihr dagewesen seid«, gab Kramer ihnen mit auf den Weg.

»Haben Sie die Menschenmassen gesehen, die auf der Beerdigung davor gewesen sind?«, wollte Verena Kramer von dem Pfarrer wissen.

»Ja, natürlich. Aber das ist nicht ungewöhnlich, in diesem Fall.« Auch er wusste, dass es sich um den verstorbenen Pressesprecher der Kasseler Polizei gehandelt hatte, dass ein solcher Mann überaus gut vernetzt gewesen war und außerdem viele Kollegen seine Beisetzung besucht hatten.

»Wie viele mögen das gewesen sein?«, wollte Frau Kramer wissen.

»Sicher mehr als 500, denke ich«, gab Pfarrer Heino Sommer zurück. »Vielleicht auch 700, ich kann es wirklich schwer einschätzen.«

»Ich bin sehr froh, dass Ulrikes Beerdigung nicht so furchtbar groß geworden ist«, fuhr sie kurz darauf fort.

»Wenn ihre Mitschüler nicht auf Klassenfahrt wären, hätten sicher auch viel mehr Menschen um sie getrauert, aber so war es doch auch in Ordnung.«

»Auf jeden Fall«, bestätigte Sigmar Kramer. »Viel mehr Leute hätte ich nicht schön gefunden.«

»Wissen Sie schon, wie es mit Julia weiter geht?«

»Sie hat gestern mit ihrer zweiten Chemotherapiewoche angefangen, deshalb ist sie auch nicht hier. Es geht ihr den Umständen entsprechend, aber gut kann man ihre Verfassung leider nicht nennen.«

»Wir werden alle für sie beten«, bot Pfarrer Sommer an.

»Das machen wir, bestimmt«, gaben Verena und Sigmar Kramer wie aus einem Mund zurück.

Es schlossen sich noch ein paar weitere Beileidsbekundungen an, doch eine knappe halbe Stunde später hatten die beiden die Veranstaltung überstanden und waren auf dem Heimweg.

»Ich kann immer noch nicht glauben, dass wir Uli nie mehr wiedersehen werden«, sagte Frau Kramer leise.

Ihr Mann konnte die Worte aufgrund des Schabens der Scheibenwischer kaum verstehen.

»Aber du hast doch dem Pfarrer Sommer zugehört, oder? Das muss mit der Zeit kommen, das ist nicht gleich so, wenn man jemand verloren hat.«

»Ja, ich habe ihn gehört. Und ich hatte dabei den Eindruck, dass er das sagt, weil ihm nichts Besseres einfällt. Was will man als Pfarrer auch sagen, wenn ein 15-jähriges Mädchen unter solchen Umständen sterben muss und ihre Schwester vielleicht auch schon so gut wie dem Tod geweiht ist?«

Sigmar Kramer schaltete in den Leerlauf, ließ den Volkswagen auf eine rote Ampel zurollen und legte vorsichtig die rechte Hand auf den Oberschenkel seiner Frau.

»Wir dürfen die Hoffnung nicht verlieren, Verena. Julia ist viel stärker als Ulrike, das wissen wir beide ganz genau. Sie wird es schaffen, davon bin ich felsenfest überzeugt.« Er sah ihr tief in die Augen. »Und du solltest das auch sein, zumindest bitte ich dich inständig darum. Hab Hoffnung und zeig sie der Julia auch bitte.«

Die Ampel sprang auf Grün, der Wagen rollte an.

»Ja, die Sache mit der Hoffnung«, erwiderte seine Frau mit mehr als einem hoffnungslosen Gesichtsausdruck. »Ich werde mich bemühen, Siggi, aber versprechen, dass es klappt, kann ich dir leider nicht.«

»Das macht nichts. Ich werde einfach so viel davon versprühen, dass es auch für dich reicht.«

Über Verena Kramers Gesicht huschte die Andeutung eines Lächelns, dann ließ sie sich nach links fallen und lehnte sich an die Schulter ihres Mannes. »Danke, Siggi.«

»Gern. Und jetzt gehen wir gleich in den Stall, schauen, dass wir möglichst schnell fertig werden, und sind dann den ganzen Abend nur noch für Julia da. Einverstanden?«

»Einverstanden.«

1

Kassel, im Sommer 2016

Hauptkommissar Paul Lenz und seine Frau Maria zogen ihre Koffer Richtung Tür und warteten, bis der ICE im Bahnhof Kassel-Wilhelmshöhe zum Stehen gekommen war. Dann traten sie auf den Bahnsteig und streckten ihre Gelenke.

»Schön, wieder hier zu sein«, lachte Maria ihn an.

»Absolut. So interessant es auf der anderen Seite der Weltkugel auch sein mag, zu Hause zu sein, hat seine unbestreitbaren Reize.«

»So was können nur Leute sagen, die gerade drei lange Wochen Urlaub hinter sich gebracht haben«, brummte eine Stimme hinter ihnen, »und die außerdem noch so unverschämt braun gebrannt und erholt aussehen.«

»Thilo«, riefen Maria und Paul erfreut. »Was machst du denn hier?«

»Ich habe euren Flug getrackt und wusste, dass es nicht viele Züge geben würde, die ihr nehmen könnt, also dachte ich mir, ich hole euch einfach vom Bahnhof ab.«

»Saugute Idee«, vermeldete Lenz begeistert. »Ich hatte nämlich absolut keine Lust auf ein Taxi.«

»Du verdammter Geizkragen.«

»Das hat mit Geiz nun wirklich nichts zu tun, Thilo. Du weißt doch selbst am besten, was für Diven die Kasseler Taxikutscher sein können, und wenn man dann einen erwischt, der sich darüber ärgert, dass man ihm nur eine

Fahrt von vielleicht sieben oder acht Euro bieten kann, dann ist wirklich alles zu spät.«

»Los, kommt, ich lade euch zu einem Eis ein«, rief Maria ihnen zu und trottete los. »Gutes Eis ist nämlich etwas, auf das ich in den letzten Wochen leider verzichten musste.«

»Sag bloß, es gab auf Hawaii kein leckeres Eis für euch?«, wollte Thilo Hain ein wenig entgeistert wissen.

Lenz und seine Frau sahen sich an, begannen zu lachen und schüttelten synchron die Köpfe.

»Aber jetzt will ich unbedingt wissen, wie euer Urlaub gewesen ist und warum zum Teufel ihr kein vernünftiges Speiseeis bekommen habt«, nahm der Oberkommissar den Faden wieder auf, nachdem sie ihre Stammeisdiele erreicht und im Außenbereich Platz genommen hatten.

»Der Urlaub war klasse«, gab Maria zurück, »obwohl Hawaii, jedenfalls für mich, doch ziemlich eintönig ist, was die Landschaft angeht. Vulkaninsel halt.«

»Mir hat die Vielfalt absolut gereicht«, widersprach Lenz.

»Wie könnte es anders sein«, fasste Hain zusammen.

»Und die Sache mit dem Eis ist eigentlich ganz einfach zu beantworten«, fuhr Maria fort. »Wir haben am Abend des zweiten Tages am Hotelbüfett jeder ein ziemlich großes Eis vertilgt, was dazu geführt hat, dass wir uns die beiden folgenden Tage auf der Toilette ständig abgewechselt haben. Aber nur wenn es gut lief, wenn nicht, hat einer mit zusammengekniffenen Augen vor der Tür darauf gewartet, dass der andere endlich rauskommt. Ein paar Stunden haben wir ernsthaft darüber nachgedacht, wegen der zusätzlichen Toilette ein weiteres Zimmer anzumieten.«

»Dann hatte es euch aber ziemlich erwischt.«

Lenz holte tief Luft. »Worauf du einen lassen kannst, mein lieber Thilo.«

»Und sonst? Strand, Hotel, die andere Verpflegung?«

»Alles top, kann man nicht anders sagen.«

Hain lehnte sich zurück, weil die bestellten Eisbecher kamen, griff nach dem Löffel und fuhr ihn in die Schlagsahne auf der Spitze seines Fruchtbechers.

»Und wie waren die Flüge für den Herrn Hosenscheißer der Lüfte? Hast du ordentlich gelitten in der Höhe?«

Maria lachte laut auf. »Hosenscheißer der Lüfte ist gut, wirklich. Aber ganz im Ernst, inzwischen ist Paul viel sicherer da oben als ich. Wir hatten auf dem Weg nach Los Angeles wirklich deftige Turbulenzen. Währenddessen habe ich mich an ihm festgekrallt und er war die gesamte Zeit über cool wie eine Hundeschnauze.«

»Ist nicht wahr«, blieb der junge Polizist gespielt skeptisch und bearbeitete weiter sein Eis.

»Und, was war hier so los?«, wollte Lenz nach ein paar Augenblicken des puren Eisgenusses wissen.

Hain überlegte eine Weile. »Am ehesten sind mir die Läuse in Erinnerung geblieben, die sich meine Jungs irgendwo eingefangen hatten. Allerdings sind wir erst darauf gekommen, als die kleinen Viecher es sich auch schon bei Carla im Haar gemütlich gemacht haben.«

»Oh je, das hört sich wirklich nicht nach purem Sonnenschein an«, zeigte Maria volles Mitgefühl.

»Im Präsidium war es dafür richtiggehend ruhig, wenn man mal von der Frau absieht, die ihren Ehemann aus dem Fenster geschmissen hat.«

»Ernsthaft, oder machst du Scheiß?«

»Nee, so was von ernsthaft. Beide knapp über 60 und während der Vernehmung hat sie mir gesagt, dass sie es einfach nicht mehr ausgehalten hat, wie er mit ihr umgesprungen ist. Angeblich hat er sie zwei- oder dreimal die Woche vermöbelt und irgendwie schien sie keine Lust mehr auf Keile gehabt zu haben.«

»Auch eine Idee, wenn ich mal die Nase voll von dir habe«, meinte Maria und grinste ihren Mann an.

»Ist er tot?«, wollte der von seinem Kollegen wissen.

»So mausetot, wie man nur sein kann, wenn man aus dem sechsten Stock fliegt und auf dem geteerten Parkplatz ungebremst zur Landung ansetzt.«

»Hmm«, brummte Lenz.

»Aber sonst, wirklich tote Hose. Was dazu geführt hat, dass ich fast den gesamten liegen gebliebenen Papierkram erledigen konnte, um den du dich sowieso nie gekümmert hättest.«

Nun fing sein Boss an zu grinsen. »Du hast den ganzen alten Kram erledigt?«

»Fast, ja. Es sind zwei Sachen übrig geblieben, bei denen ich ohne deine Hilfe nicht weitergekommen bin. Aber der Rest ist voll und ganz bearbeitet und erledigt.«

»Klasse.« Der Hauptkommissar schob sich einen weiteren Löffel Eis in den Mund und sah auf seine Armbanduhr. »Ich glaube, in den nächsten Tagen werde ich noch keine wirkliche Verstärkung für dich sein, Thilo. Ich fühle mich, als könnte ich volle zwei Tage durchschlafen.«

»Ach komm, jetzt mach mal keinen auf Jetlag, das zieht bei mir nicht.«

»Mach ich nicht, ich leide wirklich darunter.«

»Und das weißt du schon, bevor du auch nur eine Nacht geschlafen hast?«

Lenz nickte eifrig.

»Such dir jemand anders zum Verscheißern«, blökte

sein Freund und Kollege, während er erneut seinen Löffel im Eis versenkte.

Etwa eine Stunde später hatte er Lenz und Maria vor deren Haus abgesetzt und war auf dem Heimweg, während die beiden Urlauber mit einem Glas Wasser in der Hand auf ihrer Terrasse standen und über die Stadt blickten.

»Ich hätte nicht gedacht, dass ich so gern wieder hierher zurückkomme«, sagte Maria leise.

»Ich schon«, erwiderte Lenz. »Das ist meine Stadt, hier sind meine Leute, und hier zu leben, ist einfach schön.«

»Du solltest anfangen, für Kassel-Marketing zu arbeiten.«

»Das könnte ich bestimmt, aber vorher will ich schlafen, schlafen, schlafen. Ich habe das Gefühl, dass es bei der Ankunft auf Hawaii nicht so schlimm war mit der Müdigkeit.«

»Dann lass uns doch ins Bett gehen, Paul. Wir haben nichts zu versäumen und die Wäsche machen wir, wenn wir uns danach fühlen.«

Die nächsten beiden Tage verbrachten die beiden tatsächlich überwiegend im Bett, obwohl Maria ihrem Mann immer wieder erklärte, dass es besser wäre, sich wieder möglichst schnell an die mitteleuropäische Sommerzeit anzupassen. Doch Lenz blieb stur und schlief, wann immer er Lust darauf verspürte, und das war sehr, sehr oft der Fall.

In der folgenden Woche akklimatisierte er sich sowohl im Büro als auch in den anderen Bereichen des Lebens. Und am darauffolgenden Wochenende konnte er erleichtert feststellen, dass seine innere Uhr wieder komplett auf Kassel gestellt war und er sich auf den normalen Tagesrhythmus eines Mitteleuropäers eingependelt hatte.

Gemeinsam mit seinem Kollegen Thilo hatte er den Papierkram für die beiden übrig gebliebenen Fälle erledigt und freute sich darüber, dass er, gefühlt nach Hunderten von Jahren, endlich einmal so etwas wie einen geregelten Feierabend hatte.

2

Sebastian Koller betrat das Foyer des Stapleton Kassel und ging, seinen silbern schimmernden Alukoffer hinter sich herziehend und einen Kleidersack über die Schulter gehängt, auf die Rezeption zu.

»Willkommen im Stapleton Kassel, was kann ich für Sie tun?«, wollte die makellos geschminkte und frisierte Frau hinter der Theke wissen.

Er nannte ihr seinen Namen und erwähnte die bestehende Reservierung.

»Natürlich, Herr Koller. Wir freuen uns, Sie wieder einmal in unserem Haus begrüßen zu dürfen, obwohl Ihr letzter Aufenthalt in unserem Haus, wie ich sehe, schon ein paar Jahre zurückliegt.«

»Ja, ich freue mich auch.«

Die Frau hob anerkennend, aber kaum wahrnehmbar eine Augenbraue. Offenbar war sie erst jetzt in ihrem EDV-System auf den Hinweis gestoßen, dass es sich bei

Sebastian Koller um einen Kunden der Stapleton-Hotelkette mit Platinstatus handelte. Mit einer schnellen Bewegung legte sie eine Schlüsselkarte auf die Theke.

»Die Excelsiorsuite im sechsten Stock ist für Sie vorbereitet, ich wünsche Ihnen einen schönen Aufenthalt bei uns. Darf ich Ihnen zum Dinner einen Tisch in unserem Restaurant reservieren?«

»Nein, vielen Dank, ich habe für heute schon eine anderweitige Verabredung. Wenn ich für morgen Abend einen Tisch brauchen sollte, lasse ich es Sie rechtzeitig wissen.«

»Vielen Dank, Herr Koller«, antwortete sie freundlich und drückte auf die kleine Klingel vor sich, sodass ein dezenter Ton erklang. Sofort stand ein Page neben Koller und griff nach dessen Koffer.

»Vielen Dank, das geht schon«, ließ er den Jungen wissen, drückte ihm aber trotzdem eine Münze in die Hand.

»Danke schön«, bekam Koller zur Antwort und schon war der Helfer wieder verschwunden.

Koller nahm Kurs auf den Fahrstuhl, fuhr nach oben und betrat kurz darauf seine Suite. Wie die meisten Menschen, die regelmäßig in Hotels logierten, testete er zunächst die Matratze und besichtigte anschließend das Bad. Nachdem sich alles zu seiner Zufriedenheit darstellte, ließ er sich im Sessel des Wohnzimmers nieder, packte sein Laptop aus und ging seine neuen E-Mails durch. Zwei waren sofort zu beantworten, der Rest hatte Zeit. Dann besuchte er die Webseite eines Onlinewettbüros, platzierte ein paar Wetten und klappte das edle Gerät zu. Nach einem Telefonat mit seiner Sekretärin und einem weiteren mit seiner Frau zog er sich aus und duschte ausgiebig. Im Anschluss gönnte er sich einen kurzen Erholungsschlaf. Gegen 19 Uhr war er fertig angezogen und machte sich auf den etwa 15 Minuten dauernden Weg zu seinem Abendtermin. Auf dem Weg nach draußen fiel ihm auf, dass er ein wichtiges Dokument vergessen hatte, also ging er zurück, um es zu holen. In der Lobby musste er sich um eine aufgeregt wirkende asiatische Reisegruppe, die offenbar ein Reservierungsproblem hatte, herumbewegen und war froh, kurz darauf mit seiner kleinen, ledernen Aktenmappe unter dem Arm in die warme Abendsonne treten zu können.

»Herr Koller, schön Sie zu sehen«, wurde er einen Hauch zu überschwänglich von Julio Santos begrüßt, dem Gebietsleiter seines Arbeitgebers für die Regionen Nordhessen und Südniedersachsen.

»Guten Abend, Herr Santos. Wie geht es Ihnen?«

»Sehr gut, vielen Dank.«

Die beiden wurden von der ein wenig muffig dreinblickenden Bedienung an einen kleinen Tisch im hinteren Teil des französischen Restaurants geführt und setzten sich. Nach einer eher belanglosen, einleitenden Unterhaltung und der Bestellung näherte sich Koller ohne große Umschweife dem eigentlichen Thema des Abends.

»Sie wissen, dass wir mit der Umsatzentwicklung in Ihrem Gebiet alles andere als zufrieden sind, Herr Santos. Nicht zufrieden sein können.«

Sein Gegenüber nickte, hob dabei jedoch abwehrend die Hände. »Sie wissen im Gegenzug aber auch, dass wir in der letzten Zeit einige ganz und gar nicht erfreuliche Ereignisse zu verkraften hatten, Herr Koller. Der Wind bläst uns kräftig ins Gesicht und zwar direkt von vorn.«

»Das tut er aber bei Ihren Kollegen auch, und deren Umsatzentwicklung ist mit Ihrer zum Glück überhaupt nicht vergleichbar, sonst wären wir vermutlich gezwungen, ganz andere Maßnahmen zu ergreifen.«

Koller legte die Aktenmappe auf den Tisch, öffnete sie und nahm eine Kladde heraus.

»Ich habe hier die Zahlen vom letzten Quartal«, ließ er Santos wissen. »Und da haben wir allein bei Squeeze einen Umsatzeinbruch von knapp 39 Prozent. Und ich muss Ihnen sicher nicht explizit darlegen, wie wichtig Squeeze für unser Unternehmen ist.«

»Das müssen Sie bestimmt nicht, aber wir sollten der Fairness halber berücksichtigen, dass die Hängepartie des BfR in Bezug auf Glyphosat uns auf jeden Fall nicht in die Karten spielt.«

Koller lehnte sich zurück. »Was das angeht, kann ich Sie übrigens beruhigen. Wir stehen kurz vor einem positiven Entscheid des BfR, das habe ich aus allererster Hand.«

Santos' Miene hellte sich schlagartig auf.

»Wirklich? Das wäre mal eine gute Nachricht, eine *verdammt* gute.«

Natürlich bluffte Koller, aber was sollte er auch sonst tun. Wenn das Bundesinstitut für Risikobewertung die Verwendung des Pestizids Glyphosat weiterhin als unbedenklich einstufen würde, was jedoch alles andere als sicher war, dann hatte er einfach Glück gehabt, und wenn nicht, dann konnte er sich gegenüber seinen Mitarbeitern immer noch auf die Unberechenbarkeit der Bürokratie und die bessere Lobbyarbeit der Gegner herausreden. Seine Gedanken schweiften kurz ab zu einem Dokument in seiner Aktentasche, das ihn zutiefst beunruhigte. Und an die Abende zuvor, an die immer gleich verlaufenen Treffen mit Gebietsleitern, mit denen er über die immer gleichen Themen hatte sprechen müssen, die er auf die gleiche schamlose Weise angelogen hatte. Und denen er, im Widerspruch zu den warmen Worten, mit deren Hilfe er Santos gerade unter Druck zu setzen versucht hatte, ohne Ausnahme wegen leicht nachlassender bis stark abfallender Umsätze beim ehemaligen Kassenschlager Squeeze die Hölle hatte heiß machen müssen.

»Wem sagen Sie das?«, nahm er Bezug auf die letzte Einlassung des Gebietsleiters. »Aber das ist bei Weitem noch nicht alles an guten Nachrichten, die ich für Sie habe.«

»Ja?«

»Wir haben uns entschlossen, Sie in die engere Auswahl für die demnächst anstehende Neuschaffung der Stelle des stellvertretenden Verkaufsleiters Westdeutschland einzubeziehen, Herr Santos.«

Das Gesicht des Mannes hellte sich auf. »Wow, damit hätte ich nun auf keinen Fall gerechnet. Auf gar keinen Fall.«

»Es ist, wie gesagt, noch nichts spruchreif, aber ich kann Ihnen sagen, dass ich mich mehr als überdeutlich für Sie auf dem Posten ausgesprochen habe.«

Die Bedienung kehrte zurück und stellte ein Tablett auf dem Tisch ab, weshalb Koller kurz unterbrach.

»Allerdings muss ich Sie bitten«, fuhr er fort, nachdem sie die Getränke serviert hatte und gegangen war, »sich mit jeglichen Aussagen über diese Causa zurückzuhalten. Sie würden definitiv Ihre Position schwächen und zwar maximal, wenn bis zur endgültigen Bestätigung durch den Vorstand etwas von meiner Präferenz für Sie nach außen dringen sollte.«

»Sie können sich voll und ganz auf mich verlassen, Herr Koller, von mir wird hundertprozentig niemand auch nur eine Silbe erfahren«, sagte der Mann mit spanischem Migrationshintergrund.

»Gut.«

Auch in dieser Sache hatte Koller seinen Mitarbeiter nach Strich und Faden belogen, denn erstens gab es diese Stelle des stellvertretenden Verkaufsleiters Westdeutschland nicht und zweitens war auch nicht daran gedacht, eine solche zu schaffen. Und wenn Julio Santos sich mit seinen Kollegen der anderen Gebiete kurzgeschlossen hätte, wäre ihm gesagt worden, dass Sebastian Koller während der letzten Wochen den Posten elf weiteren Mitarbeitern unter dem Siegel der absoluten Verschwiegenheit angeboten oder versprochen hatte.

»Natürlich wäre diese Stelle mit einer deutlichen Anhebung Ihrer Bezüge verbunden, Herr Santos. Was, wie ich mir denke, Ihnen in Ihrer derzeitigen Situation sicher entgegenkommt.«

»Ja, das wäre wirklich ein perfekter Zeitpunkt. Meine Frau kann wegen unserer Drillinge in der nächsten Zeit nicht mitarbeiten und was drei Kinder für Kosten verursachen, muss ich Ihnen ja nicht erklären.«

»Na ja, meine beiden sind ja zum Glück schon aus dem Haus, aber Sie haben durchaus recht. Ich kann mich noch gut erinnern, auf was meine Frau und ich alles verzichten mussten.«

Koller kam noch einmal auf die nach seiner Meinung zu weit abgesunkenen Umsätze des Gebietsleiters zurück, der jedoch außer weitschweifenden Entschuldigungen und neuerlichen Hinweisen auf die in der Gesamtbevölkerung sinkende Akzeptanz von Pestiziden – vor allem von glyphosathaltigen – nichts wirklich Relevantes vorzutragen hatte. Nach der vorzüglichen Mahlzeit und einem Espresso beendeten die beiden Männer ihr Arbeitsessen und verabschiedeten sich voneinander.

Sebastian Koller blieb unter dem Vorwand, noch einmal auf die Toilette zu müssen, im Restaurant sitzen, nahm direkt, nachdem sein Mitarbeiter gegangen war, Block und Stift zur Hand und machte sich etwa zehn Minuten lang Notizen zu dem vorangegangenen Gespräch. Dann stand auch er auf, packte seine Sachen zusammen, verließ das Restaurant und atmete vor der Tür ein paar Mal tief durch.

Der 51-jährige Mann, der jedes Jahr mindestens drei Marathons lief und noch nicht einen davon hatte vorzeitig abbrechen müssen, genoss jeden Meter zu Fuß wie ein Geschenk. Dabei dachte er in diesem Moment darüber nach, sich im Hotel noch einmal die Laufschuhe anzuziehen und eine Stunde joggen zu gehen, um sich den Stress des Tages aus den Knochen und Muskeln zu schütteln. Mit Blick auf seine Armbanduhr ließ er es jedoch sein. Auch der Versuchung, der Spielbank einen Besuch abzustatten, widerstand er, weil er wusste, dass er online viel diskreter und losgelöster von anderen Menschen noch eine Partie würde spielen können. Vergnügt und ohne jeglichen Gedanken an Julio Santos oder das gerade zu Ende gegangene Gespräch mit ihm drehte er sich um und machte sich auf den Weg zum Hotel.

Während er auf die Wilhelmshöher Allee einbog, durchzuckte ihn der Gedanke an die dringend notwendigen Umstrukturierungen, die er in seinem Geschäftsfeld durchzuführen hatte und in deren Konsequenz er auch auf Santos' Dienste würde verzichten müssen. Ohne die geringsten Zweifel an der Richtigkeit seiner Pläne setzte er seinen Weg fort und hatte gerade das Gelände eines großen Autohauses hinter sich gelassen. Er wunderte sich ein wenig, als er in der Parkreihe einen älteren, heruntergekommen aussehenden weißen Lieferwagen mit offen stehender Seitentür wahrnahm.

Vermutlich ausgestiegen, die Fahrertür abgeschlossen und den Rest einfach vergessen, dachte er ein wenig belustigt und warf im Gehen einen Blick in den Innenraum. *Wenigstens gibt es nichts zu klauen,* fiel ihm beim Anblick der nackten Blechwände ein und wieder umspielte ein angedeutetes Lächeln seine Mundwinkel. Doch im gleichen Augenblick wurde sein gesamter Körper von einem unfassbar intensiven Schmerz erfasst. Koller wollte einen Schrei ausstoßen, doch aus seinem Mund löste sich nur ein brabbelndes, gedämpftes Stöhnen. Für eine Zehntelsekunde dachte er, er habe einen Schlaganfall oder einen Herzinfarkt erlitten, doch dann nahm er hinter sich ein leichtes Schnaufen wahr und zwei starke Hände umklammerten seinen Brustkorb. Koller drohte auf den Boden zu sinken, weil seine Beine einknickten, doch der Griff des hinter ihm Stehenden verhinderte das. Nahezu im gleichen Moment wurde er umgedreht, ein wenig angehoben und zu der offen stehenden Schiebetür gezogen. Keine fünf Sekunden später lag sein bewegungsunfähiger Körper auf dem kalten Blech des Lieferwagens. Nachdem seine Beine nach innen geschoben worden waren, flog die Tür zu.

Koller versuchte erneut zu schreien, doch kein Ton kam über seine Lippen, es wollte ihm einfach nicht gelingen. Und zu seinem Entsetzen nahm er auch noch wahr, dass sich jemand über ihm zu schaffen machte.

Was ist denn das für ein Gestank? Mein Gott, das riecht ja wie … Äther …

3

Lenz war gegen halb sieben aufgewacht und saß nach einer ausgiebigen Dusche mit Maria am Frühstückstisch.

»Ich kann mir gar nicht vorstellen, dass wir vor noch nicht einmal drei Wochen auf Hawaii gesessen und Cocktails geschlürft haben«, sagte er lächelnd.

»War aber so«, antwortete sie über das ganze Gesicht grinsend.

»Und es war absolut aufregend, finde ich.«

»Ja, das hatte was. Aber noch mal brauche ich es wirklich nicht, dazu war es dann doch nicht aufregend genug.«

»Ich will auch erst mal nicht wieder hin, aber das macht ja nichts, es gibt noch so viele schöne Ecken auf der Welt, die wir noch nicht gesehen haben.«

Er nickte, küsste sie sanft auf den Mund und stand auf. »Ich mache mich los. Thilo will auch früh da sein, wir haben einen Termin bei Herbert.«

»Irgendwas Bedeutendes?«

»Nein, es geht um die Seminarplanung für das kommende Jahr. Wir sind angehalten, mindestens vier Seminare zu belegen, und offenbar hat er mitbekommen, dass wir das dieses Jahr doch ziemlich schleifen gelassen haben.«

»Na, dann such dir mal ein paar schöne Themen aus, die du auch im Privatleben umsetzen kannst, mein Lieber.«

Lenz, dessen Abneigung gegen diese Veranstaltungen legendär war, schnaufte tief durch. »Ich werde sehen, was ich für dich tun kann, Maria, aber erwarte bitte nicht zu viel. Bisher waren all diese Tage eher für die Katz statt ein Erkenntnisgewinn.«

Sie stand ebenfalls auf und brachte ihn zur Tür. »Ich werde für heute Abend ein paar Sachen einkaufen, ich habe Lust auf eine Grillpartie. Wie steht's mit dir?«

»Klasse, das hört sich gut an.«

»Irgendwelche besonderen Wünsche?«

Er sah ihr tief in die Augen. »Einen reizvollen BH, Strapse und darüber das kleine schwarze Top, das wir letztes Jahr gekauft haben.«

»Und essenstechnisch?«

»Das ist mir ziemlich egal. Du weißt, was das angeht, bin ich nicht ganz so anspruchsvoll.«

Sie kicherte wie ein Schulmädchen, während sie ihn zum Abschied küsste.

»Gut. Ich werde sehen, was ich für dich tun kann.« Damit schob sie ihn hinaus und ließ die Tür hinter ihm ins Schloss fallen.

Lenz überlegte, ob er mit dem Auto oder den Öffentlichen fahren sollte, entschied sich für den Wagen und betrat eine knappe Viertelstunde später das Präsidium. Noch immer bedrückte ihn der Verlust seines Freundes und Kollegen Uwe Wagner, bei dem er morgens immer auf einen Kaffee vorbeigeschaut hatte. Lenz fragte sich, wie lang diese Phase wohl noch anhalten würde. Im Büro, das er und Thilo nach einer Umstrukturierung nun gemeinsam nutzten, war sein Kollege gerade dabei, eine Kaffeemaschine einzuschalten.

»Was wird das denn?«, wollte Lenz nach einer knappen Begrüßung wissen.

Hain schaute kurz auf und fuhr dann mit seiner Arbeit fort. »Jeden verdammten Morgen, wenn ich das Präsidium betrete, muss ich an Uwe denken. An den feinen Menschen Uwe, an den Nörgler Uwe und an den Spaßvogel Uwe. Und natürlich auch an den Kaffeegourmet Uwe, der uns so manchen Morgen mit seiner überragend zubereiteten Brühe gerettet hat. Und jedes Mal überkommt mich dermaßen eine Wehmut, dass es mir fast die Tränen in die Augen treibt, Paul. Also hab ich beschlossen, zunächst mal die Kaffeefrage zu klären, der Rest muss dann irgendwie mit der Zeit kommen.«

Lenz war gerührt, dass sein Freund und Kollege ganz ähnlich fühlte wie er. »Klasse Idee, wirklich. Aber wenn Uwe dieses Maschinchen sehen würde, hätte er vermutlich seinen Spaß.«

Hain stöhnte auf. »Ich weiß, dass dieses Ding hier keinesfalls mit Uwes High-Tech-Protzmaschine mithalten kann, aber darum geht es vielleicht auch gar nicht. Ich will einfach den Gedanken aus dem Kopf kriegen, dass ›Morgen‹ und ›Kaffee‹ automatisch zu Uwe Wagner führt.«

»Wie gesagt, da bin ich ganz bei dir. Hast du schon Kaffeepulver besorgt?«

Der Oberkommissar wies auf seinen Rucksack. »Klar. Ich war extra gestern Abend noch in so einer kleinen Rösterei in der Stadt und hab mich beraten lassen. Fast 20 Euro das Kilo, aber der Typ meinte, dass man den Unterschied wirklich schmecken würde.«

»Da bin ich aber gespannt.«

Das kurz darauf zur Verfügung stehende Produkt konnte zwar nicht ganz mit Wagners vergangener Kaffeequalität mithalten, für einen Präsidiumsaufguss war die schwarze Brühe jedoch wirklich vorzüglich.

»Wann sollen wir bei Herbert sein?«, wollte Hain nach einem kräftigen Schluck wissen.

Lenz setzte seine Tasse ab, sah auf die Uhr und wollte etwas erwidern, stoppte jedoch, weil das Telefon auf dem Schreibtisch zu summen anfing.

»Du oder ich?«, fragte er seinen Kollegen.

»Mir egal«, meinte er, griff nach dem Hörer, meldete sich und lauschte eine Weile.

»Aber das ist doch gar nicht unser Metier, Herbert«, brummte Thilo ein wenig gereizt. »Und seit gestern Abend, das erfüllt null Komma null die Kriterien an eine vernünftige Vermisstensache. Vielleicht hat der Typ einfach nur eine geile Tussi aufgerissen und liegt jetzt sexuell völlig erschöpft und dazu maximal dehydriert auf ihrem Laken rum.«

Wieder ein paar Sekunden des Zuhörens.

»Ja, ist gut, wir kümmern uns drum. Und was wird aus unserem Termin heute Morgen?« Der junge Polizist machte eine Grimasse, bei dessen Anblick Lenz froh war, dass es bei der hessischen Polizei noch kein Telefon mit Bildübertragung gab.

»Ja, klar«, bestätigte Hain kurz darauf zackig und machte sich ein paar Notizen. »Wir melden uns, sobald wir wieder hier sind. Bis dann.« Damit warf er den Hörer zurück auf das Telefon.

»Was gibt's?«, wollte Lenz wissen.

»Eine Frau aus Düsseldorf hat sich bei uns gemeldet und ihren Mann als vermisst gemeldet. Er ist hier in Kassel und hat gestern Abend zuletzt mit ihr telefoniert. Wollte sich angeblich, wie immer, wenn er unterwegs ist, vor dem Schlafengehen noch mal bei ihr melden, was wohl nicht passiert ist, und das regt die Gute fürchterlich auf. Und die vom Stapleton sagen, dass er die Nacht nicht auf seinem Hotelzimmer war.«

»Der ist im Stapleton abgestiegen? Lässt es ja krachen, der Mann.«

»Ach was, die bieten mittlerweile auch schon Last-Minute-Buden an, verguck dich da mal nicht. Luxushotel und Kassel, das wird vermutlich nie zusammenpassen.«

»Und was sollen wir jetzt unternehmen?«

»Herbert meint, wir könnten uns wenigstens mal da oben blicken lassen und so tun, als wäre die Sache wichtig.«

»Und warum ausgerechnet wir? Du hast ihm doch gesagt, dass wir damit nichts zu tun haben. Außerdem weiß er das doch ganz genau.«

»Ja, aber er hat es quasi als Amtshilfebitte verpackt. Die Kollegen sind alle furchtbar überlastet, sagt er, und wir hätten zurzeit ja gerade ein bisschen Leerlauf.«

Lenz war geneigt, sich ein wenig zu echauffieren, unterließ es jedoch in der Gewissheit, dass es nichts geändert hätte.

»Dann also los, lass uns in die Höhle des Reichtums und der kapitalistischen Wohnraumverschwendung aufbrechen.«

Das Stapleton-Hotel im Kasseler Stadtteil Wilhelmshöhe war etwa zwei Jahre zuvor mit viel lokaler Prominenz und etlichen Flaschen Champagner eröffnet worden. Offenbar waren einige Entscheider aus der Hotelbranche der Meinung gewesen, dass, nachdem Kassel ein paar Jahre zuvor den Status des Weltkulturerbes zugesprochen bekommen hatte und die Documenta-Monate überaus ertragreich waren, Nordhessen eine Luxusherberge benötigte. Zwar hatten einige Zeitungen über eine mangelnde Auslastung berichtet, dem Glanz und dem Ambiente des mit viel Glas und sehr modern gestalteten Neubaus hatte das bisher jedoch nicht geschadet.

Hain stellte den offenen Mazda direkt neben der Auffahrt und dem sich daran anschließenden Eingangsbereich ab und sah nach oben.

»Geile Architektur ist das schon, da kannst du sagen, was du willst.«

»Aber ich widerspreche dir doch gar nicht«, entgegnete sein Boss. »Wenn ich die Kohle hätte, würde ich vielleicht sogar auch in so einem Bunker absteigen.«

Sie gingen zum mit kühlem Granit gestalteten Eingang und landeten kurz darauf an einer geschwungenen Theke, hinter der zwei blau gekleidete Frauen an Terminals saßen, von denen eine sofort aufsprang.

»Guten Tag, meine Herren, willkommen im Stapleton Kassel. Was kann ich für Sie tun?«

Hain hielt ihr seinen Ausweis unter die Nase. »Wir sind von der Polizei und auf der Suche nach einem gewissen …« Er kramte nach dem Zettel, den er während des Telefonats mit Kriminalrat Schiller vollgekritzelt hatte. »Sebastian Koller. Er ist Gast bei Ihnen, wie man uns mitgeteilt hat.«

Sie sah ihn besorgt an und nickte. »Einen Moment bitte, ich schaue mal nach.«

Lenz trat neben seinen Kollegen und sah ihr dabei zu, wie sie ein wenig nervös auf der Tastatur herumhackte.

»Ich hoffe, es ist nichts passiert«, murmelte sie leise, beugte sich dann hoch und nickte.

»Ja, Herr Koller ist Gast in unserem Haus.«

»Ist er auf seinem Zimmer?«, wollte der Hauptkommissar wissen.

Ihr Blick fiel wieder auf den Monitor. »Nein, wie es aussieht, nicht, aber sicher kann ich es Ihnen nicht sagen. Wir kontrollieren die An- oder Abwesenheit unserer Gäste nicht.«

»Aber Sie meinen schon, dass er *nicht* auf dem Zimmer ist.«

»Zumindest ist seine Zimmerkarte nicht in dem Lesegerät eingesteckt, das die Komfortfunktionen seiner Suite freigibt.«

»Was aber auch dadurch bedingt sein könnte«, hakte Hain nach, »dass er einfach tief und fest schlummert und Gott einen guten Mann sein lässt.«

»Das könnte durchaus so sein, ja.«

»Wann wird sein Zimmer, oder besser seine Suite normalerweise gereinigt?«

Sie warf einen kurzen Blick auf die Uhr am Monitor.

»Innerhalb der nächsten Stunde.«

»Meinen Sie, wir könnten einen kurzen Blick hineinwerfen?«

Sie zögerte. »Da bin ich mir jetzt nicht ganz sicher, meine Herren. Können Sie mir vielleicht sagen, worum es geht?«

Lenz berichtete ihr mit kurzen Worten von dem Anruf im Präsidium.

»Vermutlich ist gar nichts Schlimmes passiert, aber seine Frau macht sich halt so furchtbare Sorgen, weil er sich nicht bei ihr gemeldet hat. Das verstehen Sie doch sicher?«

»Aber natürlich verstehe ich das«, erwiderte sie deutlich erleichtert. »Und auch ich bin sicher, dass es dafür vermutlich eine ganz banale Erklärung gibt.« Sie trat zu ihrer Kollegin, flüsterte ihr etwas ins Ohr, zog eine kleine weiße Karte aus einer Schublade und kam um die Theke herum. »Wenn Sie mir bitte folgen wollen«, sagte sie und ging auf einen der Fahrstühle zu.

»Haben Sie viele Suiten?«, wollte Hain während der Fahrt in den sechsten Stock wissen.

»Ein Viertel etwa. Allerdings sind unsere Zimmer generell eher großzügig geschnitten, deshalb empfinden es viele unserer Gäste nicht als notwendig, unbedingt eine Suite buchen zu müssen.«

Der Lift bremste ab und kam völlig lautlos zum Stehen. Die Frau betrat den Flur und bat die Kommissare erneut, ihr zu folgen. Schließlich stoppte sie vor einer Tür, neben der ein auf Hochglanz poliertes silbernes Schild mit der Gravur *Excelsior-Suite* angebracht war. Die Hotelmitarbeiterin legte ein Ohr an die Tür und horchte, schüttelte jedoch den Kopf und drückte auf einen kleinen, auf der anderen Seite der anthrazitfarbenen Tür angebrachten Klingelknopf.

»Eine Klingel im Hotel«, sinnierte Lenz anerkennend.

»Ja, alle unsere Suiten sind damit ausgestattet.« Sie wartete ein paar Sekunden und drückte erneut auf den kleinen silbernen Punkt. Als sich nach etwa einer halben Minute auf der anderen Seite nichts rührte, schob sie ihre Karte in den dafür vorgesehenen Schlitz. Es gab ein dezentes Klacken am Schloss, sie zog die Karte heraus, drückte die Klinke herunter und öffnete langsam die Tür.

»Hallo?«, rief sie leise in die Dunkelheit des sich anschließenden Flurs. »Hallo, Herr Koller? Hier ist Helena Junkers von der Hotelrezeption. Sind Sie anwesend?«

Keine Antwort.

Sie drückte die Tür weiter auf, woraufhin ein Bewegungsmelder das Licht einschaltete, und betrat vorsichtig den Flur.

»Hallo. Herr Koller?«

Von dem kleinen, aus dunkelgrauem Sichtbeton erstellten Vorraum gingen vier Türen ab.

»Das ist ja wie eine kleine Wohnung hier«, stellte Hain verblüfft fest.

»In diesem konkreten Fall eher eine größere«, erwiderte sie leise, strebte auf die gegenüberliegende Tür zu und öffnete sie behutsam. »Herr Koller?«

Nachdem sie wieder keine Antwort bekam, betrat sie den Raum, sah sich kurz um und bedeutete den Polizisten, ihr zu folgen.

»Wow«, entfuhr es Lenz nach einer ersten Rundumsicht in die hypermodern gestylte Suite. »Das ist wirklich eine eher größere Wohnung.«

Das Zimmer, in dem sie standen, hatte vermutlich mehr als 50 Quadratmeter. Hinter einer offen stehenden, doppelflügeligen Glastür erkannte er das Schlafzimmer.

»Herr Koller?«, rief die Hotelfrau nun laut und fordernd. »Sind Sie anwesend?«

»Sieht aus, als wäre er das nicht«, meinte Hain lächelnd, ging ins Schlafzimmer und deutete auf das benutzte Bett. »Aber es steht immerhin zu vermuten, dass er die Nacht hier verbracht hat.«

Er griff nach der Bettdecke, riss sie hoch und untersuchte das Laken oberflächlich. Dann sah er seinen Boss an und schüttelte dabei nahezu unmerklich den Kopf.

»Wenn Herr Koller wirklich hier übernachtet hat«, meinte die Frau, »dann muss er vor sechs Uhr heute Morgen das Haus verlassen haben, weil ich genau um diese Uhrzeit meinen Dienst angetreten habe. Und ich habe nicht gesehen, dass er gegangen ist.«

»Über die Tiefgarage vielleicht?«

»Wir haben keine Tiefgarage«, erklärt sie ihm. »Alle unsere Parkplätze sind ebenerdig.«

»Ach, das ist ja interessant, Frau …?«

»Junkers. Helena Junkers.«

»Ja, Frau Junkers, für mich klingt das schon außergewöhnlich.«

»Dazu kann ich Ihnen eigentlich gar nichts sagen, ich weiß nur, dass es wohl irgendwelche Probleme mit dem Untergrund gegeben hat und man sich deswegen seinerzeit für die oberirdische Parkhauslösung hinter dem Hotel entscheiden musste.« Sie lächelte vorsichtig.

»Was für Sie in der jetzigen Situation den Vorteil hat, dass wirklich jeder Gast, der das Hotel verlassen will, an der Rezeption vorbeimuss. Oder zumindest durch die Halle, aber dabei bleibt man in der Regel nicht ungesehen.«

»Und wenn er vor Ihrem Dienstbeginn das Hotel verlassen hat?«

»Danach kann ich meinen Kollegen der Nachtschicht fragen. Ich vermute zwar, dass der jetzt schläft, aber wenn es für Sie von so großer Bedeutung ist, würde ich ihn versuchen zu wecken.«

»Darüber können wir später immer noch entscheiden«, meinte Lenz, trat in den Flur, öffnete das rechts liegende Ankleidezimmer und sah hinein. »Drei Anzüge, vier Hemden, zwei Paar Schuhe und jede Menge Kleinkram. Abgereist sieht anders aus.«

»Nein, abgereist ist Herr Koller gewiss nicht«, wurde er von Frau Junkers belehrt. »Oder vielleicht sollte ich einschränkend sagen, dass er zumindest nicht ausgecheckt hat.«

»Hier im Bad sieht auch alles nach einem eher gepflegten Hotelaufenthalt aus«, meinte Hain. »Zumindest ist alles vorhanden, was ein Mann von Welt so braucht.«

Lenz trat zurück in den Flur und untersuchte die anderen Nebenräume. Auch dort deutete alles darauf hin, dass Koller Kassel noch nicht verlassen hatte.

»Gut, dann wären wir hier drinnen so weit«, erklärte Lenz der Frau und blickte auf die Tür. »Gibt es ein Computerprogramm, das sich merkt, wann eine Öffnungskarte in eines der elektronischen Schlösser gesteckt wird?«, wollte er von Helena Junkers wissen.

Sie zögerte. »Also eigentlich …«

Pause.

»Ja, Frau Junkers?«

»Soweit ich weiß, gibt es etwas Derartiges nicht bei uns, aber ich bin auch gar nicht befugt, darüber mit Ihnen zu sprechen.«

Lenz und sein Kollege sahen sich irritiert an.

»Ja, was denn nun? Gibt es das nicht, oder dürfen Sie nicht mit uns darüber sprechen?«

Wieder zögerte sie einen Moment. »Wohl eher das Zweite.«

»Also gibt es so was schon?«

Sie nickte. »Aber sagen Sie bitte niemandem, dass ich Ihnen das verraten habe. Ein Hotel dieser Klasse ist darauf angewiesen, dass die Gäste sich absolut integer behandelt und unkontrolliert fühlen. Wenn herauskäme, dass wir die Benutzung der Zimmerkarten aufzeichnen, wäre das ein großer Imageschaden für uns.«

»Wenn Sie uns kurz darüber informieren, wann die Karte für diese Suite in den letzten 24 Stunden benutzt wurde, werden wir schweigen wie das sprichwörtliche Grab«, gab Hain ihr verschwörerisch zu verstehen.

»Das wäre wirklich schön.«

»Und wer genau kann uns diese Informationen geben, wenn Sie es nicht sind?«

»Warten Sie bitte einen Moment, ich bin in ein paar Minuten wieder zurück.«

Damit verließ sie mit schnellen Schritten die Suite.

»Ich verstehe gar nicht, warum das ein so großes Problem sein könnte«, bemerkte Hain, nachdem sie die Tür hinter sich ins Schloss gezogen hatte. »Der Datenschutz kann es nicht sein, wenn du mich fragst.«

»Vielleicht bewegen wir uns einfach zu selten in dieser Leistungsklasse, um uns ein Urteil darüber erlauben zu können, Thilo.«

»Wie denn?«, fauchte Hain. »Kacken die Leute, die sich so eine Suite leisten können, etwa goldene Haufen?«

»Nein, so meine ich das doch gar nicht. Die denken aber vielleicht anders als kleine oder normale Leute wie du und ich. Die sehen sich vermutlich als die Könige der Welt und wollen auch dementsprechend behandelt werden.«

»Aber wenn ich solch eine Bude bewohnen würde«, gab Hain nicht nach, »dann würde ich mich doch eher darüber freuen, wenn es so eine Art von Kontrolle gibt. Stell dir nur mal vor, dem Kollegen Graf Koks kommt etwas weg, dann ist er doch der Erste, der sich freut, wenn man nachweisen kann, wer wann und mit welcher Karte das Zimmer betreten hat.«

»So gesehen hast du natürlich recht.«

»Schön.«

Lenz fing an zu grinsen. »Klingt, als würde es dir eher darum gehen recht zu haben als die besseren Argumente, mein Freund.«

»So ein Quatsch«, protestierte der Oberkommissar mit schlecht gespielter Empörung. »Jemand wie ich würde niemals auf die Idee kommen, eine Diskussion allein …« Er brach ab, weil Helena Junkers wieder das Zimmer betrat.

»Das ging aber schnell«, bemerkte Lenz erfreut.

»Ja, die zuständige Person saß am Computer, das hat die Arbeit sehr einfach gemacht.«

»Und, was ist bei Ihrer Recherche herausgekommen?«

»Herr Koller …«

Sie stockte.

»Ja?«

»Nun, Herr Koller hat gestern Abend um 19:03 Uhr seine Karte zum letzten Mal benutzt. Seitdem war er nicht mehr in der Suite.« Wieder brauchte sie einen Moment. »Offen gestanden, war seitdem bis zu unserem Eintritt gar niemand mehr hier.«

Die beiden Kommissare sahen sie verwirrt an. »Und wer hat dann in seinem Bett geschlafen?«

Frau Junkers zuckte mit den Schultern. »Wenn ich es wüsste, würde ich es Ihnen gern sagen, aber ich weiß es nicht. Immerhin hätte ich eine Idee, oder vielleicht auch zwei.«

»Lassen Sie hören.«

»Also entweder Herr Koller hat sich gestern Abend noch ein wenig hingelegt und erst danach die Suite verlassen, oder er war nicht allein hier und sein Gast, der hier geblieben ist, hat das Haus allein verlassen.«

»Was wir aber nicht nachweisen können?«

Sie nickte. »Das System erfasst nur die Benutzung der Zimmerkarte. Das alleinige Öffnen oder Schließen der Tür wird nicht aufgezeichnet.«

»Mist«, entfuhr es Lenz.

»Aber er ist doch allein angereist, oder?«, wollte Hain wissen.

»Wie es sich aus den Unterlagen ergibt, schon, ja. Allerdings ist es durchaus möglich, dass er Besuch bekommen hat. Die meisten Besucher, die über die betreffenden Zimmernummern informiert sind, verzichten auf eine Anmeldung an der Rezeption, obwohl wir das gern sehen würden. Und manchmal ist das natürlich auch im ureigensten Interesse unserer Gäste.«

»Warum?«

»Weil manche Gäste bereits mit ihren Ehepartnern bei uns gewesen sind und da würde es sich nicht gut machen, wenn eine Prostituierte oder ein Callboy und seien sie auch noch so niveauvoll, nach ihnen fragen würde.«

4

Judith Schmidt klopfte vorsichtig an und trat, ohne auf ein Zeichen aus dem Zimmer zu warten, ein.

»Sebastian Kollers Frau hat angerufen«, erklärte die 52-jährige Sekretärin ihrem Chef.

»Und, was wollte sie?«

Frau Schmidt räusperte sich. Es war ihr überdeutlich anzusehen, dass sie sich mehr als unwohl fühlte. »Sie sucht nach ihm.«

»Was heißt das: *Sie sucht nach ihm*? Haben Sie ihr nicht gesagt, wo er zu finden ist?«

»Doch, natürlich, aber dort hatte sie schon mehrfach angerufen, ohne Erfolg.«

»Und auf seinem Mobiltelefon?«

»Das Gleiche. Ich habe es übrigens auch schon den ganzen Morgen bei ihm versucht, mit dem gleichen Ergebnis.«

Alexander Hesse, der zweite Mann von Agroquest Deutschland, hob den Kopf. »Was soll das denn heißen, Frau Schmidt? Dass Sebastian Koller verschwunden ist?«

Sie holte tief Luft. »Ich traue es mich kaum zu sagen, aber es sieht ganz so aus, Herr Dr. Hesse.«

»Nun machen Sie sich nicht lächerlich, Frau Schmidt. Ein Mensch verschwindet in der heutigen Zeit nicht so mir nichts, dir nichts. Haben Sie es denn in seinem Hotel versucht?«

»Natürlich. In seinem Zimmer ist er offenbar nicht, das Telefon läutet auf jeden Fall immer durch und weitere Hilfe ist von dort nicht zu erwarten.«

»Und was sagt seine Sekretärin dazu?«

»Die hat leider heute Vormittag einen Zahnarzttermin und ist nicht zu erreichen. Auch sie habe ich bereits mehrfach versucht anzurufen.«

Der drahtige, hoch aufgeschossene Mann überlegte einen Moment und sah dann auf seine Uhr. »Es ist jetzt 10:20 Uhr. Wenn er sich bis 12 Uhr nicht gemeldet hat, oder Sie ihn erreicht haben, sehen wir weiter. Bis dahin untersage ich jegliche Form von Panik oder einem ähnlich gelagerten Unsinn. Verstanden?«

Frau Schmidt nickte ergeben. »Selbstverständlich. Ich werde weiterhin mit aller Energie versuchen ihn zu erreichen.«

»Und wenn seine Frau noch mal anrufen sollte, beruhigen Sie sie ein bisschen. Wir alle wissen ja seit der letzten Weihnachtsfeier nur zu gut, dass sie ein wenig zur Hysterie neigt.«

»Wird erledigt.«

Sie machte auf dem Absatz kehrt und verließ das Büro ihres Chefs. Hesse wartete, bis sie die Tür hinter sich zugezogen hatte, und griff zum Telefonhörer.

»Hallo, Bernd, hast du einen Augenblick Zeit?«

Offenbar wurde seine Anfrage positiv beschieden, denn er ließ ein kurzes »dann bin ich gleich bei dir« folgen und legte auf. Keine halbe Minute später stand Alexander Hesse bei Bernd Schulte, dem Geschäftsführer von Agroquest Deutschland, in der Tür.

»Komm doch rein und setz dich«, forderte der seinen Stellvertreter auf. »Was gibt's?«

»Weißt du etwas über den Verbleib von Sebastian? Nach meinen Informationen müsste er doch in Kassel sein, oder?«

Schulte nickte. »Ja. Warum fragst du?«

»Seine Frau hat hier angerufen, sie kann ihn nicht erreichen.«

Der Geschäftsführer legte die Stirn in Falten und ließ sich in seinen bequemen Stuhl zurückfallen. »Und was, meinst du, heißt das?«

»Dass er vielleicht doch das Angebot von Herbmaster angenommen hat.«

»Niemals. Er weiß, dass wir ihm das niemals durchgehen lassen würden und nach der Unterschrift unter seinen neuen, abgeänderten Arbeitsvertrag erst recht nicht. Das traut er sich garantiert nicht, weil er weiß, dass ihn das in der Branche ein für alle Male vernichten würde.« Der Geschäftsführer ließ seinen massigen Körper wieder nach vorn fallen und stützte sich mit den Ellbogen auf dem Schreibtisch ab. »Ich glaube schon deshalb nicht, dass da irgendetwas zu befürchten ist. Vielleicht hat er gestern Abend in einer Kneipe einen über den Durst getrunken und nicht mehr ins Hotel zurückgefunden. Oder er hat etwas mit einer Frau angefangen und ist bei ihr gelandet. Der Möglichkeiten gibt es viele, und vermutlich ist die Sache total harmlos.« Er schnaufte. »Natürlich sollten wir nicht tolerieren, dass so etwas geschieht, aber in Anbetracht der Härte seiner derzeitigen Aufgabe sollten wir ihm die Leine schon etwas länger lassen, was meinst du?«

Hess nickte. »Sehe ich ganz genauso.« Er berichtete seinem Chef von der Vereinbarung mit der Sekretärin.

»Bis 12 Uhr, perfekt, damit sollten wir ihm genug Zeit geben, wieder aufzutauchen. Und wenn nicht, können wir immer noch weiter sehen.«

Sein Stellvertreter dachte kurz nach. »Wenn ich es recht in Erinnerung habe, sollte er sich gestern Abend mit Santos getroffen haben. Was meinst du? Soll ich ihn anrufen?«

»Ja, auf jeden Fall. Vielleicht sind die beiden ja gemeinsam abgestürzt und Sebastian hat bei ihm übernachtet. Zwar schwer vorzustellen, aber immerhin eine Möglichkeit.«

»Dann werde ich das jetzt sofort machen. Ich melde mich, wenn es etwas Neues gibt.«

»Mach das.« Schultes Blick fiel auf die Uhr an seinem Handgelenk. »Und ich bereite mich noch ein wenig auf das Meeting mit der Wissenschaftsgruppe vor, das heute Nachmittag ansteht. Die kriegen es einfach nicht hin, die relevanten Daten so aufzubereiten, dass sie das BfR endgültig positiv stimmen. Ich könnte platzen, wenn ich daran denke, dass wir nur noch einen Finger breit von der größten anzunehmenden Katastrophe für Agroquest entfernt sind, nur weil diese Dilettanten es nicht hinbringen, dieses Problem zu lösen.«

41

»Aber es war uns doch klar, dass es diesmal nicht mehr so einfach werden würde wie die letzten Male. Wir hatten immer Zweifel und jetzt zeigt sich, dass sie berechtigt waren.«

»Ich weiß. Aber wir können nun mal einpacken, wenn wir die Zulassung für Squeeze entzogen bekommen. Dann verlieren wir fast die Hälfte unseres Umsatzes und du glaubst nicht wirklich ernsthaft, dass die Amis sich das gefallen lassen, oder? Dann sitzt hier innerhalb von Tagen oder Wochen eine neue Führungscrew und wir beide stehen beim Arbeitsamt um einen neuen Job an.«

»He, he, nun mal doch nicht gleich den Teufel an die Wand, Bernd. Erstens haben wir Squeeze noch nicht verloren und zweitens muss das, falls es wirklich dazu kommen sollte, nicht zwangsläufig zu unserer Abberufung führen. Ich bin da keineswegs so pessimistisch wie du. Auch die Konzernleitung in Omaha weiß, wie schwierig die Situation in Deutschland im Augenblick für uns ist.«

»Klar wissen die das, aber sie können uns immer um die Ohren hauen, dass sie es drüben fast geschafft haben. Dass sie die Zulassung für Squeeze aller Wahrscheinlichkeit nach verlängert bekommen haben, während es bei uns nicht geklappt hat.«

»Noch mal. Noch haben wir nicht verloren und deshalb werden wir auf keinen Fall die Flinte ins Korn werfen. Wir zahlen mehr als einem Dutzend Leuten sehr viel Geld, damit die wichtigen Politiker in Berlin und Brüssel in unserem Sinn entscheiden, und das wird sich auszahlen, glaub mir.«

»Das, was ich zuletzt gehört habe, hat mich alles andere als positiv gestimmt, Alex, und das weißt du auch, weil du es auch gehört hast. Also hör mir auf mit diesen Durchhalteparolen.«

Hesse nickte. Er wusste, dass er im Augenblick nichts würde tun können. Schulte war an manchen Tagen ein Hasenfuß, genauso wie er an anderen eine echte Kampfsau war. Und heute war er eben im Hasenfußmodus unterwegs. Also nickte der stellvertretende Geschäftsführer, ging zur Tür und verließ wortlos das Büro seines Chefs.

Ein paar Minuten darauf sprach er mit Julio Santos und erfuhr, dass er und Sebastian Koller gemeinsam das Restaurant am Vorabend gegen 21:10 Uhr verlassen hatten und er seitdem nichts mehr von ihm gehört habe.

5

Julia Kramer lag auf dem Rücken, starrte mit leeren Augen zur Decke und saugte dabei rhythmisch, aber angestrengt Luft in ihre Lungen. Weil ihr das so schwerfiel, wurde ihr durch eine transparente Maske, die man ihr über Nase und Mund gestülpt hatte, reiner Sauerstoff zugeführt.

Das Gesicht des 14-jährigen Mädchens war bleich und voller dunkelbrauner Flecken. Der haarlose Schädel glänzte unwirklich im Schein der über dem Bett angebrachten, seit Wochen jedoch nicht mehr benutzten Leselampe, und ihr ausgezehrter, eingefallener Körper zeichnete sich kaum noch unter der bis zum Hals gezogenen, dünnen Decke ab.

Julias Martyrium hatte vor etwas mehr als einem halben Jahr begonnen, mit der Entdeckung eines metastasierenden Leberkarzinoms. Danach hatten sich Chemotherapie und Bestrahlungen in rascher Folge abgewechselt, doch seit knapp vier Wochen galt das Mädchen als austherapiert und war zum Sterben nach Hause entlassen worden. Dort kümmerten sich ihre Eltern, Verena und Sigmar Kramer, rührend und aufopfernd um sie, obwohl auch sie nur dem rasant fortschreitenden Verfall hilflos zusehen konnten. Seit mehr als zwei Tagen wachte die Mutter nun ohne Unterbrechung am Bett ihres Kindes. Sie wollte Julia nicht mehr allein lassen, nachdem der behandelnde Arzt ihnen mitgeteilt hatte, dass *es nicht mehr lang dauern könne.*

»Julia, ich bin's, die Mama«, flüsterte Verena Kramer ihrer Tochter ins Ohr. »Du musst aufhören zu kämpfen, bitte, und endlich loslassen. Ich kann es nicht mehr aushalten, dich so leiden zu sehen.«

Wieder hob und senkte sich der schmale Leib.

»Bitte!«

Vor drei Tagen hatte Julia die letzte Regung gezeigt, hatte zuletzt durch ein Kopfnicken bestätigt, dass sie etwas um sich herum wahrnahm. Seitdem atmete sie, ihr Herz schlug, doch auch auf Ansprache der Eltern kam keine Reaktion mehr von ihr. Nur manchmal ließ sie ein hilfloses, klagendes Stöhnen vernehmen, dann wusste die Mutter, dass es höchste Zeit war, das Morphiumpflaster zu erneuern.

Sechs Wochen zuvor war bei Julia ein schnell wachsender Tumor im Gehirn gefunden worden und allerspätestens seit diesem Moment war allen Beteiligten klar gewesen, dass es für das Mädchen keine Rettung mehr geben würde; dass sie den gleichen Weg wie ihre Schwester ein paar Monate zuvor zu gehen hatte. Sie würde sterben, noch bevor der Herbst die ersten Blätter gelb oder rot eingefärbt hatte. Dass es letztlich so schnell gehen würde, hatte keiner der Ärzte vorausgesehen, aber alle waren bereit gewesen, den Eltern zu erklären, dass jede weitere Woche, jeder weitere Tag das entsetzliche Leiden nur verlängern würde.

Verena Kramer wollte sich gerade wieder zu ihrer Tochter hinunterbeugen, als in ihrem Rücken leise die Tür geöffnet wurde.

»Gibt's etwas Neues?«, wollte Sigmar Kramer wissen.

Die Frau mit den verheulten Augen schüttelte hilflos den Kopf.

»Dann geh jetzt mal runter was essen, Verena. Ich bleibe so lange hier und pass auf sie auf. Es geht nicht, dass du nur bei ihr am Bett sitzt und dich selbst dabei völlig aus den Augen verlierst.«

Wieder ihr Kopfschütteln. »Ich will einfach dabei sein, wenn es so weit ist, Siggi. Ich schaffe es einfach nicht, von hier aufzustehen und nach unten zu gehen, weil ich dann jede Sekunde denken würde, dass ich nicht bis zum Schluss für Julia dagewesen bin.«

»Aber du bist doch für sie dagewesen, Verena, immer.« Er kam um ihren Stuhl herum, ging in die Knie und nahm seine nun schluchzende Frau in den Arm. »Und jetzt will ich, dass du auf mich hörst und nach unten gehst. Ich habe dir ein Brot geschmiert und ein paar Gurken dazugelegt, und das wirst du jetzt ohne Widerspruch essen.« Er fuhr mit seiner Hand in ihren Nacken und streichelte sie sanft. »Los, keine Widerrede.«

Widerstrebend stand die Frau auf, warf noch einen Blick auf ihre Tochter und verließ danach wortlos den Raum. Sigmar Kramer nahm den Block zur Hand, auf dem sie die Morphium-Gaben notierten, und überflog ihn; hier, so stellte er fest, war in den nächsten beiden Stunden kein Handlungsbedarf. Der Landwirt holte tief Luft, tastete nach Julias Hand, schloss die Augen und streichelte die sich wie Pergament anfühlende Haut. Seine Gedanken kreisten eine Weile um ihren unausweichlich bevorstehenden Tod, die dann anstehende Beerdigung und schließlich wanderten sie zurück. Zurück in eine Zeit, in der seine beiden »Prinzessinnen« mit ihm auf dem Traktor unterwegs waren, die ersten Begegnungen mit widerspenstigen Rindern hatten oder auf dem Strohlager herumgetollt waren. Bis vor zwei Jahren waren beide, Ulrike und Julia, von jeglichen schwereren Krankheiten und – sieht man einmal von Schürfwunden und ein paar blauen Flecken ab – auch von Unfällen verschont geblieben. Gut, die normalen Kinderkrankheiten hatten sie gehabt, aber das musste ja sein. Mumps, Masern und Windpocken, doch das war es auch schon.

Und dann der Schock, als bei Ulrike ein Karzinom im Magen diagnostiziert worden war. Das lebenslustige und unkomplizierte Mädchen war von einem Tag auf den anderen nicht mehr wiederzuerkennen. Zu den sich ausbreitenden, schnell wachsenden Tumoren in ihrem Körper kamen schwere psychische Probleme. An manchen Tagen war sie so depressiv und mutlos, dass Kramer bei ihrem bloßen Anblick Tränen in die Augen schossen.

Natürlich dachten sie oft darüber nach, was diesen Krebs ausgelöst haben könnte, doch auch die Ärzte hatten ihm und seiner Frau immer wieder erklärt, dass es in den meisten Fällen der Krankheit überhaupt nicht möglich war, eine Kausalität zwischen einem möglicherweise weit zurückliegenden Ereignis und dem Ausbruch herzustellen. Dann jedoch, vor knapp eineinhalb Jahren, hatte Kramer im Fernsehen einen Beitrag in einem Wissenschaftsmagazin gesehen, der sich damit beschäftigte, dass die Weltgesundheitsorganisation einen bestimmten Wirkstoff einer Reihe von Pestiziden als »möglicherweise krebserregend« eingestuft hatte. Und schlagartig hatte er sich an einen Vorfall ein paar Jahre zuvor erinnert, als die beiden Töchter beim Spielen Kontakt mit einem Pestizid hatten, das er auf den Feldern verwendete. Sie hatten in einem Teil der Scheune gespielt, zu dem er ihnen mehrmals den Zutritt untersagt hatte. Doch wie bei allen Kindern war das Verbotene das Reizvollste. An einem herrlichen Frühlingstag hatte er vergessen, das Vorhängeschloss an der Tür zum Raum mit den Chemikalien einzuschieben. Und ausgerechnet an diesem Nachmittag hatten sich Ulrike und Julia, damals sieben und neun Jahre alt, diesen Teil der riesigen Scheune ausgesucht, um Verstecken zu spielen. Die beiden suchten und versteckten sich abwechselnd, weiteten dabei das Gebiet ihrer Aktionen immer mehr aus und schließlich versteckte sich Julia hinter den weiß schimmernden, mit für sie merkwürdigen Aufklebern versehenen Kanistern. Sie krabbelte auf die übereinandergestapelten Plastikbehälter und legte sich dann so flach wie möglich hin, damit ihre große Schwester sie nicht sah. Mit einem Mal jedoch knickte der untere Kanister ein, fiel zur Seite und mit ihm das Mädchen. Alles flog durch die Luft, und bevor sich Ulrike versah, hatte sich ihr Kleid mit der stinkenden, kristallklaren Flüssigkeit vollgesogen. Sie schrie und wollte wegrennen, doch Ulrike stellte sich ihr in den Weg und beruhigte sie.

»Wenn Mama und Papa rauskriegen, dass wir hier gespielt haben, gibt es riesigen Ärger«, erklärte sie ihrer Schwester. »Wir wischen dich ab, stellen alles wieder so hin, wie es war, und dann schwören wir uns, das nie zu verraten.«

Julia nickte ergeben, fuhr sich mit der Hand über das beschmierte Gesicht und wischte sie am ebenfalls triefenden Kleid ab. »Das stinkt so furchtbar«, jammerte sie.

»Hör auf. Wir müssen dich trocken kriegen, dann merkt das niemand. Zieh deine Anziehsachen aus und gib sie mir, ich bringe alles rüber, stecke es in die Waschmaschine und hole dir etwas Neues.«

»Nein, ich will nicht allein hier bleiben«, protestierte Julia weinend. »Ich gehe rüber ins Haus und mach das mit der Waschmaschine und dem Umziehen und du räumst in der Zeit hier auf.«

»Von mir aus, wenn dir das lieber ist.«

Damit flitzte Julia über den Hof und verschwand im Haus. Ulrike stellte das zur Hälfte ausgelaufene Gebinde auf, brachte die anderen Kanister wieder in ihre ursprüngliche Position und wollte schließlich den letzten, auf dem ihre Schwester gelegen hatte, auf die anderen wuchten, doch er war zu schwer für die Neunjährige. Mehrmals versuchte sie es, aber es wollte ihr einfach nicht gelingen. Dann, beim letzten Versuch, knickten ihr die Arme weg und sie wurde mit der gleichen Flüssigkeit übergossen, die auch ihre Schwester abbekommen hatte. Sie spuckte, schüttelte sich, fing ebenfalls an zu weinen und wollte hinüber ins Haus laufen. Doch noch auf dem Weg kam ihr Vater mit dem Traktor über den Hof gefahren. Er sah sofort, was geschehen war, stoppte, sprang herunter, fasste seine Tochter an der Hand und zog sie ins Haus.

48

Nun gab es keinen Schwur mehr, kein Vertuschen und kein Lügen.

Zunächst war der Vater fuchsteufelswild gewesen, doch nach einer halben Stunde hatte sich sein Zorn gelegt und war einer tiefen Besorgnis gewichen. Noch am gleichen Tag hatte er mit der Herstellerfirma von Squeeze telefoniert und nachgefragt, was genau in solch einem Fall zu unternehmen sei.

Sigmar Kramer wurde aus seinen Gedanken gerissen, weil Julias Atmung sich verändert hatte. Sie war nicht mehr rhythmisch, sondern abgehackt und stotternd.

»Julia«, flüsterte er ihr ins Ohr. »Julia, ich bin bei dir.« Dann sprang er auf, rannte zur Tür und rief seine Frau.

Verena Kramer stand keine zehn Sekunden später neben ihm und griff nach Julias linker Hand. So verharrten die beiden neben ihrer unregelmäßig Luft holenden Tochter in der Gewissheit, dass ihr kurzes Leben nun zu Ende gehen würde. Doch nach etwa zwei Minuten fand das Mädchen zu seiner geregelten Atmung zurück.

»Es wäre so schön gewesen, wenn sie es endlich geschafft hätte«, flüsterte Verena ihrem Mann ins Ohr.

Er nickte.

»Geh bitte runter und iss weiter. Ich ruf dich, wenn etwas ist.« Er öffnete das Fenster, nachdem seine Frau das Zimmer verlassen hatte, setzte sich wieder ans Bett, griff nach Julias Hand und schloss die Augen.

»Nein, da müssen Sie sich keine weiteren Gedanken machen«, hatte ihm eine nette Frau am Telefon erklärt. »Wenn Sie das Mittel gut abgewaschen und darauf geachtet haben, dass nichts auf der Haut verblieben ist, dann sollten keine weiteren Maßnahmen nötig sein.«

In den ersten Monaten nach dem Ereignis waren ihm manchmal Zweifel gekommen, ob er wirklich alles richtig gemacht hatte, aber wie es immer so ist, mit der Zeit waren diese Zweifel der Erkenntnis gewichen, dass man sich oftmals im Leben viel zu viele Gedanken machte. Und außerdem hatte er die Sache auf einer Schulungsveranstaltung der Herstellerfirma Agroquest einem Wissenschaftler des Unternehmens, einem Biochemiker, in allen Einzelheiten geschildert, und der hatte ihm klipp und klar gesagt, dass er sich überhaupt keine Sorgen machen müsse, weil Squeeze für den Menschen in keiner Weise eine Gefahr darstelle. Darüber hinaus hatte der Mann ihn auf jede Menge Studien verwiesen, aus denen das deutlich hervorgehen würde.

Sigmar Kramer betrachtete seine mit dem Tod ringende Tochter.

Keine Gefahr für den Menschen. Was für ein Unfug, dachte er.

6

Sebastian Koller fühlte sich, als habe er bei einem Heavy-Metal-Konzert in der ersten Reihe gestanden. Er wollte einen tiefen Atemzug nehmen, doch seine Lungen weigerten sich. Ihm war speiübel und zusätzlich zu dem Dröhnen in seinem Kopf wurde er von stechenden Kopfschmerzen gepeinigt. Für einen Moment fragte er sich, ob er am Vorabend zu viel getrunken hatte, aber diesen Gedanken verwarf er sofort wieder.

Ich trinke einfach niemals zu viel!

Der Vertriebsleiter von Agroquest Deutschland versuchte, sich an den Verlauf des Abends zu erinnern, doch da war nichts als gähnende Leere.

Kassel!

Ja, er war in Kassel angekommen, so viel war klar. Aber das war nachmittags gewesen.

Ich musste einen Termin wahrnehmen. Aber mit wem?

Er öffnete die Augen, doch das änderte nichts an der Finsternis, von der er umgeben war.

Wo bin ich?

Nun machte sich zum ersten Mal so etwas wie Furcht in dem leitenden Mitarbeiter von Agroquest bemerkbar. Es zeichnete sich überdeutlich ab, dass etwas nicht stimmte, doch was das genau war, war ihm völlig schleierhaft.

Mit tastenden Bewegungen versuchte Koller, sich zu orientieren.

Warme, weiche Wände.

Er drückte gegen eine Stelle rechts von ihm, die ein paar Zentimeter nachgab.

Was hat das zu bedeuten?

Noch bevor er zu einem weiteren Gedanken ansetzen konnte, explodierte in seinem Schädel eine Bombe. Oder zumindest kam es Koller so vor, als hätte dort eine Detonation stattgefunden. Er schloss die schmerzenden Augen, presste seine Hände darauf und fing an zu stöhnen.

»Was soll denn das?«, schrie er. »Wo bin ich?«

»Sie sind in Sicherheit«, kam es von irgendwoher.

Koller nahm die Hände vom Gesicht, öffnete blinzelnd das linke Auge und versuchte etwas zu erkennen.

»Wo bin ich, verdammt noch mal?«

»Sie sind in Sicherheit, Herr Koller, und schreien nützt Ihnen gar nichts. Im Gegenteil, das dürfte Ihnen eher schaden.«

»Warum …?« Der Vertriebsleiter brach ab, holte tief Luft, öffnete auch das andere Auge und sah sich blinzelnd um. Er war umgeben von bunten Schaumstoffmatten, die an den Wänden befestigt waren. An der Decke erkannte er mehrere LED-Strahler, die bläulich-kühles Licht verbreiteten und den gesamten Raum in gleißende Helligkeit tauchten. Der Raum, in dem er sich befand, war rechteckig und an der einen kürzeren Wand erkannte er eine Öffnung, etwas schmaler als eine herkömmliche Tür. Daneben hing eine Lautsprecherbox, aus der nun wieder die Männerstimme ertönte.

»Bleiben Sie bitte ruhig, Herr Koller. Ich würde Ihnen jetzt gern sagen, dass Ihnen dann nichts passiert. Aber das wäre gelogen; es kann nämlich gut sein, dass Ihnen im Verlauf Ihres Hierseins letztlich doch etwas zustößt. Ich habe Sie entführt, was nichts anderes bedeutet, als dass Sie mein Gefangener sind. Das sollten Sie sich vergegenwärtigen. Und Sie sollten sich weiterhin vergegenwärtigen, dass es allein meiner Gnade und meiner Entscheidung obliegt, ob Sie leben oder sterben werden.«

»Aber Sie haben sich vertan, bei mir gibt es absolut nichts zu holen! Meine Frau und ich müssen immer noch unser Haus abzahlen, das sollten Sie wissen.« Er schluckte. »Vielleicht haben Sie sich ja vertan und wollten jemand ganz anderen entführen?«

»Würde ich Sie dann mit Ihrem richtigen Namen ansprechen, Herr Koller?«

Sebastian Koller sah auf die Lautsprecherbox. Vor ihm drehte sich alles, sein Magen rumorte und dann übergab er sich stöhnend.

»Damit war zu rechnen«, kam es aus dem Lautsprecher. »Sie finden alles, was Sie zum Reinigen Ihrer Zelle benötigen, hinter der Tür. Ich melde mich später wieder bei Ihnen.« Ein leises Klacken ertönte aus der Box, im Anschluss ein lauteres von der Tür, dann herrschte wieder Stille. Koller rümpfte die Nase wegen seines Erbrochenen, stand langsam und schwankend auf und sah sich erneut in dem kleinen Raum um. Hinter ihm stand so etwas wie ein Schrank ohne Türen, in dem mehrere Zeitschriften und Zeitungen lagen. Außerdem fand er ein Kreuzworträtselheft, zwei Sudokuhefte und einen Kugelschreiber. Zitternd ging er auf die klinkenlose Tür zu, drückte dagegen. Sie schwang auf und gab den Blick in einen kleinen, ebenfalls mit Schaumstoffmatten ausgekleideten Vorraum frei. Dort standen zwei Eimer. In einem befand sich Wasser, daneben ein Universalreiniger und mehrere Lappen. Der andere war mit einem Deckel versehen, auf dem eine Toilettenpapierrolle thronte. Es war nicht schwer zu erraten, zu welchem Zweck dieses Behältnis dienen sollte.

»Verdammt, was wollen Sie denn von mir?«, schrie der Vertriebsleiter wütend. »Bei mir gibt es nichts zu holen, rein gar nichts!«

Es vergingen etwa zwei Minuten, während denen er die beiden Eimer anstarrte. Dann griff er sich den ohne Deckel, ging in den größeren Raum zurück und beseitigte sein Erbrochenes.

Erst jetzt wurde ihm bewusst, dass er nicht die originale Stimme des Sprechenden gehört hatte. Er musste sie über ein elektronisches Gerät verfälscht haben, denn sie hatte blechern, künstlich und unnatürlich geklungen. Vielleicht hatte er sogar mit einer Frau gesprochen?

Schnaubend und noch immer von irrsinnigen Kopfschmerzen geplagt, brachte er die benutzten Utensilien zurück in den Vorraum und sah sich erneut um. Außer den beiden Eimern und den Hilfsmitteln gab es dort nichts. Weil er auch keine weitere Tür oder einen Ausgang entdecken konnte, tastete er schwitzend die Wände ab.

Verdammt, ich fühle mich elend!

Er konnte zwar keine Tür im eigentlichen Sinn entdecken, doch eine der beiden kürzeren Wände schien beweglich zu sein. Zumindest war das die einzige ihm schlüssig erscheinende Möglichkeit, denn irgendwie musste es einen Zugang zu diesem Verlies geben. Mit zitternden Händen ging er in den größeren Raum zurück und ließ auch dort noch einmal den Blick umhergleiten. Außer dem, was er schon bemerkt hatte, konnte er nichts weiter ... Moment, was war denn das da oben in der Ecke?

Eine Kamera!

Dieser *verdammte Hurensohn* beobachtete ihn.

Allerdings war es nicht nur die Kamera, die ihn schaudern ließ, sondern die merkwürdige Konstruktion, die davor gebaut worden war. Etwa zehn Zentimeter vor dem Kameragehäuse war ein stabiles Gitter angebracht und direkt vor der Linse so etwas wie ein durchsichtiger Streifen, gesäumt von zwei kleinen Bechern, die ihn an Filmrollen aus der Zeit der Analogfotografie erinnerten.

Ihn schauderte.

Hier hatte offenbar jemand alles für ein Entführungsopfer vorbereitet. Für ein Entführungsopfer, das über einen längeren Zeitraum, vielleicht sogar Monate oder Jahre, hier gefangen gehalten werden sollte.

Koller musste an einen Fall aus Österreich denken, wo ein Irrer ein junges Mädchen über mehrere Jahre im Keller seines Hauses gefangen gehalten hatte.

Oh mein Gott!

Er dachte an seine Frau, die sich sicher schon furchtbare Sorgen um ihn machte. Vielleicht hatte sie sogar schon die Polizei verständigt, und es war bereits eine groß angelegte Suchaktion nach ihm angelaufen?

Wir telefonieren mehrmals jeden Tag, wenn ich unterwegs bin, und es ist absolut außergewöhnlich, dass ich mich nicht melde und auch nicht erreichbar bin.

Nein, es konnte sich nur um eine unglückliche Verwechslung handeln. Mit seinen gerade einmal 145.000 Euro Jahresverdienst inklusive Prämien und Boni war er doch kein lohnenswertes Ziel für ein Kidnapping.

Es gibt garantiert noch viele andere Sebastian Kollers in Deutschland, da muss dieser Idiot sich einfach getäuscht haben. Mich zu entführen, ist doch der absolute Schwachsinn.

Wieder sah sich der Vertriebsleiter in seiner Zelle um und zum ersten Mal wurde ihm bewusst, dass er wirklich eingesperrt war. Dass er nicht frei entscheiden konnte, wann und wohin er dieses Gefängnis verlassen konnte. Und in seinen Ohren hallte der Satz seines Entführers wider, dem er erst jetzt die richtige Bedeutung zumaß.

›Ich würde Ihnen jetzt gern sagen, dass Ihnen nichts passiert. Aber das wäre gelogen; es kann nämlich gut sein, dass Ihnen im Verlauf ihres Hierseins letztlich doch etwas zustößt.‹

Was meint dieser Irre mit passieren? Dass er mich umbringt, wenn es ihm passt? Wenn er feststellt, dass er sich den Falschen geschnappt hat? Wenn er merkt, dass es bei mir wirklich nichts zu holen gibt?

Er hob den linken Arm und wollte auf seine Armbanduhr sehen, doch da war keine Uhr mehr.

Scheiße.

Und nun kam auch die Erinnerung an den Abend zuvor wieder in ihm auf. Er hatte sich mit Julio Santos getroffen und mit ihm die letzten geschäftlichen Entwicklungen besprochen. Danach war er zu seinem Hotel gegangen und ...

Nein, er war gar nicht in seinem Hotel angekommen. Da war dieser Transporter mit der offen stehenden Seitentür. Und ab da wurde es dunkel in seinen Erinnerungen.

Der Lieferwagen. Die Seitentür. Ein eigentümlicher Gestank.

Genau, da war irgendwo Äther ...

Er schreckte hoch, weil es hinter ihm aus der Lautsprecherbox knackte.

»Bitte setzen Sie sich auf die Liege«, wurde Koller von der verfremdeten Stimme aufgefordert.

»Warum denn?«, schrie er die Kiste an. »Ich will mich nicht hinsetzen und ich will auch nicht mit Ihnen reden. Ich will hier raus und zwar sofort.«

»Dieser Wunsch ist ebenso verständlich wie irrational, Herr Koller«, wurde ihm sachlich beschieden. »Sie sind hier gefangen und daran werden Sie weder durch brüllen noch durch irgendwelche anderen Aktionen etwas ändern können.«

»Aber was wollen Sie denn von mir? Ich habe Ihnen doch gesagt, dass ich weder viel Geld noch sonst irgendwelche Werte besitze. Ich bin vermutlich viel ärmer als sie, so glauben Sie mir das doch.«

»Bitte nehmen Sie jetzt auf der Liege Platz.«

»Verdammt, ich will mich nicht setzen!«

»Ist das Ihr letztes Wort?«

»Was glauben Sie denn? Klar ist das mein letztes Wort.«

Es dauerte eine Sekunde, dann knackte es erneut aus dem Lautsprecher und gleichzeitig wurde es schlagartig stockfinster. Koller kämpfte mit der sofort wieder einsetzenden Übelkeit und vor seinen Augen tanzten grüne und blaue Punkte.

»Nein«, schrie er auf. »Nein, bitte machen Sie das nicht. Machen Sie das Licht wieder an, bitte, ich werde mich auch hinsetzen, versprochen.«

Er wartete, doch es geschah nichts. Als sich seine Augen an die Dunkelheit gewöhnt hatten, erkannte er über der Kamera drei kleine, dezent rot schimmernde LEDs.

Infrarotlicht. Er kann mich also auch in dieser Finsternis sehen, dachte er verzweifelt, drehte sich mit dem Gesicht von der Linse weg und begann leise zu weinen.

7

Lenz, Thilo Hain und Helena Junkers betraten den Lift. Die junge Frau wählte die Taste mit dem aufgedruckten Hinweis *Rezeption*, die Türen schlossen sich und der Aufzug setzte sich in Bewegung.

»Haben Sie eine Videoüberwachung? Und können wir

uns die Bilder vielleicht mal anschauen?«, wollte Lenz wissen.

»Natürlich gibt es bei uns eine Videoaufzeichnungsanlage«, bestätigte die Hotelmitarbeiterin, »also eigentlich gibt es die.«

»Und was heißt das genau?«, wollte der Hauptkommissar mit skeptischem Blick wissen.

»Dass wir selbstverständlich hier im Hotel ein Überwachungssystem haben, das aber derzeit umgebaut wird. Wir haben bis vor knapp einer Woche noch auf herkömmliche Festlatten aufgezeichnet und das System wird gerade auf SSD-Festplatten umgestellt. Wir, oder besser die Hotelleitung hatten wohl nicht gedacht, dass der Umstieg so zeitintensiv werden würde, und deshalb kann ich Ihnen erst in ein paar Stunden Bilder unserer Überwachungskameras anbieten.«

»Na, das passt ja mal wieder«, stellte Thilo Hain zerknirscht fest.

»Tut mir wirklich leid …«

»Schon in Ordnung. Ist ja nicht zu ändern.«

»Haben Sie eine Idee, ob Herr Koller mit dem eigenen Auto angereist ist oder mit einem anderen Verkehrsmittel?«

Die Lifttüren öffneten sich nahezu lautlos und die drei verließen die Kabine.

»Auch dazu kann ich Ihnen keine Angaben machen. Wir haben keine Möglichkeit, das zu überwachen, solang die Umstellung noch nicht vollzogen ist.«

Lenz bedankte sich bei der Frau, trat zur Seite und griff zum Telefon. Eine halbe Minute später kam er auf seinen wartenden Kollegen zu.

»Ich habe Haberland beauftragt, über seine Firma herauszufinden, ob und mit welchem Auto er hier ist. Das sollte sich vermutlich mit einem Anruf bei denen klären lassen. Wir gehen schon mal rüber zum Parkdeck, weil ich schon schwer vermute, dass er mit dem Wagen angereist ist.«

»Wo es doch hier drinnen so schön klimatisiert ist«, stöhnte sein Kollege auf.

»Hab dich nicht so. In deinem Alter wusste ich noch nicht mal, dass Hitze einem Menschen etwas ausmachen kann.«

Sie verließen die Hotellobby, wandten sich nach rechts und hatten nach etwa 75 Metern Fußweg unter einem Glasdach das imposante, ebenfalls überdachte Parkdeck erreicht. Dort standen etwa 35 Fahrzeuge, die meisten davon Oberklasselimousinen, einige wenige Kombis. Im gleichen Moment meldete sich das Telefon des Hauptkommissars.

»Ja, Haberland, was haben Sie herausgefunden?«

Er hörte einen Moment zu und wiederholte schließlich so laut ein Kennzeichen, dass Hain es ebenfalls hören konnte.

»Ein Audi A8. Nobel, nobel. Danke und bis später.«

Das Telefon verschwand wieder in der Sakkotasche.

»Ein A8, hast du das?«

»Hab's verstanden«, erwiderte der Oberkommissar, während er die Reihe der geparkten Wagen abging.

»Hier ist er.«

Seine Hand berührte die Motorhaube.

»Und er steht auf jeden Fall schon eine Weile hier rum.«

»Also hat er letzte Nacht entweder auswärts gepennt oder er hat das Hotel vor sechs und mit einem anderen Fahrzeug verlassen.«

»Normalerweise würde ich jetzt ins Spiel bringen, dass er vielleicht zum Joggen gegangen ist und dabei einen Herzkasper oder so etwas gekriegt hat, aber ich habe oben in seinem Zimmer Laufschuhe gesehen.«

»Manche Menschen haben mehr als ein Paar Laufschuhe«, gab Lenz zu bedenken.

»Ja, aber wenn sie auf Geschäftsreise sind, nehmen sie nur ein Paar mit und damit basta.«

Die beiden grinsten.

»Das heißt, wir haben es hier entweder mit einer Entführung zu tun oder wir haben einen Rumtreiber am Hals, der sich mal außerhäusig ein wenig die sexuellen Bedürfnisse befriedigen lassen wollte.«

»Mir würden noch ein paar weitere Möglichkeiten einfallen, warum er heute Morgen nicht auffindbar ist, Thilo, aber wenn du willst, verkürzen wir unsere Ideen mal auf deine These.«

»Was denkst du denn, wo er steckt?«

»Bin ich Jesus?«, lachte der Leiter von K11 nun laut auf. »Kann ich hellsehen?«

»Anscheinend leider nicht.«

»Nein, das muss ich noch lernen. Wir werden jetzt auf jeden Fall selbst mit seinem Arbeitgeber telefonieren und uns sagen lassen, was er überhaupt für einen Job hat und was er hier in Kassel zu tun hatte oder hat. Und danach schauen wir, ob es vielleicht mit der Hellseherei doch noch was wird.«

»Das ist mal ein Plan.«

»Sag ich doch.«

50 Minuten später saßen die beiden in ihrem Büro und hatten sowohl mit der Ehefrau von Sebastian Koller als

auch dessen Arbeitgeber telefoniert. Kollers Sekretärin saß gerade in einem Düsseldorfer Wartezimmer, würde aber die Kommissare direkt nach ihrem Wiedereintreffen anrufen. Hain hielt seinen Notizblock in die Höhe.

»Sebastian Koller, 51 Jahre alt, hier in Kassel wegen eines Termins mit einem seiner Gebietsleiter. Er selbst ist der Vertriebsleiter Deutschland bei Agroquest. Kennst du den Laden?«

»Nein, nie gehört. Was machen die?«

Der Oberkommissar griff zu seiner Tastatur und tippte den Firmennamen in eine Suchmaschine ein.

»Irgendwas mit Agrartechnik. Oder nein, warte mal …« Er deutete auf den Bildschirm. »Das ist eher Biochemie. Pflanzenschutzmittel und so was.«

Lenz trat hinter ihn. »Geht's etwas genauer?«

»Was weiß denn ich? Hier steht was von Herbiziden und Breitbandherbiziden. Sagt dir das was?«

»Nicht die Bohne.« Der Hauptkommissar beugte sich nach vorn, schob die Lesebrille von der Stirn auf die Nase und begann den Internetauftritt von Agroquest zu lesen. Dann hob er den Zeigefinger und deutete auf ein Wort.

»Da, Glyphosat, das habe ich schon mal gehört. Das ist ein Wirkstoff, über den gerade ziemlich ausführlich in den Medien berichtet wird. Maria und ich haben neulich im Fernsehen was darüber gesehen, angeblich ist es krebserregend.«

»Und für dieses Unternehmen arbeitet unser leider abhandengekommener Sebastian Koller also«, fasste kurz darauf Hain seine Leseeindrücke zusammen.

»Ja, aber das sieht doch nach nichts aus, weswegen man einen der Mitarbeiter entführen sollte, oder?«

»Sehe ich genauso«, stimmte der Oberkommissar seinem Boss zu. »Und deswegen rufe ich jetzt mal die infrage kommenden Krankenhäuser durch, ob bei ihnen vielleicht ein nicht identifizierbarer Kerl um die 50 aufgeschlagen ist, der zu unserer Personenbeschreibung passen könnte.«

»Mach das. Ich gehe derweil mal bei den Kollegen der Schutzpolizei vorbei, ob bei denen vielleicht was zu ihm aufgelaufen ist.«

Eine halbe Stunde später saßen die beiden Kommissare wieder an ihren Schreibtischen, waren jedoch in der Sache keinen Millimeter vorwärtsgekommen. Sowohl die Abfrage der Krankenhäuser als auch die Anfrage bei der Schutzpolizei waren abschlägig beschieden worden.

»Jetzt stehen wir wieder bei null«, stellte Lenz mürrisch fest. »Und das geht mir …«

Er brach ab und griff sich das klingelnde Telefon.

»Ja, Lenz.«

»Hier spricht Sabrina Dehnert, guten Tag. Sie hatten um meinen Rückruf gebeten, es geht um meinen Chef, Herrn Koller.«

»Ja, genau. Vielen Dank, dass Sie sich gleich melden, Frau Dehnert.«

»Aber das ist doch selbstverständlich. Mir wurde gesagt, dass Herr Koller irgendwie verschwunden sein soll. Stimmt das?«

»So sieht es aus, ja. Deswegen würden wir gern von Ihnen erfahren, was genau er hier in Kassel zu tun hatte.«

Die Sekretärin zog sich ihren Kalender zurate und beschrieb anschließend dem Leiter der Mordkommission die Außentermine ihres Bosses während der vergangenen und der aktuellen Woche.

»Der Gebietsleiter, mit dem er sich gestern Abend

getroffen hat, oder zumindest hatte er das vor, heißt Julio Santos.« Sie gab ihm die Kontaktdaten durch.

»Das heißt, dass Herr Koller die letzte und diese Woche dazu genutzt hat, sich mit allen Gebietsleitern zu treffen, deren Boss er ist?«

»Ja, korrekt.«

Lenz legte die Stirn in Falten. »Ich will Ihnen und Ihrem Unternehmen nicht zu nahe treten, Frau Dehnert, aber wäre es nicht wesentlich effizienter, die Gebietsleiter für einen Tag in die Zentrale zu bitten? Mir erscheint die von Herrn Koller gewählte Variante nicht sehr wirtschaftlich.«

»Die Hintergründe, warum Herr Koller es so macht, kenne ich leider nicht, Herr Kommissar. Wenn Sie das so sagen, könnte ich Ihnen sicher uneingeschränkt zustimmen, aber ich bin nur für die Terminplanung zuständig gewesen, nicht für mehr.«

»Na ja, geht mich ja auch gar nichts an. Wo wollte Herr Koller denn heute sein? Immer noch in Kassel?«

»Nein, er hat heute Nachmittag einen Termin in Leipzig und soweit ich weiß steht dieser Termin auch noch. Abgesagt wurde er jedenfalls bis jetzt nicht.«

»Na, das wird er vermutlich schon noch, wie es aussieht.«

»Soll ich Sie anrufen, wenn er nicht in Leipzig erscheint?«

»Sie sollten mich besser anrufen, *wenn* er dort auftaucht.«

»Ganz wie Sie möchten.«

Es entstand eine kurze Pause.

»Und jetzt hätte ich noch ein paar Fragen zu Herrn Kollers Privatleben an Sie, Frau Dehnert. Vielleicht finden Sie die eine oder andere anzüglich, aber im Augenblick können wir ein Verbrechen nicht ausschließen und da ist jeder Hinweis für uns wichtig.«

»Fragen Sie ruhig. Wenn ich helfen kann, werde ich das uneingeschränkt tun.«

»Gut.«

Lenz schaltete auf Lautsprecher, deutete auf Hains Notizblock den daneben liegenden Stift. Der Oberkommissar griff danach, formte allerdings gleichzeitig mit dem Mund zwei stumme Wörter, die Lenz jedoch ohne Mühe entziffern konnte:

Fauler Sack

»Also, Frau Dehnert, zunächst möchte ich wissen, ob Sie etwas über seine Ehe wissen. Kennen Sie zufällig seine Frau?«

»Aber natürlich. Frau Koller hat bis vor drei, vier Jahren selbst hier gearbeitet, sie ist praktisch eine Kollegin von mir gewesen. Dann hat sie leider einen Skiunfall gehabt, bei dem sie sich einen Trümmerbruch im Oberschenkel zugezogen hat. Seitdem arbeitet sie nicht mehr.«

»Führen die beiden eine gute Ehe, ich meine, soweit man das sagen und von außen beurteilen kann?«

Nun brauchte seine Gesprächspartnerin ein paar Augenblicke, bevor sie zu einer Antwort ansetzte.

»Was ist schon eine gute Ehe, Herr Kommissar?«

»Um es konkret zu machen: Gibt es eine andere Frau oder andere Frauen, von denen Sie wissen?«

Wieder eine Pause auf der anderen Seite.

»Ich bitte in diesem Zusammenhang um Ihre Nachsicht, aber zu dieser Frage kann und will ich mich nicht äußern.«

»Also gibt es da was?«

Sie schwieg.

»Gut, nehme ich das mal so hin«, meinte Lenz ein wenig

angefressen. »Wie sieht es mit Sportwetten oder dergleichen aus? Geldsorgen?«

»Nicht, dass ich wüsste. Oder zumindest nichts Erwähnenswertes. Er platziert wohl ab und an eine Fußballwette, aber wie ein Spielsüchtiger wirkt er nicht auf mich. Und über Geldsorgen ist mir auch nichts bekannt.«

»Hat er Kinder?«

»Ja, zwei. Die leben aber nicht mehr bei den Kollers. Soweit ich weiß, studieren sie auswärts.«

Lenz überlegte. »Tja, das waren auch schon meine Fragen, Frau Dehnert. Danke für Ihre Mithilfe.«

»Gern. Ich werde Sie über die Entwicklung in Leipzig auf dem Laufenden halten, ja?«

»In Ordnung.«

Er verabschiedete sich und stellte das Telefon zurück auf die Ladestation. »Was denkst du?«, wollte er von Hain wissen.

»Das Gleiche wie du vermutlich. Dass sie, was Kollers Liebesleben angeht, ein wenig zugeknöpft war und vermutlich deutlich mehr weiß, als sie mir erzählt hat.«

»Vielleicht hatte sie auch nur keinen Bock, uns über den Flurfunk bei Agroquest zu informieren?«

»Auch eine Idee, die ich aber nicht glaube. Sie weiß vermutlich was, will es uns aber nicht sagen.«

»Vielleicht hat sie ja selbst was am Laufen mit ihm?«

Der Oberkommissar verdrehte die Augen. »Klar, die klang ja auch wie der männermordende Vamp.« Er schüttelte mitleidig den Kopf. »Mann, Mann, Mann. Du immer mit deinen kruden Ideen, Paule.«

»Gut, diesen Vorschlag ziehe ich mit dem Ausdruck des Bedauerns zurück.«

»Und was für einen Vorschlag machst du stattdessen?«

»Ersatzweise schlage ich vor, wir gehen erst mal was Schönes essen. Ich habe nämlich einen Bärenhunger.«

»Genial, da bin ich sofort dabei. Hier bei uns oder …?«

Die beiden Polizisten sahen gleichzeitig zur Tür, an der es geklopft hatte.

»Ja«, rief Lenz.

Ein junger Streifenpolizist trat ein. In der rechten Hand hielt er eine braune Aktenmappe. »Guten Tag«, sagte er schüchtern. »Mein Kollege hat mir erzählt, dass Sie auf der Suche nach einem Mann sind.«

»Das stimmt, ja. Warum?« Er deutete mit der Linken auf die Tasche.

»Weil eben jemand diese Collegetasche hier abgegeben hat, in der sich jede Menge Papiere befinden, auf denen der Name Sebastian Koller steht. Das ist doch der Mann, nach dem Sie suchen?«

Die beiden Kripobeamten hoben wie elektrisiert die Köpfe und starrten das braune Lederetui an.

»Ja, klar. Woher stammt die Tasche denn?«

»Eine Frau hat sie auf der Wilhelmshöher Allee gefunden, direkt in einer Parkreihe neben dem Bürgersteig. Weil der Inhalt für sie ein bisschen geheimnisvoll gewirkt hat, wollte sie damit nicht direkt zum Fundbüro gehen und ist hier bei uns vorstellig geworden. Ich habe hineingesehen und hätte mir eigentlich nichts weiter gedacht, wenn nicht einer von Ihnen vorhin bei uns unten gewesen wäre, also bei meinem Kollegen und sich nach dem Mann erkundigt hatte, dem die Mappe und die Papiere offensichtlich gehören.«

»Da haben Sie alle wirklich erstklassig mitgedacht, vielen Dank«, lobte Lenz den uniformierten Kollegen.

»Soll ich das Ding gleich hier lassen?«, wollte der Besucher wissen.

»Klar, wir kümmern uns um alles. Sie müssten uns nur noch ganz genau sagen, wo die Frau die Tasche gefunden hat, wie sie heißt und wo wir sie erreichen können.«

Der junge Polizist nannte Namen und Adresse der Finderin, die Hausnummer auf der Wilhelmshöher Allee und beschrieb den Kollegen den Fundort so genau wie möglich.

»Das sollte reichen«, stellte Hain zufrieden fest. »Vermutlich müssen wir uns gar nicht mehr mit der Finderin ins Benehmen setzen.«

»Das denke ich auch. Wenn Sie diesen rot markierten Gully gefunden haben, von dem sie gesprochen hat, stehen Sie genau am Fundort.«

»Machen wir.«

Er verabschiedete sich und verließ das Büro.

»So jung, pickelig und unsicher waren wir am Anfang unserer Laufbahn auch, oder?«, wollte Hain mehr rhetorisch wissen, während er aufstand und die vor ihm liegende Ledertasche von allen Seiten betrachtete.

»Ich garantiert. Bei dir bin ich mir da nicht so sicher. Du warst vermutlich immer schon ein vorlauter, unsympathischer Geselle, auch zu deiner Zeit auf der Jungbullenweide.«

8

Verena und Sigmar Kramer saßen am Bett ihrer schwer atmenden und stark schwitzenden Tochter Julia. Sie hielten sich an den Händen, weinten und hatten, jeder für sich, nur einen einzigen, wirklichen Wunsch. Den Wunsch, dass die Leidenszeit ihres Kindes ein Ende nehmen würde.

Erneut hob sich der Brustkorb des Mädchens, sackte ab und rührte sich nicht mehr. Die Eltern beobachteten das grausige Schauspiel, nickten dabei verhalten und verstärkten den Druck auf die gegenseitigen Hände. Ein Zittern ging durch Julias Körper, ihr Mund bewegte sich, so sah es zumindest aus, als wollte sie etwas sagen, dann ein erneutes Heben des Brustkorbs und ein Ausatmen. Das waren die letzten Bewegungen, die ihr geschundener Körper ausführte. Vater und Mutter saßen noch mehrere Minuten lang ebenso regungslos wie skeptisch da, doch diesmal war tatsächlich das Leben aus Julia gewichen.

»Sie hat es geschafft, Sigmar«, schluchzte Verena. »Unser Mädchen hat es geschafft.«

Ihr Mann drehte sich zu seiner Frau, nahm sie sanft in den Arm und drückte sie. »Ja, sie hat es wirklich geschafft«, erwiderte er leise.

Sie blieben noch etwa zehn Minuten in unveränderter Haltung sitzen, dann löste sich Verena Kramer langsam aus der Umklammerung ihres Mannes, stand auf und streichelte liebevoll über Julias jetzt friedlich und entspannt wirkendes Gesicht. »Holst du mir bitte eine Wanne mit warmem Wasser, Siggi?«

»Mach du das doch. Ich bleibe hier und kümmere mich in der Zeit um den Rest.«

Verena sah ihn irritiert an. »Was meinst du? Worum willst du dich kümmern?«

Sigmar Kramer senkte den Kopf und sah zu Boden.

»Nun sag schon, worum willst du dich kümmern?« Die Frau streichelte erneut die Wange ihrer Tochter, drehte sich um, trat neben ihren Mann und beugte sich zu ihm hinunter. »Das glaube ich nicht, Siggi. Sag mir bitte, dass du das nicht gemacht hast.«

Er schluckte. »Das würde ich nur zu gern, Verena, aber ich kann es nicht.«

Sie schüttelte den Kopf, griff nach der Bettdecke und zog sie vorsichtig hoch. Dann streifte sie Julias Schlafanzugoberteil an der Schulter zur Seite. Dort blickte sie auf fünf nebeneinander angebrachte Morphiumpflaster.

»Aber wir hatten doch vereinbart, dass wir das nicht machen würden, Siggi. Wir hatten es uns geschworen, erinnerst du dich nicht?«

»Doch, ich erinnere mich, aber ich konnte sie nicht mehr leiden sehen. Ich konnte es nicht mehr mitansehen, wie unser Kind sich quält und quält und quält und einfach nicht sterben kann. Ich habe keinen anderen Ausweg mehr gewusst.«

»Aber …«

Es entstand eine bedrückende Stille.

»Du hättest mich wenigstens erneut fragen können«, sagte Verena schließlich leise. »Wenigstens fragen, damit wir es gemeinsam entscheiden.«

»Du hattest doch überdeutlich zum Ausdruck gebracht, dass du es nicht willst. Was hätte ich denn machen sollen?«

»Aber so, Siggi? So einfach machen?« Sie schluchzte laut auf. »Ich kann es nicht verstehen, wirklich nicht.«

»Sei ehrlich, hast du nicht in den letzten Tagen auch das eine oder andere Mal daran gedacht, dass es besser für sie wäre, wenn es endlich vorbei wäre? Hast du nicht auch daran gedacht, ihr ein oder zwei Pflaster mehr aufzukleben?«

»Ja, das habe ich, Siggi, das habe ich wirklich. Aber ich habe mich unserer Vereinbarung verpflichtet gefühlt und ich habe gewusst, dass du meinen Wunsch respektierst. Ich wollte nicht, dass ihr Leben so endet. Das wollte ich wirklich nicht.«

Sigmar Kramer stand auf, wischte sich die nassen Wangen ab und griff nach der Hand seiner toten Tochter. »Wenn du mich jetzt dafür verdammst, Verena, dann bedaure ich das und fühle mich hundeelend damit. Ich war und bin verzweifelt, so verzweifelt, dass ich manchmal nicht mehr leben will. Du bist das Einzige, was mir geblieben ist, und das Einzige, was mich am Leben erhält. Also bitte, verzeih mir und versuch zu verstehen, dass ich nicht anders konnte.«

Wieder herrschte eine Weile Stille.

»Ich würde gern sagen, dass du das Richtige gemacht hast, aber ich kann nicht, Siggi. Ich kann es nicht, selbst im Angesicht unserer gerade gestorbenen Tochter. Du weißt selbst, dass es eine Todsünde ist.«

»Eine Todsünde? Verena, warum sagst du das? Unser Mädchen hat gelitten wie ein Hund und du redest von einer Todsünde?«

»Es ist nicht vereinbar mit unserer Religion, Siggi, und es ist nicht vertretbar vor Gott. Verstehst du das denn gar nicht?«

Kramer schluckte erneut, holte tief Luft und sah seiner Frau lange in die Augen.

»Schau dir Julia an, Verena. Schau dir diesen geschundenen kleinen Körper an und dann sag mir, dass dein Gott für dieses Schicksal verantwortlich ist. Hat dein Gott das zu verantworten?«

Sie schwieg eine Weile, während Sigmar die Hand seiner toten Tochter hielt.

»Die Wege des Herrn sind unergründlich, das weißt du. Wir können uns nicht zum Richter seiner Entscheidungen aufspielen, *du* kannst das nicht tun.«

Kramer legte behutsam die Hand seiner Tochter neben ihrer Hüfte ab, trat auf seine Frau zu und wollte sie in den Arm nehmen. Verena versteifte ihren Körper, sodass es ihm nur schwer möglich war, sie zu umfassen.

»Dein Gott kann nichts für Julias Schicksal, Verena. Für ihre Leiden gibt es einen anderen, klaren Verursacher, genau wie bei Ulrike und das weißt du auch.«

»Selbst wenn das wirklich so wäre, gibt dir das noch lang nicht das Recht, sie …« Sie brach ab und fing hemmungslos an zu weinen.

»Sie umzubringen? Willst du das sagen? Willst du mich jetzt wirklich dafür verantwortlich machen, dass sie tot ist?«

»Nein, das will ich nicht. Aber du hast …«

»Wenn du so willst, habe ich unsere Tochter umgebracht, ja, Verena. Da kann ich dir nicht widersprechen. Aber willst du denn nicht einsehen, dass ich dieses endlose Leid nicht mehr aushalten konnte?«

»Ich konnte es doch auch kaum noch aushalten.«

»Manchmal muss man Dinge tun, die weder legal sind noch von deiner Religion gutgeheißen werden. Dann muss man sich tatsächlich, wie du es nennst, zum Richter über

71

Leben und Tod erheben, weil es einfach nicht anders geht. Weil anders weder Recht noch Gerechtigkeit noch das Ende des Leids möglich sind.«

Die beiden drehten gleichzeitig den Kopf zu ihrer Tochter.

»Ich will aufhören, dir hier und jetzt Vorhaltungen zu machen, Siggi. Ob ich das in Zukunft immer werden kann, muss die Zeit zeigen.«

Damit beugte sich Verena Kramer zur Schulter ihrer Tochter herab, zog nacheinander vier der fünf Morphiumpflaster ab und knüllte sie in der Hand zusammen. »Und jetzt geh bitte runter und hol mir das Wasser, ja?«

Zwei Stunden später hatte der Hausarzt der Kramers den Totenschein ausgestellt. Dort war zu lesen, dass Julia Kramer an einem metastasierenden Leberkarzinom gestorben war. Der Bestatter war angekommen und traf die Vorbereitungen für den Abtransport des Leichnams. Verena Kramer hatte in dieser Zeit nur das Allernötigste mit ihrem Mann gesprochen.

»Wollen wir bei Julia alles genauso machen wie bei Ulrike?«, fragte der Bestatter.

Sigmar Kramer nickte stumm.

Weitere 60 Minuten darauf waren die beiden Eltern allein in ihrem großen Bauernhaus. Verena stand am Fenster ihrer rustikal eingerichteten Küche, Sigmar saß am Tisch und drehte sich eine Zigarette.

»Wir waren immer so überzeugt davon, dass die Mädchen einmal den Hof übernehmen würden«, flüsterte sie mit Blick auf das kleine Haus etwa 30 Meter entfernt, in dem Sigmars Eltern bis zu ihrem Tod gelebt hatten. »Und wir dann rüber aufs Altenteil ziehen könnten.«

»Ja, das hatten wir«, stimmte er ihr ebenso leise zu. »Aber dazu kommt es jetzt nicht mehr. Wir haben nacheinander unsere Mädchen an den Krebs verloren, verursacht durch dieses verdammte Spritzmittel.«

»Fang nicht wieder das Fluchen an, Siggi. Tu mir wenigstens das nicht an, ja?«

»Entschuldige, das war unachtsam von mir. Aber manchmal kommt die Wut einfach so wahnsinnig in mir auf, dass ich es nicht kontrollieren kann.«

Die beiden wandten ihre Köpfe in Richtung Flur, wo das Telefon klingelte.

»Ich kann jetzt nicht telefonieren«, sagte Verena.

»Ich auch nicht.«

»Dann lassen wir es einfach klingeln. Ich würde mich jetzt gern eine Stunde hinlegen, danach müssen wir sowieso in den Stall.«

»Darf ich mich zu dir legen? Hältst du das jetzt aus?«

Sie nickte matt, wobei ihre Augen erneut feucht wurden. »Ich würde mich sogar sehr darüber freuen, Siggi. Halt mich einfach fest und lass uns eine Stunde gemeinsam schlafen, das wird mir und uns guttun.«

Er legte die fertig gedrehte Zigarette auf den Tisch, stand auf und nahm seine Frau in die Arme. Jetzt war keine Abwehr mehr von ihr zu spüren.

»Danke, Verena.«

73

9

Das Telefon auf ihrem Schreibtisch riss Sabrina Dehnert aus ihren Gedanken. Sie griff nach dem Hörer.

»Frau Dehnert, können Sie gerade mal zu mir rüberkommen? Ich hätte da ein paar Fragen an Sie.«

»Klar, Herr Schulte. Jetzt gleich?«

»Ja, bitte, jetzt gleich.« Sebastian Kollers Sekretärin legte besorgt den Hörer zurück. Wenn der Geschäftsführer, mit dem sie sonst rein gar nichts zu tun hatte, sie in sein Büro bat, schien tatsächlich Feuer unterm Dach zu sein. Sie machte sich zwar auch ein wenig Sorgen um ihren Boss und wo er sich mal wieder herumtrieb, aber für sie war es nichts umwerfend Neues, ihn einen oder zwei Tage nicht erreichen zu können. Einzig die Tatsache, dass er sich wohl nicht bei seiner Frau gemeldet hatte, beunruhigte sie ein wenig.

»Also, Frau Dehnert«, kam Schulte ohne Umschweife oder irgendeine Begrüßungsformel auf den Punkt, »ich mache mir ernsthafte Sorgen um den Verbleib von Herrn Koller. Sie beide sind doch praktisch so etwas wie siamesische Zwillinge, also will ich von Ihnen wissen, ob Sie mir etwas zu seinem ominösen Verschwinden sagen können.«

»Ich weiß wirklich nicht, was ich Ihnen da sagen könnte«, zierte sich Sabrina Dehnert auch optisch.

»Hören Sie, ich will hier nicht um den heißen Brei herumreden, Frau Dehnert. Wir beide wissen, dass Sebastian Koller das eine oder andere Problem mit sich herumschleppt, aber soweit das seine Arbeitsleistung nicht beeinträchtigt, soll mir das recht egal sein. Jetzt aber ist er irgendwie nicht auffindbar und das macht mir schon ziemliche Kopfschmerzen. Also, wissen Sie etwas darüber?«

»Nein, ich schwöre Ihnen, dass ich nichts weiß. Herr Koller bespricht vielleicht viele Dinge, auch private, mit mir, aber warum er jetzt … na ja, abgetaucht ist, das kann ich Ihnen beim besten Willen nicht sagen. Wirklich.«

Schulte lehnte sich in seinem Stuhl zurück und bedachte die Sekretärin mit einem bösen Blick. »Sie wissen, dass Sie Ihren Arbeitsplatz stark gefährden, wenn Sie mir etwas verheimlichen? Ist das bei Ihnen angekommen?«

Frau Dehnert schluckte. »Aber wenn ich es Ihnen doch sage, Herr Schulte. Ich weiß nichts.«

»Ich hingegen weiß, dass Ihr Chef letztes Jahr knapp einem totalen Fiasko entkommen ist, weil er seinen Buchmacher nicht mehr bezahlen konnte. Und ich weiß, dass Sie das auch wissen. Wir müssen hier also keine Spielchen spielen, verstanden?«

»Wenn Sie es ja sowieso wissen«, gab sie kleinlaut zurück, »dann brauchen Sie mich doch gar nicht.«

»Doch, klar brauche ich Sie. Ich will und muss wissen, wo Koller ist. Und wenn Sie es wissen und mir nicht sagen, dann sind Ihre Papiere schneller fertiggemacht, als Sie *Wettbüro* sagen können.«

Sabrina Dehnert holte tief Luft. »Ich sage Ihnen das jetzt noch genau einmal, Herr Schulte. Ich weiß nicht, wo Herr Koller sich aufhält. Und wenn Sie mir noch hundertmal mit der Kündigung drohen, ich weiß es trotzdem nicht. Und weil wir gerade dabei sind, ich mache mir nämlich auch Sorgen um ihn, falls Sie das interessiert.« Den letzten Satz hatte die Frau ihm ziemlich wütend entgegengeschleudert.

»He, nun regen Sie sich mal nicht gleich so auf«, ruderte der Geschäftsführer ein paar Grad zurück. »Wenn Sie mir das so sagen, dann glaube ich Ihnen.« Er griff nach einem Feuerzeug auf dem Tisch und fing an, damit zu spielen. »Wissen Sie etwas davon, dass Herbmaster, unser größter Wettbewerber, in abzuwerben versucht?«

Sie nickte. »Er hat mir davon erzählt. Aber er hat auch gesagt, dass ein Wechsel für ihn nie infrage kommen würde.«

Sie dachte eine Weile nach.

»Ich glaube, die Offerte hat ihm geschmeichelt, aber er wollte halt auch nicht aus Düsseldorf weg, und das wäre, so hat er mir zumindest erzählt, ja Bedingung gewesen für einen Wechsel.«

Schulte legte das Feuerzeug auf dem Tisch ab. »Gut. Dann fischen wir also, was das angeht, beide im Trüben. Es gibt aber noch eine andere Sache, die mich beschäftigt. Dabei geht es um ein Gutachten. Ein vertrauliches Gutachten.«

»Sie meinen das Gutachten der Shea-Kommission?«

»Genau um das geht es. Herr Koller hat eine Kopie davon und eine kurze Inaugenscheinnahme seines Büros heute Morgen hat mich ein wenig in Unruhe versetzt. Es ist nicht in seinen Unterlagen zu finden gewesen.«

»Soweit ich weiß, hat er es mit nach Hause genommen.«

»Wann war das?«

»Vor dem Wochenende. Er wollte es in aller Ruhe lesen, hat er gesagt.«

»Verdammt, er wusste doch ganz genau, wie sensibel damit umzugehen ist«, schrie Schulte unvermittelt los. »Warum muss ich mich immer wieder mit solchen Dilettanten auseinandersetzen?«

Weil Sabrina Dehnert die Frage nicht beantworten konnte und vermutlich auch nicht sollte, schwieg sie einfach.

»Verdammt«, wiederholte Schulte ein wenig leiser.

»Haben Sie mit seiner Frau telefoniert? Die weiß in der Regel genau, wo Herr Koller seine Sachen aufbewahrt.«

Der Geschäftsführer nickte. »Ja, habe ich, aber sie weiß von nichts. Hat das ganze Haus auf den Kopf gestellt, aber nichts gefunden.« Wieder der nervöse Griff nach dem Feuerzeug. »Könnte es sein, dass er das Gutachten mitgenommen hat?«

Frau Dehnert zuckte mit den Schultern. »Das werden Sie vermutlich erst erfahren, wenn er wieder aufgetaucht ist. Ich kann es Ihnen auf jeden Fall nicht sagen.«

»Er war ja schon öfter mal auch für Sie nicht zu erreichen, Frau Dehnert, das weiß ich. Wie lange dauert es denn Ihrer Erfahrung nach, bis er wieder auf Sendung ist?«

Wieder ihr Schlucken. »Mehr als einen Tag dauert das nicht, dann meldet er sich auf jeden Fall.«

»Also spätestens morgen?«

»Würde ich schätzen, ja.«

»Geht er denn wenigstens noch zu seiner Spielsüchtigen-Selbsthilfegruppe?«

»Soweit ich weiß schon, ja. Aber was nützt das denn alles, wenn er von den Meetings aus direkt ins nächste Wettbüro geht? Eine gewisse Ehrlichkeit braucht man schon für so etwas, aber wenn man es nur macht, um seine Frau zu beruhigen, dann bringt das doch alles nichts. Das habe ich ihm übrigens schon tausend Mal genau so gesagt, aber er meint dazu nur, dass er alles im Griff hat. Oder in den Griff bekommt.«

»Hm. Wann haben Sie eigentlich zuletzt von ihm gehört?«

»Gestern Abend, kurz vor meinem Feierabend. Er wollte wissen, ob hier in der Zentrale alles in Ordnung sei, das war es dann auch schon.«

»Wie wirkte er auf Sie?«

»Völlig normal. Er wollte abends zu seiner Verabredung mit Herrn Santos, davon hat er gesprochen, aber mehr auch nicht. Also alles wie immer, würde ich sagen.«

Schulte nickte. »Gut, das war es dann bis hier her. Falls er sich bei Ihnen meldet, will ich das sofort wissen. Verstanden?«

Sie nickte.

»Dann zurück an die Arbeit.«

Nachdem sie die Tür hinter sich geschlossen hatte, ließ der Geschäftsführer sich wieder in seinen Stuhl sinken. Er dachte eine Weile nach, griff dann zum Telefon und drückte eine Nummer aus dem Kurzwahlspeicher. »Hallo, Karl, ich bin's, der Bernd«, sagte er, nachdem sein Gesprächspartner das Telefonat angenommen hatte, und trug ihm seine Bitte vor. Der Mann am anderen Ende gab ihm eine Telefonnummer und eine Adresse.

Nach einem weiteren Telefonat verging etwa eine Stunde, dann saß ihm in seinem Büro eine in einem eleganten roten Kostüm steckende, etwa 38-jährige Frau gegenüber, die sich als Mona Brassel vorgestellt hatte.

»Zunächst«, begann der Agroquest-Leiter vorsichtig, »muss ich von Ihnen unbedingte und absolute Vertraulichkeit zugesagt bekommen. Wenn es nur den Hauch eines Zweifels daran geben sollte, dass ich mich nicht zu 100 Prozent darauf verlassen kann, hat sich unser Gespräch leider schon erledigt.«

Seiner Besucherin huschte die Andeutung eines Lächelns über das Gesicht. »Herr Schulte, wir wissen beide, dass ich hier sitze, weil bei Ihnen der Hinterhof brennt. Und weil Sie nicht möchten, dass das Feuer auf Ihr schönes Hauptgebäude überspringt und es in allerkürzester Zeit nicht mehr zu kontrollieren sein wird, haben Sie mich gerufen.« Sie sah ihn herausfordernd an. »Korrigieren Sie mich bitte, wenn ich mich irre.«

Schulte überlegte eine Sekunde. Sie hatte den Nagel auf den Kopf getroffen, direkt, genau und gnadenlos und das noch dazu unter Zuhilfenahme eines absolut passenden Bildes. »Nein, da gibt es nichts zu korrigieren«, winkte er ab.

»Gut. Und weil das jetzt geklärt ist, brauchen wir nicht weiter über Diskretion zu sprechen. Sie haben mich und mein Unternehmen ausgesucht, weil Ihnen irgendjemand, für den ich gearbeitet habe oder arbeite, dazu geraten hat. Richtig?«

Er nickte. »Karl Hoffart von Brick&Weller.«

»Danke, dass Sie mir das sagen, aber es wäre nicht nötig gewesen. Ich werde weder bestätigen noch dementieren, dass wir jemals mit einem Unternehmen dieses Namens etwas zu tun hatten.«

Sie griff in ihre Handtasche, holte eine kleine Wasserflasche heraus und stellte sie auf den Tisch.

»Ich kann einfach besser denken, wenn ich gut mit Flüssigkeit versorgt bin«, gestand sie schulterzuckend. Dann hob sie den Kopf und sah Schulte an. »Also, was können wir für Sie tun?«

Der Geschäftsführer wischte sich die Hände an seinen Hosenbeinen ab, holte tief Luft und versuchte, ihren Blick möglichst standhaft zu erwidern. »Wir haben ein Problem mit einem unserer Mitarbeiter. Er ist seit gestern Abend verschwunden.«

»Seit gestern Abend? Das ist eigentlich noch keine Zeitspanne, wegen der man sich Sorgen machen müsste«, erwiderte sie.

»Das mag sein, aber Herr Koller, der verschwundene Mitarbeiter, hat ein paar persönliche Probleme. Er ist unter anderem spielsüchtig.«

»Erklären Sie mir bitte ›unter anderem‹.«

»Soweit ich weiß, lebt er promisk, hat also, obwohl er verheiratet ist, Affären mit anderen Frauen. Manchmal ist er oft stunden- oder tagelang nicht auffindbar. Nach unseren Informationen nimmt er außerdem Antidepressiva.«

»Es ist also nicht unbedingt ungewöhnlich, dass er verschwunden ist? Das ist, wenn ich Sie richtig verstehe, schon öfter vorgekommen.«

Schulte nickte.

»Was macht die jetzige Situation so different, dass Sie nach einer solch relativ kurzen Zeit eine Agentur wie meine beauftragen, sich mit Herrn Koller zu beschäftigen?«

Der Geschäftsführer räusperte sich. »Hier wird es wirklich kompliziert, Frau Brassel«, entgegnete er mit belegter Stimme.

»Ja?«, hakte sie nach, weil er schwieg.

»Herr Koller ist im Besitz eines Schriftstücks. Eines, ich will mal sagen, sehr diskret zu behandelnden Schriftstücks.«

»Hat er es gestohlen?«

»Nein, das nun nicht gerade. Ich selbst habe es ihm für den Gebrauch hier im Haus gegeben, allerdings hat er es mit nach Hause genommen. Dort ist es nicht zu finden, also vermute ich, dass er es bei sich hat.«

»Was genau passiert, wenn der Inhalt dieses Dokuments in die falschen Hände gerät oder veröffentlicht wird?«

»Daran darf ich gar nicht denken«, stöhnte er auf. »Dazu darf es einfach niemals kommen.«

Mona Brassel öffnete die kleine Wasserflasche und trank sie in einem Zug bis zur Hälfte aus. »Also gehe ich davon aus, dass es sich um für Ihr Unternehmen möglicherweise kompromittierende Inhalte handelt?«

Sein Nicken hatte etwas Verzweifeltes.

»Schön. Oder besser in diesem Fall nicht schön«, korrigierte sie sich selbst. »Ich brauche dann alle Informationen, die Sie mir über Ihren Mitarbeiter geben können. Und ich muss sämtliche Ressourcen Ihres Unternehmens nutzen können, das macht viele Dinge einfacher. Ist das ein Problem für Sie?«

»Nein, überhaupt nicht.«

»Weiterhin weise ich Sie darauf hin, dass mein Tagessatz bei 15.000 Euro zuzüglich Spesen liegt. Falls das ein Hindernis sein sollte, sagen Sie es mir bitte jetzt.«

»Das ist eine beachtliche Summe, Frau Brassel.«

»Sie haben auch ein beachtliches Problem, Herr Schulte«, erwiderte sie kühl. »Das Honorar für die erste Woche ist bei Vertragsabschluss per Sofortüberweisung fällig, ein eventuell verbleibendes Guthaben wird nicht erstattet. Haben Sie das verstanden?«

Schulte hätte die Frau am liebsten hochkant aus seinem Büro geworfen, aber eine bessere Lösung für sein Problem gab es wohl nicht. Zumindest war ihm keine bekannt. Also nickte er ergeben, griff zum Telefon und leitete die nötigen Schritte ein.

Nach weiteren 30 Minuten war Mona Brassel über alles informiert, was der Geschäftsführer zu Sebastian Koller einfiel. Die geforderte Sofortüberweisung war auf ihrem Konto gutgeschrieben, außerdem hatte sie einen Werksausweis und einen Zugangsausweis zum Betriebsgelände in der Tasche.

»Und jetzt möchte ich zunächst mit seiner Sekretärin sprechen. Im Anschluss werde ich zu seiner Frau und danach direkt nach Kassel fahren.«

»Da ist noch etwas, über das ich Sie gern informieren würde«, bat er sie mit einer Handbewegung, noch nicht zu gehen.

»Ja?«

»Wir sind Marktführer in Deutschland in einem Bereich, über den in den letzten Monaten, ach, was sage ich, eigentlich schon in den gesamten letzten Jahren, in den Medien nicht immer wohlwollend berichtet wurde. Wir sind sehr erfolgreich mit einem Herbizid und die Wirkweise dieses Herbizids wird in der Öffentlichkeit manchmal sehr – ich simplifiziere jetzt mal ganz bewusst – undifferenziert dargestellt.«

»Sie sprechen von Squeeze, ihrem Herbizid und Bestseller auf Glyphosatbasis.«

»Ich sehe, Sie haben Ihre Hausaufgaben erledigt, Frau Brassel.«

»Ach, was so eben auf der Fahrt noch zu machen war«, winkte sie ab.

»Ich hoffe, Sie konnten sich trotzdem noch ausreichend auf den Verkehr konzentrieren.«

»Kein Problem. Immerhin habe ich es geschafft, unfallfrei bei Ihnen vorstellig zu werden.«

»Gut«, lächelte Bernd Schulte gequält.

»Aber das wird vermutlich nicht der Grund sein, warum Sie mich noch so explizit auf dieses Thema hinweisen.«

»Nein, das ist auch nicht der Grund.« Er öffnete eine Schublade seines Schreibtischs, kramte einen Moment darin herum und legte ein Schriftstück vor ihr ab. Die Frau las es, schob es zurück und hob emotionslos den Kopf.

»Solche Schreiben werden vermutlich wöchentlich oder monatlich aus jedem Winkel der Welt an Unternehmen wie Ihres verschickt, wenn ich die aktuelle Diskussion in den Medien richtig deute. Haben Sie auf dieses spezielle reagiert?«

»Nein. Wir hatten, wie Sie dem Schreiben der Dame entnommen haben, vor ein paar Jahren mal Kontakt, aber jetzt haben wir, wie es bei uns in solchen Fällen üblich ist, nicht reagiert.«

»Und es ist bei diesem einen Schreiben geblieben?«

»Ja.«

»Keine Klage? Keine Klageandrohung? Keine Geldforderung?«

»Nichts dergleichen. Wir haben ein bisschen über die Familie recherchieren lassen, das Übliche, was man in solchen Fällen so macht. Man muss ja wissen, was auf einen zukommen könnte.«

»Und? Ist etwas dabei herausgekommen?«

»Es handelt sich um eine sehr religiöse Familie, das ist das, was mir in Erinnerung geblieben ist. Offenbar ging es der Frau wirklich nicht darum, etwas einzufordern oder etwas anzukündigen, sondern ausschließlich darum, uns an ihrem Schicksal teilhaben zu lassen.«

»Würden Sie mit Menschen wie dieser Verena Kramer reden?«

»Nein, definitiv nicht. Wir reichen Dinge wie diese grundsätzlich an unsere Rechtsanwälte weiter.«

»Und warum genau haben Sie mich über diesen Fall informiert? Weil die Familie in Kassel lebt?«

»Ja, natürlich. Ich dachte …« Der groß gewachsene Mann brach ab. Offenbar dachte er doch nicht.

»Sie meinen«, griff die Frau seinen Gedanken auf und sponn ihn weiter, »dass möglicherweise diese Familie Kramer etwas mit dem Verschwinden Ihres Außendienstleiters zu tun haben könnte?«

»Das ist mein … Gedanke, ja.«

Sie schüttelte den Kopf. »Diese Möglichkeit besteht, da will ich Ihnen gar nicht widersprechen, ist nach meiner Meinung aber im absolut niedrigen Promillebereich anzusiedeln. Normale Menschen wie diese Frau Kramer und ihre Familie wissen nicht, wo sich Leute wie Herr Koller zu welchen Zeiten aufhalten.« Sie schob ihre Wasserflasche in die Tasche. »Nein, das würde ich ausschließen. Natürlich werde ich das Schreiben im Hinterkopf behalten und unter Umständen der Familie einen Besuch abstatten, aber meine Tätigkeit für Sie wird sich zunächst anderen Prioritäten zuwenden.«

»Darf ich fragen, was für Prioritäten das sein werden?«

»Nein. Sie werden niemals erfahren, wie ich arbeite. Und genauso wird niemand je erfahren, dass ich für Ihr Unternehmen tätig war, wenn es nach mir geht. Meine Erfolgsquote liegt bei rund 90 Prozent und weil das so ist, haben Sie mich engagiert. Mehr müssen Sie nicht wissen und mehr wollen sie auch gar nicht wissen.«

»Dann wünsche ich Ihnen und uns in diesem speziellen Fall eine Erfolgsquote von 100 Prozent.«

»Wir werden sehen. Und jetzt melden Sie mich bitte bei Herrn Kollers Sekretärin an.«

10

»Unser heiteres Mittagessen kann ich mir wohl jetzt getrost von der Backe kratzen«, sinnierte Thilo Hain, während er sich Einmalhandschuhe überstreifte. Lenz tat es ihm gleich.

»Ja, das Leben als Bulle hält schon manchmal böse Überraschungen bereit«, erwiderte er lachend, nahm einen Stapel Papiere aus der Ledertasche und legte sie vor sich auf dem Schreibtisch ab. »Vielleicht ist unsere Gummihandschuhnummer hier doch ein wenig übertrieben.« Lenz glaubte nicht daran, noch etwas von Bedeutung zu finden, nachdem bereits mehrere Kollegen und der Finderin die Papiere berührt hatten.

»Vorschrift ist nun mal Vorschrift«, wurde er überflüssigerweise von seinem jungen Kollegen aufgeklärt.

Sie sahen nacheinander die bedruckten DIN-A4-Seiten durch, ohne jedoch den Inhalt wirklich zu verstehen.

»Das sind irgendwelche Umsatzauswertungen«, stellte Lenz gelangweilt fest.

Hain, der sich ein paar zusammengetackerte Seiten gegriffen hatte und darin las, schüttelte energisch den Kopf. »Nein, das, was ich hier habe, ist etwas ganz anderes, Paul.« Der junge Oberkommissar bewegte die Augen hektisch über die Zeilen. »Hier geht es um das Risiko bei der Anwendung von Glyphosat. Stammt wohl von irgendeiner EU-Stelle, wenn ich es richtig deute.«

»Und? Ist es ein Risiko, das Zeug zu verwenden?«

»Nun lass mich doch erst mal in Ruhe lesen.«

Es entstand eine Pause. Lenz widmete sich widerwillig seinem Part, konnte jedoch weiterhin keine Hinweise Kollers Verschwinden betreffend finden, während die Augen seines Kollegen auf der anderen Schreibtischseite immer größer wurden.

»Wenn es stimmt, was hier drin steht, dann läuft die Zulassung für *Squeeze*, so heißt das Glyphosatzeugs, das Kollers Arbeitgeber vertreibt, wie für alle anderen glyphosathaltigen Unkrautvernichtungsmittel gerade aus und nach Meinung dieser Stelle hier darf es auch nicht wieder zugelassen werden.«

»Das steht da drin?«, hakte Lenz irritiert nach.

»Das steht wortwörtlich hier drin«, bestätigte sein Mitarbeiter. »Aber das ist noch nicht alles, Paule. Das Gutachten dieser Shea-Kommission hier ist nämlich klassifiziert, was nichts anderes heißt, als dass es eigentlich gar nicht an die Öffentlichkeit hätte gelangen dürfen.«

»Wie ist es denn klassifiziert?«

»Das geht hieraus nicht so genau hervor, vermutlich sind die Seiten, die wir hier haben, Teil eines viel umfangreicheren Dokuments. Vermutlich geht die genaue Geheimhaltungsstufe daraus hervor.«

Lenz legte die Stirn in Falten. »Könnte also heißen, dass Koller und sein Unkrautvernichtungsverein auf illegalem Weg an die Unterlagen gekommen sind.«

»Durchaus.«

»Hm.«

»Was heißt dieses *hm*?«

»Dass wir jetzt erst mal an den Fundort fahren. Und vorher bringen wir dieses Zeug hier bei Günzler vom Umweltdezernat vorbei, der soll es durchsehen und uns dann seine Meinung dazu sagen.«

»Gute Idee. Die könnte glatt von mir sein.«

Den Fundort der Collegetasche hatten sie keine 15 Minuten später erreicht, doch etwas Erhellendes ergab sich dadurch nicht. Eine diagonal geschnittene, endlose Parkreihe, etwa knapp zur Hälfte belegt.

»Vermutlich stehen hier mehr Autos rum, wenn es keine Semesterferien hat«, stellte Lenz mit Blick auf den gegenüberliegenden Standort der Universität Kassel fest.

Der Parkplatz mit dem rot markierten Gully am vorderen Ende war nicht besetzt. Die beiden Kripobeamten suchten in einem Radius von etwa zehn Metern rund um den Fundort nach Spuren, konnten jedoch weiter nichts finden, was auf Sebastian Koller hinwies.

»Hier ist tote Hose, Thilo«, stellte Lenz kurz darauf fest.

»Jepp. Bleibt halt die Frage, was die Tasche hier zu suchen hat.«

Der Hauptkommissar blickte zur Achse der Wilhelmshöher Allee. »Sie liegt immerhin auf seinem direkten Weg von dem Meeting mit diesem Santos zu seinem Hotel.«

»Stimmt. Aber das beantwortet längst nicht, warum er erstens dieses Dokument, das er eigentlich gar nicht besitzen dürfte, in der Tasche hatte, und zweitens, warum er sie hier verloren, weggeworfen, geklaut bekommen oder was weiß ich auch immer hat.«

Lenz holte einen kleinen Zettel aus seiner Sakkotasche, griff nach seinem Telefon und wählte. »Wir müssen mit diesem Santos sprechen. Er ist offenbar der Letzte, mit dem Koller vor seinem Verschwinden gesprochen hat.« Lenz hob den Arm, um Thilo zu unterbrechen, weil die Verbindung zustande gekommen war. Er stellte sich vor und bat den Gebietsleiter um ein kurzfristiges Treffen.

»Er erwartet uns in seinem Büro in Bettenhausen. Wir sollen uns beeilen, weil er noch einen anderen Termin hat.«

»Na, dann aber los«, stimmte Hain zu und nahm Kurs auf den offenen Mazda.

Julio Santos empfing die Polizisten in einem hellen, aufgeräumten Büro im vierten Stock eines neu erbauten Geschäftshauses direkt an der Leipziger Straße. Seine Sekretärin brachte Wasser, bevor sich die drei an einen kleinen Besprechungstisch setzten.

»Sie sind vermutlich hier, weil mein Chef nicht aufzufinden ist?«, wollte der braun gebrannte, mit leichtem Akzent sprechende Mann wissen. »Und ich gestern Abend einen Termin mit ihm hatte.«

Lenz nickte.

»Aber ich kann Ihnen leider nicht weiterhelfen. Wir haben knapp dreieinhalb Stunden zusammengesessen, weil es jede Menge Dinge zu besprechen gab, und uns dann ohne großes Tamtam voneinander verabschiedet.«

»Haben Sie das Restaurant gemeinsam verlassen?«

»Nein. Herr Koller saß noch am Tisch, als ich das Lokal verlassen habe.«

»Und Sie sind direkt nach Hause gefahren?«

»Gegangen. Ich wohne zu Fuß keine zehn Minuten entfernt und hatte das Auto stehen gelassen. Aber Sie haben recht, ich bin direkt nach Hause gegangen. Meine Frau hat vor ein paar Monaten Drillinge bekommen und da will ich so viel Zeit wie möglich zu Hause verbringen, auch um sie nach Möglichkeit zu entlasten.«

»Drillinge? Dann ist sicher richtig Betrieb bei Ihnen«, vermutete Hain schmunzelnd.

»Oh ja, das kann ich Ihnen sagen.«

»Und wie ist Herr Koller so als Chef«, kam der Oberkommissar sofort wieder zum Thema zurück.

Santos rieb nervös die Handflächen aneinander. »Ach, wie ist man als Chef schon so?«, fragte er rhetorisch zurück. »Er muss dafür sorgen, dass die Zahlen stimmen und das macht er meiner Meinung nach ganz gut. Wir Außendienstler sehen ihn zwar regelmäßig, aber auch wieder nicht so oft, dass ich mir ein schlüssiges Urteil über ihn erlauben könnte.«

»Und Sie haben wirklich keine Idee, wo wir nach ihm suchen könnten? Keine Andeutung, wo er vielleicht die Nacht verbracht hat?«

»Nein, ehrlich nicht. Soweit ich weiß, steigt er, wenn er in Kassel ist, immer im Stapleton ab, und das hat er wohl auch diesmal wieder so gehalten. Vielleicht ist er schon weiter nach Leipzig gefahren und ihm ist auf dem Weg dorthin etwas passiert, das ist so meine Idee.«

»Das prüfen wir gerade«, erwiderte Lenz, der dem Mann nicht mitteilen wollte, dass Kollers Audi noch auf dem Hotelparkplatz stand. »Woher wissen Sie eigentlich, dass er verschwunden ist?«

»Seine Sekretärin, Frau Dehnert, hat mich angerufen und es mir erzählt. Sie dachte, genau wie Sie, dass ich vielleicht etwas wissen könnte, aber wie gesagt …«

»Wie lange kennen Sie Herrn Koller schon?«

»Seit ich bei Agroquest angefangen habe, also gut drei Jahre.«

»Haben Sie privat auch Kontakt zu ihm?«

»Nein, überhaupt nicht. Er lebt in Düsseldorf, ich in Kassel, da läuft man sich nicht mal so über den Weg oder geht nach der Arbeit ein Bier zusammen trinken. Wir sehen uns zehn, vielleicht zwölf Mal im Jahr und das war es dann auch.«

»Was spricht man so über Herrn Koller in der Firma? Irgendwelche dunklen Geheimnisse, Affären? Sonstigen Flurfunk oder Gerüchte?«

Wieder rieb Santos seine Handflächen aneinander. »Ich bin wirklich der Falsche, den Sie da fragen, meine Herren. Bei Agroquest wird zwar, wie in jedem anderen Unternehmen auch, über die Führungsebene gesprochen, aber ich beteilige mich nicht daran. Ich möchte hier Karriere machen und mir das nicht durch irgendwelche unüberlegten Äußerungen torpedieren.«

Hain hob den Kopf. »Also gibt es etwas, über das Sie aber nicht sprechen wollen?«

Der Außendienstmann schluckte, schwieg jedoch.

»Alles, was Sie uns in diesem Gespräch erzählen«, betonte Lenz, »wird von uns mit absoluter Diskretion behandelt, Herr Santos. Darauf können Sie sich zu 100 Prozent verlassen.«

»Wirklich?«

»Mein Wort drauf.«

Es entstand eine Pause. Offenbar überlegte Santos, ob er den Polizisten vertrauen konnte. »Es gibt da was«, begann er schließlich zögernd, »über das man oder besser die Außendienstkollegen, die länger als ich dabei sind, reden, seit ich bei Agroquest angefangen habe.«

»Und was ist das?«

»Man munkelt, dass Herr Koller ein Problem hat. Ein Problem mit dem Spielen. Außerdem soll er es mit der ehelichen Treue nicht so genau nehmen, aber …«

»Was aber?«

Wieder gönnte Santos sich eine Denkpause, bevor er antwortete. »Das soll ja weit verbreitet sein, wie man immer wieder hört.«

»Ja, so sagt man wohl.«

»Wissen Sie Genaueres über seine Spielleidenschaft?«, wollte Hain wissen. »Mehr als das, was die Kollegen sich so zuraunen?«

Der Außendienstler schüttelte ein wenig zu energisch den Kopf.

»Wie gesagt, Sie genießen vollste Diskretion, Herr Santos.«

»Es soll wohl so sein, dass Agroquest ihn dazu verdonnert hat, eine Therapie zu machen.« Er hob mit seinen letzten Worten abwehrend die Hände. »Aber das ist wirklich nicht belegt. Das hat mir ein Kollege auf einer Tagung erzählt, und zu diesem Zeitpunkt waren wir beide eher volltrunken als nicht mehr ganz nüchtern.«

»Wie auch immer, Ihre Offenheit hilft uns auf jeden Fall weiter. Immerhin haben wir jetzt einen Ansatzpunkt, an dem wir anknüpfen können.«

»Aber noch mal, von mir haben Sie das nicht.«

»Versprochen. Und mit Ehrenwort besiegelt.«

»Wir haben es also mit einem abgetauchten notorischen Schwerenöter zu tun, der die Finger obendrein nicht vom Zocken lassen kann«, fasste Lenz die bisherigen Erkenntnisse über Sebastian Koller zusammen, während er ein Stück von seiner Pizza abschnitt. »Der noch dazu mit einem Paket Dokumente in der Weltgeschichte herumläuft, die er vermutlich gar nicht besitzen dürfte und deren mögliche Veröffentlichung seinem Arbeitgeber ganz und gar nicht gefallen dürfte.« Der Happen fand den Weg von der Gabel in seinen Mund.

»Wir sollten mit diesen Agroquest-Jungs telefonieren und ihnen sagen, dass wir das Gutachten gefunden haben«, meinte Hain. »Vielleicht suchen sie es schon wie blöd.«

»Ja, vielleicht. Aber immerhin ist es ein Beweisstück in einer Vermisstensache und deswegen können wir argumentieren, dass wir es im Zusammenhang mit der Suche nach ihrem Mitarbeiter benötigen.«

Hain rollte die Augen. »Ziemlich dünne Suppe, die du da anrührst.«

»Ich weiß.«

»Also wenn du mich fragst, sollten wir ins Präsidium zurückfahren, den Jungs von der Vermisstenstelle das erzählen, was wir herausgefunden haben, uns ihre berechtigten Vorwürfe anhören, dass wir uns ziemlich deftig in ihre Angelegenheiten eingemischt haben und dann zur Tagesordnung übergehen. Ich glaube nämlich nicht, dass hinter dem Verschwinden dieses Koller ein großes Ding steckt. Vielleicht hurt er irgendwo rum oder er ist in eine kleinere oder größere Zockerrunde geraten, wo ihm gerade nach Strich und Faden die Hosen runtergezogen werden, aber für uns sehe ich da wirklich keinen Handlungsbedarf.«

»Ich will dir überhaupt nicht widersprechen und man könnte das alles genau so sehen, aber irgendwas in mir drin sagt mir, dass an der Geschichte etwas faul ist. Allein wegen des Gutachtens, das er für meinen Geschmack viel zu sorglos mit sich herumgetragen hat, klingeln bei mir alle Alarmglocken.«

»Aber warum sollte es ein Mensch oder eine Gruppe, die es auf genau dieses Dokument abgesehen hat, dann im Rinnstein liegen lassen?«

»Vielleicht hat er es weggeworfen?«

»Und ist dann erst zu seiner Zockerrunde oder seiner Torte aufgebrochen? Das glaubst du nicht ernsthaft, oder?«

»Vielleicht haben wir an der Fundstelle auch nur einfach etwas übersehen, Thilo?«

»An was genau denkst du dabei?«, fragte der Oberkommissar mehr rhetorisch zurück.

»Wenn ich das wüsste, würde ich nicht darüber nachdenken, ob es etwas geben könnte, du Vollhorst.«

»Danke«, erwiderte Hain grinsend, drehte einen Löffel Nudeln und schob sie sich in den Mund.

»Was hältst du davon, wenn wir noch mal hinfahren, Thilo? Nur dass ich meine Ruhe habe. Und wenn ich dir nichts Relevantes präsentieren kann, steige ich voll und ganz auf deinen Vorschlag ein.«

»Wenn's sein muss«, stöhnte der junge Polizist gekünstelt genervt auf. »Dann aber bald, ich habe nämlich absolut keine Lust, auch noch in den Feierabendverkehr zu geraten.«

Die Fahrt zurück dauerte keine zehn Minuten, dann standen sie erneut vor dem bemalten Gully und sahen sich um.

»Viel verändert hat sich ja nicht seit unserem letzten Besuch«, ätzte Hain.

»Wohl wahr.« Lenz beugte sich nach vorn, ging dann in die Knie und lugte in den Rost.

»Wenn du ihn hochheben willst, sag frühzeitig Bescheid, dass ich mich krank melden kann.«

»Nein, ich will ihn nicht hoch heben. Da ist nichts drin.« Der Hauptkommissar kam auf die Beine, drehte sich um und betrachtete die hinter ihnen liegende Grasfläche. Auch hier gab es definitiv nichts Bemerkenswertes zu sehen.

»Da«, deutete Hain auf das auf der anderen Straßenseite liegende Gebäude.

»Was ist da?«

»Da, drüben, über der Einfahrt zum Parkplatz des Lebensmittelmarktes. Das könnte eine Überwachungskamera sein.«

»THILO HAIN!«, sprudelte es voller Anerkennung aus Lenz heraus, »manchmal scheinen sich die Investitionen in deine erstklassige Ausbildung doch gelohnt zu haben.« Damit überquerte er die vierspurige Straße mit den Schienen in der Mitte. Hain folgte ihm.

Ein paar Minuten darauf saßen sie dem Filialleiter des Supermarktes gegenüber, der sie mehr als verwundert ansah, nachdem sie ihren Wunsch vorgetragen hatten.

»Ja, wir überwachen die Einfahrt zum Parkdeck wie auch das Parkdeck selbst, weil wir in der Vergangenheit dort öfter Probleme hatten. Aber mir ist nicht zu Ohren gekommen, dass es dort in der vergangenen Nacht zu irgendwelchen Unstimmigkeiten gekommen ist.«

»Es geht uns auch nicht um die Zufahrt selbst, sondern um die gegenüberliegende Straßenseite«, klärte Lenz den Mann auf.

»Ob unser Aufnahmesystem so weit reicht, kann ich Ihnen aber nicht versprechen.«

»Wenn wir einen Blick auf die Zeit zwischen 22 Uhr und, sagen wir mal, 2 Uhr werfen könnten, würden wir uns einfach selbst ein Bild machen.«

Herr Simmel, so war es auf seinem weißen Kittel zu lesen, stand auf.

»Dann werde ich Ihnen mal die Dame holen, die sich mit der Technik auskennt«, sagte er mit gespielter Freundlichkeit. »Ich selbst bin auf diesem Gebiet leider nur eine schwer lernende Hilfskraft.«

Die von ihm avisierte Fachkraft betrat fünf Minuten später ohne ihren Chef das Büro, stellte sich als Frau Braun vor und ließ sich erklären, was die Polizisten sehen wollten. Danach gingen die drei zu einem mit einer massiven Metalltür gesicherten Raum im Keller. Frau Braun zog ein Schlüsselbund aus der Kitteltasche, schloss auf und bat die beiden herein.

Eigentlich hätte Lenz mit mehr Technik gerechnet, doch außer einem einzelnen Monitor auf einem Tisch, einer Tastatur und mehreren Computern in einem offenen Regal gab es nichts zu sehen. Einzig die Tatsache, dass der Raum angenehm klimatisiert war, ließ ihn ein wenig freundlicher auf Lenz und Hain wirken.

»Mein Boss hat mir gesagt, dass Sie die Aufnahmen der Kamera zur Einfahrt zum Parkdeck sehen möchten«, wandte sie sich an Hain.

»Ja, wenn das möglich ist.«

»Klar ist das möglich.« Sie setzte sich, meldete sich am Terminal an und machte ein paar Bewegungen mit der Maus. »Welcher Zeitraum?«, wollte sie schließlich wissen.

»Ab 22:30 Uhr.«

Der Cursor fuhr eine Zeitschiene entlang, stoppte und die Aufzeichnung begann.

»Normale Geschwindigkeit, denke ich. Oder wollen Sie zweifache oder vierfache Geschwindigkeit?«

»Lassen Sie uns bitte zuerst mal sehen, wie die Aufnahme ist und ob wir überhaupt etwas von dem erkennen können, was wir zu identifizieren hoffen.«

»Na gut.«

Es dauerte nicht lang, dann erschien ein recht scharfes Bild auf dem Monitor. Gut zu erkennen waren die Einfahrt, die beiden Spuren der Richtung Stadt führenden Wilhelmshöher Allee, doch ab den beiden Gleisen der Straßenbahnschienen wurde die Aufnahme deutlich unschärfer. Die stadtauswärts führenden Spuren waren nur noch schemenhaft zu erkennen und der sich anschließende Parkstreifen nahezu gar nicht mehr.

»Hilft Ihnen das, was Sie sehen?«, wollte Frau Braun wissen.

»Vielleicht, ja. Lassen Sie es einfach laufen.«

Minutenlang beobachteten die drei den Verkehr auf der Wilhelmshöher Allee, die im regelmäßigen Abstand vorbeirollenden Straßenbahnen und die wenigen Autos, die sich um diese Uhrzeit noch in der Einfahrt bewegten. Die einzelnen Wagen, die in die Parkbuchten einbogen, konnte man zwar sehen, ein genaues Bild oder gar die Identifikation des Kennzeichens war jedoch, zumindest mit der vorliegenden technischen Ausstattung, nicht möglich. Manchmal hatte Lenz oder Hain den Gedanken, einen Fußgänger auf dem Bürgersteig wahrzunehmen, doch sicher konnten sie sich nie sein.

Die Anmutung der Bilder veränderte sich mit dem Einsetzen der Dunkelheit. Nun flackerte alles ein wenig mehr.

Als auf der Uhr der Zeitschiene 22:47 zu lesen war, stellte sich ein heller, kleiner Lkw oder Lieferwagen in die Parkreihe, direkt neben dem mehr schlecht als recht zu erkennenden Gully. Kurz darauf wurde dort, wo vorher die komplette Seite des Fahrzeugs hell war, eine Färbung sichtbar, die weder Lenz noch Hain einordnen konnten. Es vergingen weitere sechs Minuten, in denen wieder nur der normale Verkehr auf der Wilhelmshöher Allee zu sehen war. Dann jedoch tauchte ein sich bewegendes Pixelensemble am rechten Bildrand auf, das kaum wahrnehmbar verlangsamte, um danach seine Bewegung wiederaufzunehmen. Im gleichen Moment jedoch wurde eine weitere Bewegungsmasse sichtbar, die sich auf die erste zubewegte. Die beiden verschmolzen zu einer, die für etwa zehn Sekunden innehielt, um sich anschließend langsam und etwas schleppend auf die graue Fläche auf der rechten Seite des Fahrzeugs zuzubewegen. Was dann geschah, konnten die Beamten nicht ausmachen, zu unscharf und verpixelt war das Bild. Direkt im Anschluss jedoch wurde die graue Fläche wieder weiß und es wirkte so, als würde eine Person um den Lieferwagen herumgehen in Richtung Fahrerseite. Fünf Sekunden später rollte das Auto aus der Parklücke und fuhr stadtauswärts davon.

»Wow«, murmelte Hain.

»Wir brauchen diese Aufnahme«, beschied Lenz Frau Braun ein wenig aufgeregt.

»Sind Sie ernsthaft der Meinung, dass Sie da was erkennen konnten?«, wollte sie mit gerunzelter Stirn wissen.

»Genug, ja.«

Sie kramte in einer Schublade des Schreibtischs, zog einen DVD-Rohling heraus und schob ihn in ein Laufwerk.

»Ich kann Ihnen leider nur den ganzen Zeitraum zwischen 12 Uhr mittags und Mitternacht mitgeben, weil wir hier nicht schneiden können. Aber das sollte kein Problem für Sie sein, oder?«

Die beiden Polizisten schüttelten den Kopf.

»Nein, das bekommen unsere Techniker schon hin«, meinte Thilo Hain.

Der Brennvorgang dauerte zwei Minuten, dann reichte die Supermarktmitarbeiterin Lenz die DVD.

»Nach dem, was wir da gerade vorgeführt bekommen haben«, sinnierte Hain, als sie wieder auf der Straße standen, »würde ich glatt sagen, dass wir es im Fall von Sebastian Koller mit einer veritablen Entführung zu tun haben, mein lieber Paule.«

»Worauf du einen lassen kannst, Thilo. Und jetzt müssen wir erstens so schnell wie möglich eine bessere Darstellung der Bilder kriegen und uns zweitens auf die Suche nach ihm als Entführungsopfer machen. Was nichts anderes heißen kann, als dass wir ab jetzt das ganz große Pendel schwingen müssen.«

11

Der Mann, von dem gerade auf der Wilhelmshöher Allee gesprochen wurde, hatte keine Ahnung, wie lange er bisher in der Dunkelheit ausgeharrt hatte. Wie lange er eine Panikattacke nach der anderen erlebt hatte, weil er es seit Kindertagen nicht aushielt, ohne Licht zu sein. Er hatte geweint und sich geschüttelt, dabei versucht, seinem Peiniger gegenüber nichts anmerken zu lassen, weil er befürchtete, dieser könnte das ausnutzen. Könnte ihn tage- oder monatelang in völliger Dunkelheit allein lassen.

Koller sehnte sich nach seiner Kulturtasche. Er wollte sich nicht waschen oder sich die Zähne putzen, er sehnte sich nach den Beruhigungstabletten, die er für Notfälle in einer der Seitentaschen aufbewahrte. Für Panikattacken wie diese hier. Er hasste sich dafür, dass er sie am Abend zuvor nicht eingesteckt hatte, wie er das sonst öfter tat, wenn er unterwegs war. Früher hatte er sie sogar beim

98

Joggen bei sich gehabt, doch diese Zeiten waren glücklicherweise vorüber. Beim Laufen fühlte er sich gut und konnte sich nicht vorstellen, dass ihn dabei jemals wieder eine Panikattacke heimsuchen würde.

Koller vermutete, dass er erst wenige Stunden in dieser Zelle untergebracht war, genau konnte er es nicht sagen. Denn ob es draußen Tag oder Nacht war, wusste er nicht mehr. Sein Gefühl für die Zeit war schon nach dieser kurzen Periode völlig durcheinandergekommen.

Wieder rollte eine Träne über sein Gesicht. Als sie den Mund erreicht hatte, schmeckte er die salzige Flüssigkeit.

Ich muss ihn überwältigen, schoss es ihm durch den Kopf. *Ich muss ihn hier hereinlocken und ihn überwältigen. Aber was mache ich, wenn es eine ganze Bande ist? Was mache ich, wenn er stärker ist als ich?*

In diesem Augenblick schreckte ihn ein Klacken auf, das aus Richtung der Tür zu ihm drang. Außerhalb seines Raumes, vermutlich im kleineren Vorraum, wurden leise, gedämpfte Geräusche hörbar. Koller setzte sich auf, kam vorsichtig und schwankend in die Vertikale und bewegte sich, an der Wand vorwärts tastend, auf das Rascheln zu. Die einzige Orientierungsmöglichkeit, die er hatte, waren die kleinen roten LEDs der Kamera. Als er an der kurzen Wand angekommen war, drückte er gegen die vorher noch unverschlossene Öffnung, doch die bewegte sich keinen Millimeter.

Das also sind die Klackgeräusche! Dieses Schwein kann den Schließmechanismus von außerhalb steuern. Er sieht mich auf dem Bett liegen, schließt die Tür und kann unbehelligt hier im Vorraum herumfummeln.

Wie durch Watte drangen Laute an seine Ohren, doch er konnte aus ihnen nicht herleiten, was sie bedeuteten.

Vielleicht macht er meine Kotze weg? Geschieht ihm recht, dass er das machen muss.

Koller lehnte sich an den Schaumstoff und versuchte, irgendetwas von den Schabgeräuschen zu entschlüsseln, doch er konnte nichts zuordnen. Dann war wieder Stille.

Eine Minute. Zwei Minuten.

Jetzt flammte das grelle Licht in seinem Raum wieder auf und es fing leise im Lautsprecher an zu brummen.

»Setzen Sie sich auf das Bett«, befahl die verfremdete, blechern klingende Stimme.

Koller, der mit vor die Augen gehaltenen Händen da stand, schüttelte den Kopf. »Nein. Ich will hier raus und zwar sofort.«

»Hören Sie mit diesem kindischen Scheiß auf! Sie kommen hier nicht raus, jedenfalls nicht jetzt. Und ob Sie jemals wieder Tageslicht sehen, hängt definitiv von Ihrer Kooperationsbereitschaft ab. Haben Sie das endlich verstanden? Sie sind nicht in der Position, Forderungen zu stellen. Aber ich kann Sie auch, wenn Ihnen das lieber ist, noch ein paar Tage in der Dunkelheit schmoren lassen. Wenn ich Ihre Vorstellung der letzten paar Stunden richtig gedeutet habe, ist das für Sie nicht unbedingt der Himmel auf Erden.«

Koller schluckte. »Nein, bitte lassen Sie das Licht an. Ich werde mit Ihnen kooperieren, das versichere ich Ihnen. Aber Sie müssen mir wenigstens sagen bei was. Ich habe doch gar keine Ahnung, warum Sie mir das alles antun.«

»Diese Ahnung haben Sie ganz sicher.«

»Nein, wirklich nicht. Ich habe Ihnen doch schon gesagt, dass ich kein Geld habe. Meine Frau und ich sind ganz normale Leute, die ein Haus abzubezahlen haben und für das Studium ihrer beiden Kinder bezahlen müssen.

Wir sind … vielleicht haben Sie ja einen anderen Sebastian Koller kidnappen wollen. Einen, der reich ist und Ihnen viel Geld bezahlen kann für seine Freilassung.«

Koller wartete auf eine Antwort. Erst ein paar Sekunden, dann eine halbe Minute.

»Hallo?«, rief er schließlich in die Einsamkeit.

»Ja, ich bin noch hier«, tönte es leise aus dem Lautsprecher. »Und ich kann Ihnen gleich einmal sagen, dass ich ganz sicher den richtigen Sebastian Koller hier sitzen habe. Den Sebastian Koller nämlich, der sein Geld bei der Firma Agroquest damit verdient, den Menschen die Gesundheit zu rauben, sie krank zu machen und sie umzubringen. Und der sich dann noch dazu versteigt, das alles abzustreiten.«

Wieder musste der Außendienstmann schlucken, diesmal jedoch fester und mit viel weniger Spucke im Mund.

»Was wollen Sie denn von mir?«, flüsterte er erschrocken.

»Geld auf jeden Fall nicht.«

Schlagartig fiel Sebastian Koller diese leidige Sache ein, die sich vor ein paar Monaten in Kassel ereignet hatte. Ein junges Mädchen war gestorben. Den Angaben der Eltern zufolge hatte es ein paar Jahre zuvor intensiven Haut- und Schleimhautkontakt mit Squeeze gehabt. Irgendwo in seinem Auto lag noch ein sehr merkwürdiges Schreiben, das ihm der Geschäftsführer für seine Akten kopiert hatte.

Krebs.

»Was dann?«, hechelte er.

»Ich will, dass Sie mir alles über dieses Glyphosatzeug erzählen, mit dem Sie Ihr Geld verdienen. Ich will jede Einzelheit, die Sie wissen. Und ich will von Ihnen die Aussage, dass dieses Gift für den Tod von zwei Mädchen verantwortlich ist, die noch leben könnten, wenn sie nicht beim harmlosen Herumtoben auf dem Hof mit diesem Zeug in Kontakt gekommen wären.«

»Aber … das wurde doch alles … mehrfach untersucht. Was soll ich dazu noch sagen? Ich bin kein Chemiker oder so etwas, ich bin doch nur für den Verkauf zuständig.«

»Sie sind für mich so etwas wie der Händler des Todes, da haben Sie recht. Und deshalb sitzen Sie jetzt auch hier in diesem Loch und werden so lang schmoren, bis ich das habe, was ich will.«

»Aber es gibt doch jede Menge Untersuchungen, die belegen, dass unser Produkt, Squeeze, völlig harmlos ist, wenn man es nach der Gebrauchsanweisung benutzt. Keine seriöse Studie konnte bisher das Gegenteil …« Er brach ab und dachte an die Unterlagen, die sich in seiner Aktenmappe befanden. Die Aktenmappe, die der Mann oder die Frau auf der anderen Seite seines Gefängnisses sicher schon gesichtet hatte. »Na gut, manche Untersuchungen und Schlussfolgerungen sind definitiv lobbygesteuert. Die sind einfach unwahr, dafür verbürge ich mich.« Er schnappte hektisch nach Luft. »Es tut mir leid, was mit diesem Mädchen passiert ist, mein Ehrenwort, aber dazu kann ich doch persönlich nichts.«

»Die Schwester dieses Mädchens ist auch gestorben. Vor ein paar Stunden.«

»Ihre Schwester? Oh mein Gott.«

»Sind Sie gläubig?«

»Nein … ja, doch, natürlich. Jeder Mensch glaubt doch an irgendetwas.«

»Sie glauben an die Macht des Geldes, stimmt's? Und die Macht Ihres Arbeitgebers, der sich herausnimmt, über Tod und Leben zu entscheiden. Und der immer genug Geld hat, um sich aus jeder Verantwortung freikaufen zu können.«

»Nein, so ist das nicht, wirklich. Es tut mir ehrlich wahnsinnig leid, dass dieses ... diese beiden Mädchen gestorben sind, aber unser Produkt Squeeze hat damit nicht das Geringste zu tun. Wir haben das ausführlich und sehr intensiv geprüft und sind zu dem Schluss gekommen, dass der Tod dieses Kindes ... dieser Kinder eine andere Ursache haben muss.« Wieder musste er eine Weile warten, bis sein für ihn unsichtbares Gegenüber reagierte.

»So, so. Wir haben also zwei bis dahin kerngesunde Mädchen, die beide nach Kontakt mit Squeeze an Krebs erkranken und auch daran sterben. Qualvoll sterben. Und Sie wollen mir ernsthaft erklären, dass es da keinen Zusammenhang geben soll?«

»Ja, natürlich. Weil es diesen Zusammenhang nicht gibt.«

»Aber Sie wissen doch genau, dass die Weltgesundheitsorganisation in Amerika Glyphosat vor zwei Jahren als *möglicherweise krebserregend* eingestuft hat?«

»Ja, aber doch nur *möglicherweise*. Es ist wichtig, diesen Zusatz nicht zu unterschätzen. Außerdem wurde diese Untersuchung von Leuten unterstützt, die ein Interesse hatten, dass genau dieses Ergebnis herauskommt. Das ist eine große Lobbyverschwörung gewesen gegen Glyphosat, nichts weiter.«

»Und Frankreich?«

»Was ist mit Frankreich? Was meinen Sie?«

»In Frankreich wurden nach einer Gesetzesänderung mittlerweile alle glyphosathaltigen Unkrautvernichtungsmittel aus dem Handel genommen.«

»Ja, aber dagegen haben wir uns juristisch zur Wehr ...« Koller hätte sich selbst ohrfeigen können, aber der größte Teil seines Verteidigungssatzes war bereits draußen.

»Ja, weil ihre Firma, wie ich schon gesagt habe, über genug Mittel verfügt, um sich gegen ein solches Verbot zur Wehr zu setzen. Und damit meine ich nicht nur Geld.«

Koller stöhnte auf. »Aber was sollte ich denn schon tun? Ich bin ein total kleines Licht in diesem ganzen Betrieb, ich kann doch nicht einfach hingehen und anordnen, dass Agroquest komplett auf glyphosathaltige Mittel verzichten soll. Wie stellen Sie sich das denn vor?«

Aus der Lautsprecherbox drang ein verfremdetes, jedoch trotzdem kehliges Lachen. »Nein, das erwarte ich auch gar nicht von Ihnen, Herr Koller. Aber Sie haben schon eine gewisse Kraft, bei dem, was Sie so alles wissen.«

Wieder musste Koller an die Papiere in seiner Aktenmappe denken. »Ja … nein. Sie dürfen wirklich nicht alles glauben, was Sie zu lesen bekommen oder was Ihnen von irgendwo zugetragen wird. Wir, also Agroquest, müssen uns immer wieder gegen ungerechtfertigte Vorwürfe verteidigen, und Sie können mir glauben, dass solch eine Situation beileibe nicht einfach ist. Das ist kein Zuckerschlecken, ehrlich nicht.«

»Aber seine beiden Kinder elendig an Krebs sterben zu sehen, ist ein Zuckerschlecken?«

»Nein, das habe ich doch damit gar nicht sagen wollen. Natürlich ist es ein hartes Los, so etwas durchmachen zu müssen, aber wir von Agroquest können wirklich nichts für den Tod des Mädchens. Oder der, wie Sie sagen, beiden Mädchen.«

»Das wird sich zeigen. Wir werden ja die nötige Zeit haben, uns ausführlich darüber auszutauschen, also müssen wir nicht heute alle unsere Argumente in die Waagschale werfen.«

»Bitte! Ich kann Ihnen nicht helfen, auch wenn Sie das denken. Meine Frau macht sich sicher schon wahnsinnige Sorgen um mich und das wollen Sie doch bestimmt auch nicht. Lassen Sie mich gehen, bitte! Ich werde mit niemandem darüber sprechen, dass Sie mich ... dass ich ...«

Wieder das verfremdete Lachen, diesmal jedoch leiser, hämischer. »Sie können wimmern und betteln und klagen und fordern, Herr Koller, und das alles wird Ihnen nichts, aber auch rein gar nichts nützen. Sie werden hier in diesem Verlies gefangen gehalten und wenn Sie sich nicht in vollem Umfang als kooperativ erweisen, dann lasse ich Sie elendig krepieren. Vielleicht werde ich Ihnen aus Langeweile vorher noch ein paar Fingernägel ausreißen, vielleicht ein paar Fußnägel, oder ich lasse sie etwas von Ihrem Squeeze trinken, das ist noch nicht geklärt, aber Ihr Tod wird sicher kein Zuckerschlecken werden. Und alle Appelle an mein Gewissen oder mein Mitleid verhallen ungehört, das kann ich Ihnen auf jeden Fall versichern. Menschen wie Sie, die auf dem Rücken der Gesundheit und dem Leben anderer ihr Geld verdienen, können von mir kein Mitleid erwarten.«

»Aber ...«

Es knackte im Lautsprecher, kurz darauf wurde das Licht ausgeschaltet und Sebastian Koller fing, obwohl er genau wusste, dass sein Peiniger jede Bewegung von ihm sehen und jeden seiner Laute hören konnte, hemmungslos zu weinen an.

12

»Da kann ich echt nicht mehr viel rausholen«, beschied Roman Sander, der etwa 28-jährige Kollege der Kriminaltechnik den beiden Ermittlern, nachdem er den entscheidenden Teil des Films ausgeschnitten, mehrmals angesehen und die Rohdaten ausgelesen hatte. »Man kann aus einem Golf keinen Ferrari machen, wobei ich das, was wir hier haben, ganz und gar nicht mit einem Golf vergleichen würde. Schon eher mit einem Dacia.« Er bedachte Lenz und Hain, die ihn immer noch erwartungsfroh ansahen, mit einem müden Blick. »Ihr denkt wahrscheinlich das geht, weil ihr das irgendwo mal im Fernsehen oder im Kino gesehen habt, wie solche pixeligen, völlig unterbelichteten Bilder wie von Zauberhand plötzlich zu einem Quasi-HD-Film aufgepimpt wurden, aber das ist Bullshit. Ein bisschen was gewinnen wir, aber ob sich das wirklich in sichtbarem Zugewinn darstellt, wage ich ernsthaft zu bezweifeln.«

»Scheiße«, brummte der Hauptkommissar.

»Das wollte ich auch gerade sagen«, stimmte Hain ihm zu.

»Lasst mich mal ein paar Stunden mit dem Zeug allein«, bat der junge IT-Fachmann, »dann kann ich genauer sagen, was geht und was nicht. Einverstanden?«

Die beiden nickten, drehten sich um und verließen das kriminaltechnische Labor.

»Das Thema hätte ich mir entschieden wirkungsvoller vorgestellt«, meinte Lenz auf dem Weg zu ihrem Büro.

»Ach, lass den mal machen, vielleicht hat er ja nur ein bisschen tiefgestapelt, um vorzubeugen, falls es wirklich nicht klappt.«

»So klang das aber ganz und gar nicht, Thilo.«

»Ja. Aber abwarten müssen wir jetzt und aufregen können wir uns später immer noch, wenn's in die Hose gegangen ist.«

Sie hatten ihr Büro erreicht und traten ein. Lenz ging zu seinem Schreibtisch, ließ sich in seinen Stuhl fallen und legte die Beine auf die Ecke der Tischplatte. Im gleichen Moment wurde die Tür aufgestoßen und Herbert Schiller betrat den Raum.

»Stimmt es, was ich gerade gehört habe?«, wollte er ohne irgendwelches verbales Vorspiel wissen. »Der Kerl ist verdammt noch mal entführt worden?«

Lenz nickte, setzte sich aufrecht und berichtete seinem Boss von den neuesten Erkenntnissen, inklusive der gefundenen Papiere.

»Das ist ja mal ein Ding«, fasste der das Gehörte zusammen. »Schon irgendwelche Vermutungen, womit wir es zu tun haben könnten?«

Hain informierte den Kriminalrat über die im Raum stehende Spielsucht des Entführten.

»Schulden?«

»Die Anfrage läuft, aber die deckt halt nur die offizielle Seite ab. Wenn ihn irgendein Buchmacher, bei dem er in der Kreide steht und der endlich seine Kohle zurückhaben will, aus dem Verkehr hat ziehen lassen, werden wir das mit der Anfrage nicht erfahren.«

»Das ist klar.«

»Aber ich glaube das auch nicht«, mischte sich Lenz ein. »Mein linkes Ei und mein sechster Sinn sagen mir, dass es nicht um die Zockerei geht.«

Schiller nickte.

»Wie auch immer. Wollt ihr eine Sonderkommission einsetzen?«

»Sobald es einen Kontakt mit dem oder den Entführern gibt schon, ja, aber bisher hat sich niemand gemeldet und irgendwelche Forderungen gestellt.«

»Steht ihr mit seiner Frau und seinem Arbeitgeber in Kontakt?«

»Bei beiden Kollegen aus Düsseldorf sind im Einsatz. Alle Telefone sollten jetzt überwacht werden, genauso wie der relevante Mailverkehr.«

»Meinst du, er wird hier in der Gegend gefangen gehalten?«

Lenz dachte eine Weile nach. »Auf dem Überwachungsvideo sah es so aus, als wäre es eine einzelne Person, die ihn in den Lieferwagen bugsiert. Ich weiß, das muss nichts heißen, aber wenn ich wirklich davon ausgehe, dass es ein Einzeltäter ist, dann glaube ich, dass er hier irgendwo festgehalten wird. Aber das ist eher wieder Intuition als irgendetwas belastbar anderes.«

»Hat die Spurensicherung sich schon gemeldet?«

»Ja. Am Entführungsort sind keine verwertbaren Spuren vorhanden.«

»Und was machen wir mit diesen Papieren, die von dieser Frau gefunden wurden? Kann ich die mal sehen?«

»Nee, im Moment nicht. Wir haben sie bei Günzler vom Umweltdezernat abgegeben; er will zurückrufen, wenn er sie durchgesehen hat.«

»Na, dann warten wir auf den Anruf des Entführers. Oder habt ihr eine Idee, was wir sonst noch tun könnten?«

»Wir werden auf jeden Fall noch mal bei seinem Hotel

vorbeifahren und uns seinen Wagen genauer anschauen. Vielleicht gibt es da Hinweise, die uns weiterhelfen.«

»Gut. Ihr haltet mich, soweit es von Bedeutung ist, bitte auf dem Laufenden.«

»Wird gemacht«, salutierte Hain zackig. Schiller grinste, schüttelte den Kopf und verließ das Büro. Im gleichen Augenblick klingelte das Telefon auf dem Schreibtisch. Am anderen Ende der Leitung war Max Günzler, der die beiden Ermittler bat, zu ihm zu kommen.

»Was wir hier haben, ist nicht mehr und nicht weniger als eine echte Bombe«, ließ er die Kommissare kurz darauf wissen. »Denn erstens ist dieses Material hier niemals veröffentlicht worden und zweitens dürfte es sich auf gar keinen Fall im Besitz eines Mitarbeiters der Industrie befinden. Und das war doch so. Oder habe ich euch da falsch verstanden?«

Die beiden Männer von K11 schüttelten die Köpfe.

»Also«, hob der junge Kollege an, »die Auswertungen und Zahlenkolonnen, die noch dabei sind, können wir getrost beiseitelegen. Das sind Dinge, die Agroquest-Interna betreffen und uns eigentlich nichts angehen. Dann aber wird es sehr interessant. Ich habe ein wenig über diese Shea-Kommission recherchiert, aus deren Feder die Untersuchung stammt, und ob ihr es glaubt oder nicht, ich habe nichts gefunden. Nicht in Berlin, nicht in Brüssel und auch sonst nirgendwo auf der Welt. Es gab mal eine Shea-Kommission in den Vereinigten Staaten, die sich mit den Auswirkungen des Marshallplans nach dem Zweiten Weltkrieg auf die beteiligten Volkswirtschaften beschäftigt hat, aber die wurde 1954 aufgelöst. Und deshalb können wir getrost davon ausgehen, dass unsere heutige mit der damaligen nichts zu tun hat.«

Er holte tief Luft, nahm einen Schluck Wasser und sah seine beiden Kollegen fragend an. Doch weder Lenz noch Hain hatten etwas zu seinen Ausführungen zu sagen.

»Na denn mal weiter. In ihrem Gutachten kommt diese Shea-Kommission eindeutig zu der Erkenntnis, dass Glyphosat kanzerogen ist, also krebsauslösend. Und das geht viel weiter als die Untersuchungen der WHO, die vor zwei Jahren Glyphosat als ›vermutlich kanzerogen‹ eingestuft hatte.«

»Und wie genau kommt diese Kommission zu ihrer Erkenntnis?«

»Die haben zum ersten Mal alle frei zugänglichen Studien ausgewertet, aber die ausgeklammert, die offensichtlich von der Industrie gefördert, finanziert oder in Auftrag gegeben worden waren. Und sie haben sich an streng wissenschaftlich durchgeführte Untersuchungen gehalten.«

»Wie, haben das die anderen nicht gemacht?«

»Nein, wo denkt ihr hin? Bei allen mir bekannten Metastudien zum Thema Glyphosat hat die Industrie mehr als deutlich mitgemischt. Teilweise war es sogar so, dass da Untersuchungen einbezogen wurden, die von Mitarbeitern von zum Beispiel Agroquest durchgeführt worden waren. Und dieses Vorgehen hat das Bundesamt für Risikobewertung sogar als einwandfrei durchgewinkt.«

»Wahnsinn«, murmelte Lenz.

»Ja, durchaus«, stimmte der junge Umweltkollege ihm zu. »Aber das Entscheidende an dieser Studie hier ist, dass alle daran Beteiligten zu einem einhelligen Ergebnis kommen und da sitzen nicht nur Ökoaktivisten drin, sondern auch Wissenschaftler, die bisher Glyphosat gegenüber eine eher liberale Haltung eingenommen haben. Ich konnte in der Kürze der Zeit jetzt nicht alle 28 Beteiligten checken, aber bei dreien weiß ich genau, dass sie der Verwendung von Glyphosat bisher immer in vollem Umfang zugestimmt, ja es sogar gegen alle Kritiker verteidigt haben.« Wieder ein Schluck Wasser. »Und wenn die jetzt auf einmal sagen, dass an den Vorwürfen und Bedenken was dran ist, dann werden diese Mittel nie und nimmer eine Wiederzulassung bekommen. Das kann man vergessen.«

»Was genau würde das denn für ein Unternehmen wie Agroquest heißen? Würden die daran pleitegehen?«

Günzler legte die Stirn in Falten. »Ob sie daran pleitegehen, weiß ich nicht, aber es würde einen ganz schönen Schlag ins Kontor für sie bedeuten. Soweit ich mich erinnere, macht Agroquest knapp 70 Prozent seines Umsatzes mit Squeeze, deren glyphosatbasiertem Herbizid. Und wenn einfach so mal 70 Prozent des Umsatzes wegfallen, dann geht denen mit Sicherheit der Arsch auf Grundeis.« Er schien ein paar Augenblicke nachzudenken, bevor er fortfuhr: »Ja, das könnte auf jeden Fall eine existenzbedrohende Wirkung haben, davon muss man ausgehen.«

»Hast du eine Idee, wie sie an dieses Papier herangekommen sind?«

»Ach, irgendeinen gibt es immer, der bei der Industrie auf dem Lohnzettel steht. Der kopiert das alles, reicht es weiter und kriegt dafür einen ziemlich unanständigen Betrag, für den wir bestimmt ein oder zwei Jahre arbeiten müssen.«

»Was für eine Sauerei«, fiel Hain dazu ein.

»Ja. Aber das sind nur die Dinge, die durch irgendwelche Unachtsamkeiten wie unsere hier ans Licht kommen. Die meisten Mauscheleien kriegt doch gar kein Mensch mit und deshalb können wir uns auch nicht darüber aufregen. Eigentlich auch wieder ganz gut so, wenn ihr mich fragt, denn sonst würden wir uns bestimmt schon in einer ziemlich fiesen, blutigen Revolution befinden. Wenn die Leute auf der Straße alles wüssten, was da so passiert, das würden sie sich sicher nicht gefallen lassen.«

Lenz fing an zu grinsen. »Da haben wir ja einen richtigen Weltverbesserer in unseren Reihen«, stellte er lakonisch fest.

»Ach was, ich denke nur manchmal, dass es wirklich besser ist, wenn wir nicht alles wissen, was so rund um uns herum geschieht.«

»He, he, das klingt aber verdammt nach der Aussage unseres Innenministers de Maizière vom letzten Jahr, dass die ganze Wahrheit die Bevölkerung nur verunsichern würde. Wenn ich es recht erinnere, ging es damals um die Anschläge in Paris während des Fußballspiels und die Folgen davon.«

»Ja, da könnte tatsächlich was dran sein.«

»Willst du die Unterlagen noch behalten?«, fragte Hain. »Oder können wir sie wieder mitnehmen?«

»Ihr wisst jetzt hoffentlich, was für brisantes Zeug ihr da mit euch rumtragt. Nehmt es gern wieder mit, ich will damit so wenig wie möglich zu tun haben. An solchen Sachen kann man sich nämlich die Finger so arg verbrennen, dass man die Blasen für den Rest seines Lebens nicht mehr loswird. Die Namen der Kommissionsteilnehmer, die ich noch checken will, hab ich mir aufgeschrieben, und den Rest vergesse ich in dem Moment, in dem ihr mit den Papieren aus meinem Zimmer raus seid.«

Lenz und Hain nickten und griffen sich die Papiere. Dann verabschiedeten sie sich. An der Tür drehte sich Lenz noch einmal um. »Was meinst du, sollen wir *das Zeug*, wie du es nennst, an Agroquest zurückschicken?«

Wieder holte Günzler tief Luft, bevor er zu einer Antwort ansetzte. »Darüber habe ich mir auch schon Gedanken gemacht. Ich glaube nicht, dass Agroquest irgendjemanden danach fragen wird, weil sie genau wissen, dass das zu Verwicklungen führt. Und ich bin absolut sicher, dass ihnen der Arsch in dem Moment so richtig auf Grundeis geht, in dem sie merken, dass ihnen das Zeug abhandengekommen ist. Macht damit, was ihr wollt, aber erzählt besser niemandem, was genau da drin steht. Das könnte euch nämlich den Job kosten und damit wärt ihr noch richtig gut bedient. Man muss kein Hellseher sein, um zu erahnen, wie weit das eine oder andere Unternehmen geht, wenn 70 Prozent ihres Umsatzes bedroht sind. Und in der Branche, mit der ihr es hier zu tun habt, war Zurückhaltung noch nie das Mittel der Wahl. Ganz im Gegenteil. Die klagen, bis ihr einfach nur fertig seid. Und wenn ich *fertig* sage, dann meine ich auch *fertig*.«

»Danke. Gut zu wissen.«

Eine halbe Stunde später standen die beiden Kommissare auf dem Hotelparkplatz vor Sebastian Kollers Audi. Das Gutachten der Shea-Kommission lag sicher verwahrt in ihrem Bürosafe.

»Kriegst du den auf?«, wollte Lenz in Anspielung auf Hains Fähigkeiten als behördengeschulter Einbrecher wissen.

»Solang du nicht damit fahren willst, ist alles in Ordnung. Das wird wegen der Wegfahrsperre nichts werden. Geöffnet habe ich den in einer halben Minute.«

Es ging sogar ein paar Sekunden schneller, dann gab die Zentralverriegelung den Weg in den Innenraum der Luxuslimousine frei.

»Wenn wir wegen dieses Shea-Gutachtens wirklich Schwierigkeiten kriegen sollten und rausfliegen, mache ich mich mit dir zusammen als Autoschieber selbstständig, Thilo.«

»Und was genau wäre dein Part bei diesem Joint-Venture?«, wollte der junge Oberkommissar grinsend wissen, während er den Kofferraumdeckel entriegelte.

»Ich wäre für Catering, ausbaldowern und gute Laune zuständig.«

»Geile Idee.«

Hain ging nach hinten, hob die Klappe an und sah hinein. »Hm«, machte er.

»Was heißt jetzt dieses *hm* schon wieder?«

»Hier ist nichts drin, was uns weiterhelfen könnte«, erwiderte Hain. Um sicher zu gehen, hob er sogar die Reserveradabdeckung an, ließ sie jedoch gleich wieder fallen und warf den Deckel zu.

Lenz hatte sich in der Zwischenzeit auf dem Fahrersitz niedergelassen und war dabei, das Handschuhfach zu durchsuchen. Er fand mehrere Wettscheine eines privaten Anbieters, eine Parkscheibe und eine angebrochene Rolle mit 50-Cent-Stücken.

»Was drin?«, fragte sein Kollege.

Der Hauptkommissar zählte die Fundstücke auf.

»Meinst du, der daddelt auch an Automaten?«, wollte Hain wissen. »Ich meine wegen der Kleingeldrolle?«

»Glaub ich nicht. Das ist eher seine Parkgebührenreserve. Die Wettscheine, die hier herumliegen, deuten eher auf höhere Einsätze hin. Wesentlich höhere Einsätze.«

Seine rechte Hand verschwand wieder in dem ausladenden Fach und fischte ein zerknülltes, offenbar schon länger im Handschuhfach vor sich hin dümpelndes Schreiben hervor. Es war eine einzelne, eng beschriebene DIN-A4-Seite. Der Leiter der Mordkommission glättete das Papier auf dem Oberschenkel und begann zu lesen.

Sehr geehrte Damen und Herren,

mit diesem Schreiben teilen wir Ihnen mit, dass wir unsere Tochter Ulrike vor zwei Monaten zu Grabe getragen haben. Wir sind, falls Sie sich nicht erinnern sollten, jene Familie aus Kassel, die sich vor ein paar Jahren an Sie gewandt hat, weil unsere beiden Töchter einen Unfall mit Squeeze hatten. Unsere Töchter waren beim Spielen auf unserem Hof mit dem Mittel in Kontakt gekommen und hatten sich den gesamten Körper damit benetzt. Damals hatte uns Ihr Unternehmen mitgeteilt, dass wir uns nicht die geringsten Sorgen machen müssten, weil jegliches Gesundheitsrisiko für unsere Kinder ausgeschlossen sei. Nun ist es so, dass das ältere der beiden Mädchen vor einiger Zeit an Krebs erkrankte, an Magenkrebs, um es genau zu sagen. Ulrike hat sich zwar gegen den Tod gewehrt, aber den Kampf schließlich verloren. Mittlerweile ist auch ihre kleine Schwester an Krebs erkrankt und es steht zu befürchten, dass auch sie den Kampf gegen diese heimtückische Krankheit verlieren wird.

Zwei Kinder, beide mit Squeeze in Berührung gekommen und beide an Krebs erkrankt.

Wir wissen seit einiger Zeit, dass Ihre damalige Behauptung, von diesem Mittel gehe keine Gefahr aus, nicht stimmt. Die Weltgesundheitsorganisation stuft alle Gly-

phosatmittel mittlerweile als möglicherweise krebserregend ein. Unsere Familie ist der bittere Beweis, dass diese Annahme richtig ist.

Nun wollen wir keinen Streit oder Prozess mit Ihnen anzetteln, weil wir wissen, dass Sie viel zu mächtig sind und wir uns so etwas gar nicht leisten könnten. Es geht uns nur darum, dass Sie wissen, dass unsere größere Tochter gestorben ist und unsere Kleine sehr, sehr krank ist. Vielleicht bringt dieser Brief Sie ja dazu, einmal ernsthaft darüber nachzudenken, was für ein Gift Sie da verkaufen. Und wie viele Menschen Sie mit diesem Gift unglücklich gemacht haben und machen.

Hochachtungsvoll

Sigmar und Verena Kramer

»Hm«, machte Lenz.

»Wow und ich dachte, ich sei der Einzige, der diese *Hm*-Nummer drauf hat«, bemerkte Hain.

Der Hauptkommissar reichte ihm das Schreiben, sein Kollege las es kurz durch.

»Hm«, machte nun auch der Oberkommissar. »Hast du die Absenderadresse gesehen?«

»Klar.«

»Meinst du, wir könnten so etwas ein Motiv nennen? Zwei Kinder, die an Krebs erkrankt sind, das eine vor ein paar Monaten gestorben?«

»Ich weiß nicht. Irgendwie ja, aber irgendwie auch ziemlich nein.«

»Dann würde ich vorschlagen, dass wir einfach mal

bei den Leuten vorbeifahren und sie ein wenig unter die Lupe nehmen. Am besten ist immer der persönliche Eindruck.«

»Gute Idee.« Lenz stand auf, warf die Tür des Audi ins Schloss und sah Hain erwartungsvoll an.

»Wieder abschließen, oder was?«, fragte der mit hochgezogenen Augenbrauen.

»Klar. Und der Wagen kommt in die Kriminaltechnik. Vielleicht finden sich ja Hinweise in Form von Fingerabdrücken oder DNA-Spuren darin.«

»Aber wenn ich den Wagen jetzt wieder zusperre, dann müssen die Kollegen ihn doch erst mühselig wieder öffnen«, beschwerte Hain sich theatralisch.

»Und wenn in der Zwischenzeit einer auf die Idee kommt, darin eine Party zu feiern, dann können wir uns die ganze Chose gleich sparen. Also, absperren und los.«

Das Verschließen des A8 dauerte deutlich länger als das Öffnen, und Lenz hatte den Eindruck, dass sein Kollege das bei seiner Reaktion berücksichtigt hatte. Er unterließ es aber, dazu etwas zu sagen.

Als die beiden im Mazda saßen und auf die Ausfahrt zurollten, kam ihnen eine etwa 40 Jahre alte, sehr selbstbewusst auftretende Frau in einem auffälligen roten Kostüm entgegen, die sich suchend umschaute.

»Na, ob die vergessen hat, wo sie ihre Karre letzte Nacht abgestellt hat?«, meinte Hain amüsiert.«

»Sieht ganz danach aus«, antwortete Lenz, während er die Adresse der Familie Kramer in das Navigationssystem eingab.

13

Mona Brassel stellte ihren unauffälligen VW Golf, bei dem es sich um die hundertprozentige Doublette eines legal in Düsseldorf angemeldeten Wagens handelte, etwa 200 Meter vom Stapleton Kassel entfernt auf einem öffentlichen Parkplatz ab. Mit ihrem Aluminiumrollkoffer im Schlepptau brachte sie den Weg zum Hotel hinter sich und stand kurz darauf an der Rezeption.

»Guten Tag«, wurde sie freundlich von der Dame hinter der Theke empfangen. »Was kann ich für Sie tun?«

Die elegant gekleidete Frau lächelte zurück und stellte sich vor. »Für mich ist hier ein Zimmer reserviert, über die Firma Agroquest.«

Die Rezeptionistin sah auf den Monitor, während ihre Hände über die Tastatur flogen. »Ja, richtig. Eine Suite.«

»Das stimmt, eine Suite.«

Die Frau hinter der Theke reichte ihr einen Ausdruck, den Mona Brassel unterschrieb und zurückschob.

»Ich bin von Agroquest geschickt worden, weil wir einen unserer Mitarbeiter vermissen. Haben Sie davon gehört?«

»Ja, aber nur am Rand. Meine Kollegin von der Frühschicht war mit der Sache betraut.«

»Aha. Kann ich mit ihr sprechen?«

»Nein, da bitte ich Sie um Verständnis. Sie ist morgen früh ab 6 Uhr wieder vor Ort, aber davor ist das leider nicht möglich.«

»Gut, dann morgen früh. Kann ich kurz Herrn Kollers

Zimmer besichtigen? Wir sind auf der Suche nach ein paar Unterlagen. Sehr wichtigen Unterlagen.«

»Ähm. Das ist eine sehr … ungewöhnliche Bitte. Ich weiß nicht recht, ob das …«

»Wenn es Probleme geben sollte, bitte ich Sie, einen Blick auf den Rechnungsempfänger zu werfen. Wir, also Agroquest, bezahlen für Herrn Koller, und da sollte es doch selbstverständlich sein, dass ich Zugang zu seinem Zimmer erhalte.«

Die Rezeptionistin lief rot an. »Schon, natürlich. Ich werde mich nur kurz bei meinem Vorgesetzten rückversichern, dass es keine Schwierigkeiten gibt. Einen kleinen Augenblick, bitte.« Sie verließ den Thekenbereich und verschwand hinter einer Tür. Es dauerte keine 20 Sekunden, dann kehrte sie freundlich lächelnd und mit erleichtertem Gesichtsausdruck zurück. »Natürlich macht das keine Probleme, Frau Brassel. Sagen Sie mir einfach Bescheid, wenn Sie in das Zimmer möchten, ich werde dann sofort jemanden schicken, der es für Sie öffnet.«

»Schön. Der Wagen von Herrn Koller steht noch hier auf dem Gelände, wenn ich richtig informiert bin.«

»Ich denke, Sie finden ihn auf dem Parkdeck. Aber genau weiß ich es nicht, da muss ich leider passen.«

»Das macht nichts, ich werde ihn schon finden.«

20 Minuten später hatte Mona Brassel sich den Schweiß des heißen Tages abgeduscht und ihren gesamten Körper mit einer dünnen Schicht Hautcreme überzogen. Nachdem sie geschminkt und angekleidet war, verließ sie das Hotel und ging in Richtung Parkdeck. Direkt in der Einfahrt passierte sie ein roter Mazda MX5 mit zwei Männern darin, die sie auffällig musterten.

Blöde Spanner, dachte sie angewidert, setzte ihren Weg fort und hatte kurz darauf den Audi A8 von Sebastian Koller entdeckt. Sie drehte zunächst eine Runde um den Wagen, um sich dann am Schloss der Fahrertür zu schaffen zu machen. Ihre benötigte Zeit, bis sie das Fahrzeug geöffnet hatte, war etwas länger als die von Thilo Hain, doch noch immer sehr beachtlich.

Mit schnellen, geübten Bewegungen durchsuchte die Frau zunächst den Innenraum und danach den Kofferraum. Schließlich war sie davon überzeugt, dass die Papiere, für die sich Agroquest Deutschland so innig interessierte, sich nicht im Fahrzeug befanden. Nach nicht einmal fünf Minuten war sie bereits wieder auf dem Weg vom Parkdeck zu ihrem Golf.

Der Feierabendverkehr beherrschte die Innenstadt von Kassel, weshalb Mona Brassel für die neun Kilometer vom Hotel bis zum Hof von Sigmar und Verena Brassel mehr als eine halbe Stunde benötigte. Sie parkte auch hier in einiger Entfernung zu ihrem eigentlichen Ziel und brachte die letzten 300 Meter zu Fuß hinter sich. Während sie auf dem unbefestigten Weg neben der Straße unterwegs war, wurde sie von einem mindestens 15 Jahre alten, roten VW Passat überholt, der direkt neben ihr den Blinker setzte und auf den Kramer'schen Hof rollte. Die Frau beschleunigte ihre Schritte und sah, während sie durch das offen stehende Rolltor trat, gerade noch ein schwarz gekleidetes Paar aus der Wolfsburger Mittelklasselimousine aussteigen.

»Frau Kramer, Herr Kramer?«, rief sie freundlich. »Hätten Sie einen kurzen Moment Zeit für mich?«

Die beiden drehten sich um und sahen sie erstaunt an.

»Wer sind Sie?«, wollte die Frau mit dem Stofftaschentuch in der rechten Hand wissen.

»Es tut mir wirklich leid, dass ich Sie hier so einfach überfalle, aber ich wusste nicht, wie ich Sie sonst erreichen kann.«

»Ja?«, sagte der Mann nun mit misstrauischem Unterton. »Wir stehen im Telefonbuch. Sie hätten uns einfach anrufen können.«

»Das wusste ich nicht.« Mona Brassel trat auf die beiden zu und reichte ihnen die Hand. »Hildegard Solms«, stellte sie sich vor. »Ich bin Journalistin und arbeite an einer Story über die Gefahren, die von Glyphosat ausgehen. Und wenn ich recht informiert bin …«

Sigmar Kramer hob den Kopf. »Wenn das wahr ist«, unterbrach er die Frau, »dann sind Sie hier bestimmt nicht falsch, Frau Solms, aber Sie könnten leider nicht unpassender kommen. Wir haben heute unsere zweite Tochter verloren, auch an den Krebs. Garantiert wieder ausgebrochen wegen diesem dreckigen Zeug, über das Sie schreiben wollen.«

Im Gesicht von Mona Brassel wurde für einen Sekundenbruchteil so etwas wie Erstaunen sichtbar, dann fing sie sich wieder. »Oh, das tut mir wirklich leid«, flüsterte sie mit vor dem Mund gehaltenenen Händen. »Wenn ich das gewusst hätte, wäre ich ganz bestimmt nicht …«

»Es ist schon gut«, wurde sie jetzt von Verena Kramer unterbrochen, »das konnten Sie ja nicht wissen. Wollen Sie einen Augenblick hereinkommen?«

»Nein, das möchte ich Ihnen auf gar keinen Fall zumuten. Dabei würde ich mich nicht wohlfühlen.«

Verena Kramer wies auf die Haustür. »Kommen Sie. Erzählen Sie uns, was Sie vorhaben. Ich koche einen Kaffee und wenn Sie möchten, setzen wir uns auf die Terrasse.«

Sigmar Kramer hatte den Worten seiner Frau mit immer größer werdenden Augen gelauscht. »Bist du sicher?«, wollte er wissen.

»Ja, ganz sicher. Und wenn es mich zu sehr mitnimmt, hat Frau Solms bestimmt nichts dagegen, wenn ich Sie bitte zu gehen.«

»Nein, auf gar keinen Fall.«

»Na also.«

Eine gute Stunde war Verena Krammer immer noch nicht zu sehr mitgenommen. Sie hatte der Frau, die sich als überaus gute und sensible Zuhörerin entpuppte, die Leidensgeschichte von Julia und Ulrike erzählt, war dabei mehrmals in Tränen ausgebrochen, was die Besucherin jedoch sehr gefasst ausgehalten hatte. Dazwischen war immer wieder das Klingeln des Telefons aus der Küche zu vernehmen gewesen, um das sich jedoch weder Sigmar noch Verena Kramer kümmerten.

»Und jetzt tragen wir also auch unser zweites Kind zu Grab, genau, wie wir es beim ersten machen mussten.«

»Und Sie sind sich wirklich absolut sicher, dass der Tod von Julia und Ulrike auf den damaligen Kontakt mit Squeeze zurückzuführen ist?«

»Wer könnte daran zweifeln«, mischte sich Sigmar Kramer ein, der bis dahin nur zugehört hatte. »Nur ein Ignorant. Oder jemand, der bei Agroquest sein Geld verdient.«

»Kennen Sie denn jemanden, der für die Firma arbeitet?«

»Nein. Woher sollten wir die kennen? Verena hat nach Ulrikes Tod einen Brief an Agroquest geschrieben, das war in den letzten Jahren der einzige Kontakt.«

»Hat die Firma sich darauf gemeldet?«

»Nein. Aber das hatten wir auch gar nicht erwartet.«

Der Landwirt sah der Besucherin direkt in die Augen. »Aber jetzt erzählen Sie doch bitte mal. Woran genau arbeiten Sie und warum suchen Sie uns deshalb auf?«

Mona Brassel holte tief Luft. »Ich arbeite an einem Fernsehbeitrag über das Thema Glyphosat. Ich möchte gern alle Fakten, die ich bekommen kann, zusammentragen und damit beweisen, dass dieser Stoff krebserregend ist. Ganz im Gegensatz zu dem, was die Hersteller der Herbizide stets propagieren. Ich habe schon viele Dinge beieinander, aber wenn ich Sie für eine Mitarbeit gewinnen könnte, wäre das sozusagen das Tüpfelchen auf dem I.«

»Aber wir haben nicht den geringsten Beweis, dass unsere Mädchen gestorben sind, weil sie mit Squeeze in Berührung gekommen sind. Wir wissen, dass es daran liegt, das wissen wir ganz genau, aber wir können es halt nicht beweisen.«

»Na ja«, meinte die Besucherin, »vielleicht hilft es ja, wenn wir unsere Informationen zusammenwerfen. Ich weiß eine ganze Menge und Sie wissen eine ganze Menge. Arbeiten wir zusammen, dann können wir diesem Treiben vielleicht ein Ende setzen.«

»Aber warum machen Sie das? Geht es Ihnen nur um den journalistischen Erfolg? Oder gibt es da einen Hintergrund, den Sie uns bis jetzt verheimlicht haben?«

»Den gibt es tatsächlich. Aber darüber kann ich leider noch nicht sprechen, weil ich bei einem Informanten im Wort stehe. Es dauert höchstens eine, vielleicht zwei Wochen, dann geht es, aber jetzt leider noch nicht.«

»Bei einem Informanten im Wort?«, wiederholte Verena Kramer ein wenig irritiert.

»Ja. Sie werden es verstehen, wenn ich es Ihnen erklären kann, aber ich muss Sie wirklich noch um ein paar Tage Geduld bitten.«

»Wie Sie meinen.«

Wieder läutete das Telefon und diesmal stand Sigmar Kramer auf, um den Anruf entgegenzunehmen.

»Das halten wir nicht länger durch, Verena. Ich gehe jetzt dran, sonst stehen irgendwann alle Leute hier auf dem Hof, die uns gern am Telefon kondolieren wollen.«

Seine Frau nickte matt. Es war ihr anzusehen, dass ihre Kräfte sich dem Ende zuneigten.

»Ich wollte sowieso gerade gehen«, erklärte Mona Brassel.

Wieder ein Nicken von Verena Kramer.

»Ja, ich bin wirklich müde. Aber ich bestehe darauf, dass Sie uns wieder besuchen. Sind Sie noch länger in Kassel?«

»So lang Sie wollen.«

»Haben Sie eine Telefonnummer, unter der Sie zu erreichen sind?«

»Oh, das tut mir wirklich leid, aber meine Telefonkarte ist heute Morgen kaputtgegangen. Ich habe schon eine neue angefordert, aber es dauert wohl ein paar Tage, bis ich sie habe. Geben Sie mir doch einfach Ihre Nummer und ich rufe Sie an.«

14

Lenz sah dem Krankenwagen hinterher, der langsam davonrollte. Die Beine des Hauptkommissars zitterten noch immer und sein ehemals hellblaues Hemd war gesprenkelt mit kleinen und größeren Blutflecken. Thilo Hain lehnte an einem Streifenwagen, sein Brustkorb hob und senkte sich schwer und in seinen Augen standen Tränen. Von links näherte sich ein Uniformierter und trat auf Lenz zu.

»Ich weiß, Herr Hauptkommissar, dass Ihnen jetzt bestimmt nicht danach ist, mit mir zu reden, aber ich muss für meinen Bericht einfach wissen, wie es zu dieser Scheiße gekommen ist.«

Lenz nickte und kam langsam auf die Beine. »Mein Kollege Hain und ich waren auf dem Weg zu einer Vernehmung.« Er deutete mit dem ausgestreckten rechten Arm in Richtung der südlichen Frankfurter Straße. »Wir mussten hier an der roten Ampel warten. Während wir das taten, drängelte sich der Roller zwischen den Autos durch und stellte sich etwa zwei Meter vor uns, um auf die nächste Grünphase zu warten. Davor waren wir die Ersten, nun waren es die Jugendlichen. Die beiden haben auf dem Scooter Blödsinn gemacht, gelacht und herumgehampelt. Dann kam der Mercedes angerauscht, aus Richtung Stadtmitte und auf den Straßenbahnschienen. Für einen Moment hatte ich den Gedanken, dass der einfach geradeaus ins Gerichtsgebäude fahren will, so unfassbar schnell war er, trotzdem lenkte der Fahrer ein. Was dann passiert ist, ging so flott, dass ich es auch jetzt noch kaum verstehen kann.«

»Der Mercedes hat den Roller abgeräumt?«

»Ja, abgeräumt ist das einzige Wort, das diese Katastrophe würdig beschreibt. Ich habe die beiden auf dem Roller in einer Höhe durch die Luft fliegen sehen, dass mir der Atem gestockt hat.«

Der Streifenpolizist wies auf das völlig zerstörte Wrack

einer Untertürkheimer Nobelkarosse, die in der Verlängerung der Fünffensterstraße im Gerichtsgebäude klebte.

»Der Mercedes ist praktisch ungebremst in das Gebäude geknallt?«

»Völlig ungebremst, so habe ich zumindest jetzt noch den Eindruck. Der Fahrer hat wohl gedacht, die Kurve hier würde 140 oder vielleicht sogar 150 Stundenkilometer vertragen, aber wie wir jetzt wissen, war das ein Trugschluss. Auf jeden Fall hat er nach dem Einlenken ziemlich schnell die Gewalt über seine Karre verloren und ist erst mit vollem Tempo in den Roller und dann, nach ein paar heftigen Überschlägen ohne jede Bodenberührung, ins Justizgebäude gekracht.«

»Und Sie und Ihr Kollege haben den Jugendlichen sofort Erste Hilfe geleistet?«

»Was immer das heißen mag, ja. Der eine hat noch geatmet, der andere war wohl auf der Stelle tot. Bis der Notarztwagen da war, haben wir alles versucht. Aber es hat einfach nichts genützt.«

»Was war mit den Insassen des Mercedes?«

Lenz betrachtete eine Weile das havarierte Fahrzeug. »Sie sehen es ja selbst, Kollege. Das Ding ist mit dem Dach zuvorderst in die Wand des Hauses geknallt und hat da ein ziemlich großes Loch hinterlassen. Und wie es bei solchen Sachen nun mal ist, hat es das Dach bis zu den Sitzpolstern hinuntergedrückt, Mercedes hin oder her. Uns war sofort klar, dass da keiner lebend rauskommen würde.«

»Ja, klar, das sehe ich genauso. Und dann kam der NAW?«

»Ja, als der da war, haben mein Kollege und ich uns sofort zurückgezogen.« Er sah zu den drei Leichenwagen mit den offen stehenden Heckklappen. »Aber wie auch immer, die beiden Rollerfahrer sind tot. Und um die allein tut es mir leid, nicht um die drei Vollspacken aus dem Daimler.«

»Die Beute aus dem Banküberfall betrug ganze 12.500 Euro«, ließ der Streifenpolizist wissen. »Für diese Summe überfällt man heute eine Bank und fährt auf der Flucht zwei Jugendliche ins Grab. Was für eine Scheiße.«

»Ja, da haben Sie absolut recht.« Lenz sah seinem uniformierten Kollegen ins Gesicht. »War's das dann?«

»Ja, bis hier hin schon. Wenn ich noch Fragen haben sollte, weiß ich ja, wo ich Sie erreichen kann.«

»Ich stehe Ihnen zur Verfügung.« Damit wandte der Hauptkommissar sich ab und trat auf Thilo Hain zu, der mit einem weiteren Uniformierten im Gespräch war. »Können wir los, Thilo? Ich würde gern nach Hause, mich duschen und umziehen.«

»Klar.«

15 Minuten nachdem die beiden Ermittler den Unfallort verlassen hatten, erhob sich Lenz aus dem tief liegenden Sitz des Cabrios.

»Wenn der Mercedes uns erwischt hätte, wäre es uns nicht besser gegangen als den beiden armen Schweinen auf dem Scooter«, bemerkte sein Kollege.

»Darüber habe ich eben auf der Fahrt auch schon nachgedacht, Thilo. Manchmal liegt zwischen Leben und Tod nur eine Nuance. Eine Haaresbreite im wörtlichen Sinn.«

»Eigentlich ein Grund, sich heute Abend zu besaufen. Was meinst du?«

Lenz warf einen Blick auf seine Armbanduhr. »Ruf mich in zwei Stunden an, wenn es dir dann immer noch so geht. Wenn es mir noch so geht wie jetzt, musst du es allein machen, wenn nicht, bin ich vermutlich dabei.«

»Ich melde mich.

»Ja, bis später.« Schon auf dem Weg im Fahrstuhl nach oben zur Wohnung spürte Lenz, dass er sich gleich übergeben würde. Er hatte noch nicht den Schlüssel ans Brett gehängt, als es auch schon losging. Er erreichte gerade noch die Toilette, dann gab es kein Halten mehr.

Als er aus der Dusche kam und sich abtrocknete wurde ihm erneut bewusst, dass er vor nicht einmal zwei Stunden zwei junge Menschen hatte sterben sehen. Zwei junge Menschen, die jetzt womöglich mit ihren Familien zusammensitzen würden, die für die Schule lernen oder sich mit Freunden treffen könnten, wenn sie nicht zur falschen Zeit am falschen Ort gewesen wären.

Zur komplett falschen Zeit am komplett falschen Ort.

Die Bankräuber, so viel wusste man bereits, waren Intensivtäter. Nach ihnen wurde europaweit gefahndet, und sie hätten vermutlich auch auf jeden sie Verfolgenden geschossen, wenn sie nicht von und in ihrem Fluchtwagen getötet worden wären.

»Verdammt«, murmelte der Leiter der Mordkommission.

Er hätte sich jetzt gern mit Maria besprochen, hätte gern ›Psychohygiene‹ betrieben, wie sie die Gespräche nannten, die sie miteinander führten, wenn er nach einem Tag wie diesem nach Hause kam. Aber seine Frau war auf einer Kunstausstellung in Frankfurt und würde erst später am Abend wieder in Kassel sein.

Mit dem Badetuch um die Hüften betrat er das Wohnzimmer, suchte eine CD heraus und legte sie in den Spieler. Als kurz darauf die ersten Takte der Musik erklangen, ließ er sich in den Sessel gegenüber den Lautsprecherboxen fallen und schloss die Augen.

»Hallo, Paul«, wurde er eineinhalb Stunden später mit einem sanften Kuss auf den Mund von Maria geweckt.

»Oh, Maria. Ich muss wohl eingeschlafen sein.«

»So sieht es tatsächlich aus«, bestätigte sie lachend. »Warum machst du das bei diesem Superwetter denn hier drinnen und nicht draußen, auf der Terrasse?«

»Ich wollte gar nicht schlafen, sondern einfach nur ein bisschen bei guter Musik entspannen. Aber dann sind mir wohl die Augen zugefallen.«

»Hey, das macht doch nichts. Ich freue mich, wenn du so entspannt von der Arbeit nach Hause kommst, dass du ein wenig schlafen kannst.«

»So ganz entspannt war ich leider nicht.«

Maria betrachtete besorgt sein sich verfinsterndes Gesicht. »Erzähl, Paul.«

Es dauerte eine Stunde, dann hatte der Kriminalpolizist seiner Frau die Ereignisse des Tages geschildert – immer wieder unterbrochen von ihren Fragen. »Diese komische Entführung würde gewiss schon reichen, um einem den Tag zu verderben. Aber dann noch so einen Unfall mitzuerleben mit Reanimierungsmaßnahmen … nein, das braucht wirklich kein Mensch.«

»Du sagst es.« Er richtete sich auf und nahm seine Frau in den Arm. »Ich musste im Lauf meiner beruflichen Karriere ja nun schon einige Menschen sterben sehen, aber das heute geht mir, soweit ich mich erinnern kann, deutlich am meisten an die Nieren. Als ich nach Hause gekommen bin, war ich in der Stimmung, alles hinzuschmeißen.«

»Du weißt, dass du das kannst. Du musst diesen Job nicht länger aushalten.«

»Ja, ich weiß es wirklich und ich habe vorhin auch noch einmal sehr intensiv darüber nachgedacht, wie es wäre, nicht mehr Polizist zu sein. Aber so etwas wie mit den beiden auf dem Scooter kann einem jeden Tag passieren, auch wenn man nicht als Bulle arbeitet. Und irgendwie macht mir der Job immer noch mehr Spaß, als er mich Nerven kostet.« Er strich mit seinen Händen über ihre Wange. »Und ich bin dir über alle Maßen dankbar, dass ich mit dir über das alles so reden kann, wie wir das machen. Danke, ehrlich.«

Sie griff nach seiner Hand und umfasste sie sanft. »Dafür nicht, Paul.«

»Und jetzt ziehen wir uns an und gehen einen riesigen, wohlschmeckenden Burger essen. Nicht so ein Ding vom Fastfoodamerikaner, sondern einen richtigen, echten, mit Liebe gemachten.«

»Das ist mal eine Idee«, erwiderte Maria grinsend, die nicht so sehr auf American-Diner-Food stand, »und wenn ich einen leckeren Salat oder so etwas kriege, bin ich genauso glücklich wie du mit deinem Riesenburger.«

Zwei Stunden nach dieser Ansage saßen die beiden noch immer im Biergarten eines Restaurants mit Blick über die Stadt. Jeder hatte einen Cocktail vor sich stehen und beide waren satt und, soweit man das sagen konnte, zufrieden. Hain hatte, zu Lenz' Verwunderung, nicht angerufen und sich auch sonst nicht gemeldet.

»Was hältst du davon, wenn wir für den Herbst eine Woche Urlaub einschieben?«, wollte der Kommissar von seiner Frau wissen.

»Klar, nichts lieber als das. Wo soll es denn hingehen?«

»Was hältst du von Paris? Paris im Spätsommer oder Frühherbst, das stelle ich mir ziemlich aufregend vor. Außerdem waren wir da noch nicht zusammen.«

»Ich bin dabei. Sag mir wann und ich stehe mit gepackten Koffern vor der Tür, wenn der Prinz auf dem weißen Gaul vorbeikommt.«

Beide lachten.

»Na, hinreiten will ich sicher nicht, aber vielleicht kriegen wir ja ein schönes Arrangement mit Flug und Hotel.«

»Ich will aber auf keinen Fall noch einmal von unserem weltberühmten Flughafen Kassel-Calden starten, Paul. Da ist mir mein letzter Abflug noch viel zu präsent.« Sie sprach von einer Situation ein paar Jahre zuvor, wo das Flugzeug, in dem sie saß, nur um Haaresbreite einem Sprengstoffanschlag entgangen war.

»Ach was, Paris ist von Kassel-Calden aus doch unmöglich zu erreichen. Vielleicht fliegt mittlerweile gar keine Airline mehr von dort, aber so genau verfolge ich die Debatte um diese komplette Fehlinvestition schon lange nicht mehr. Nein, wir fahren mit der Bahn nach Frankfurt und fliegen dann nach Paris.«

»Paris, die Stadt der Liebenden«, seufzte Maria ein klein wenig zu theatralisch und mit Augenaufschlag. »Dass ich das mit dir noch erleben darf.«

»Wie oft warst du denn schon in Paris?«, wollte er mit schief gelegtem Kopf wissen.

»Bestimmt ein Dutzend Mal, aber alles in meinem früheren Leben als Gattin des Oberbürgermeisters, was deshalb ja gar nicht zählt.«

»Apropos Gattin des Oberbürgermeisters. Gibt es etwas Neues zu Erichs Prozess?«

»Soweit ich weiß, nein. Aber wenn man den Medien Glauben schenken darf, wird er mal wieder mit einem blauen Auge davonkommen.«

»Das heißt, dass man ihm die Bestechlichkeit nicht wird nachweisen können?«

»Nicht so weit, dass es für eine Verurteilung reicht.«

»Die Welt ist einfach ungerecht, Maria.«

»Das finde ich auch, wirklich, aber daran werden weder du als Hauptkommissar noch ich etwas ändern können.«

»Du könntest es, wenn ich dich richtig verstanden habe.«

»Ja, ich könnte es, weil ich genug über ihn und seine Zeit als OB weiß. Aber solang mich niemand als Zeugin lädt, werde ich einfach meinen Mund halten. Wenn ich mich ungefragt melden und mein Wissen preisgeben würde, käme ich mir wirklich schäbig vor. Wie jemand, der nachtritt. Und das will ich nicht. Ich glaube, Erich ist durch den Verlust all seiner Ämter und Mandate gestraft genug, zumindest wenn man bedenkt, dass er sich immer und fast ausschließlich über eben diese Dinge definiert hat. Also lass ich es laufen; aber vielleicht besinnt sich ja irgendwann mal ein Staatsanwalt darauf, dass der Kerl früher verheiratet war, und befragt mich. Das, mein Lieber, würde die Sache komplett verändern.«

»Interessante Ansicht.«

»Ja, ich weiß, dass du das anders machen würdest, aber ich bin nun mal so gestrickt. Und ich weiß, dass du meine Denkweise immerhin tolerierst, wenn du sie schon nicht aus vollem Herzen akzeptieren kannst.«

»Gut getroffen.«

Sie lachte laut auf und wollte zu einer Erwiderung ansetzen, wurde jedoch vom Klingeln seines Telefons unterbrochen. Der Polizist warf einen kurzen Blick auf das Display und nahm das Gespräch an.

»Ja, Lenz.«

»Hallo, Paul, hier spricht Pia Ritter.«

»Hallo, Pia, schön dich zu hören. Wie geht's denn?«

»Eigentlich ganz gut«, antwortete die Schutzpolizistin, mit der Lenz schon häufig zu tun hatte und mit der er sich seit etwa zwei Jahren duzte.

»Das *eigentlich* trübt deine Antwort mehr, als du vielleicht glaubst, Pia.«

Sie schnaubte. »Ach, wie das immer so ist. Mal geht es in einer Beziehung besser und mal geht es eben gar nicht. Mein Kerl und ich sind im Augenblick eher bei Variante zwei angekommen. Und wenn es sich dann noch um einen Kollegen handelt, macht das die Sache nun wirklich nicht besser.«

»Meine vollste Zustimmung.«

»Danke. Aber ich rufe ja nicht um diese Uhrzeit an, weil ich dich mit meinen komplizierten Beziehungsgeschichten nerven will, sondern weil es da eine komische Sache gibt, über die ich gern mal kurz mit dir reden würde.«

»Ja, klar, lass hören.«

»Ihr seid doch im Moment an dieser Entführung dran.« Im Hintergrund raschelte Papier. »Der Entführung dieses … Sebastian Koller aus Düsseldorf.«

»Ja, ganz richtig. Hast du da was für uns?«

»Darum geht es ja gerade. Das wüsste ich selbst gern.«

»Na, denn. Alles auf Anfang und los. Worum geht es?«

Ein erneutes kurzes Zögern am anderen Ende der Leitung.

»Wir haben einen Kollegen, der mir vorhin, am Beginn meiner Schicht, eine Geschichte erzählt hat. Und zwar die Geschichte von der Tochter eines Freundes, die gestern wohl ein bisschen spät nach Hause gekommen ist. Sie war an der Buga zum Schwimmen und Chillen, sollte um

22:30 Uhr zu Hause sein und war eine gute halbe Stunde zu spät. Erklärt oder besser begründet hat sie das damit, dass sie etwas sehr merkwürdiges beobachtet habe, was sie daran gehindert hat, pünktlich zu sein.«

»Aha. Und was genau war das?«

»Sie sagt, sie hätte beobachtet, wie ein Mann einen anderen Mann in einen Transporter gewuchtet hat. Und dass der Gewuchtete sich irgendwie gar nicht gewehrt habe, weil er vorher von dem anderen geschlagen worden war.«

»Wo soll das stattgefunden haben?«

»Das ist es ja, was mich so irritiert. Das Ganze soll sich ziemlich genau dort abgespielt haben, wo dieser Koller entführt wurde. Auf der Wilhelmshöher Allee, ungefähr auf Höhe des Eingangs zur Ingenieurschule.«

Lenz' Haare im Nacken stellten sich auf und sein gesamter Körper fühlte sich innerhalb von Sekundenbruchteilen wie elektrisiert an. »Bist du im Präsidium?«

»Ja, klar.«

»Ich bin spätestens in 15 Minuten da. Na, sagen wir lieber 20 Minuten. Bitte geh nicht weg, wir müssen gleich zu diesem Mädchen fahren.«

»Das mache ich. Bis gleich dann.«

»Ja, bis gleich.«

Auf dem Weg rief der Hauptkommissar seinen Mitarbeiter und Freund an.

»Bist du schon besoffen oder schaffst du es noch einmal, ins Präsidium zu kommen?«, fragte er ohne Begrüßungsformel, nachdem Thilo den Anruf entgegengenommen hatte.

»Klar, kann ich kommen. Würde ich aber nur machen, wenn es was wirklich Wichtiges gibt. Als ich nämlich vorhin hier ankam, war mein Erstgeborener gerade von der

Schaukel geflogen und lag mit einem Riesenloch im Schädel und brutal blutend unter seinem Spielgerät. Vor eine knappen halben Stunde bin ich aus dem Krankenhaus gekommen.«

»Wie geht es ihm?«

»So lala. Er schielt so arg, dass er am Mittwoch beide Sonntage sehen könnte, hat ziemliches Schädelweh und weiß von den letzten zehn Minuten vor seinem Bums absolut nichts mehr. Der Doc meint, er hätte eine saftige Gehirnerschütterung, was mich aber nicht sonderlich überrascht. Immerhin hat er das Klammern der Wunde wie ein echter Indianer weggesteckt.«

»Gut, dann bleib einfach zu Hause. Ich komm schon ohne dich klar.«

»Womit denn?«, wollte Hain nach einer kurzen Pause wissen.

»Wir haben wahrscheinlich eine Zeugin für Kollers Entführung.«

»Du machst Scherze.«

»Nein, ausnahmsweise mal nicht.«

»Ich bin in 20 Minuten im Präsidium. Oder soll ich dich vorher abholen?«

»Nee, lass mal. Ich fahre selbst.«

15

Sebastian Koller drehte seinen Körper zur anderen Seite.

Wie oft habe ich in den letzten Stunden die Position gewechselt?, fragte er sich verzweifelt. *Oder sind erst ein paar Minuten vergangen, seitdem ich mit ihm gesprochen habe?*

Der Verkaufsleiter hatte längere Zeit gebraucht, um seine Tränen und sein Wimmern in den Griff zu bekommen. Allerdings war er von weiteren Panikattacken verschont geblieben.

Immerhin, dachte er mit Erleichterung. *Immerhin das ist mir erspart geblieben.* Und doch verbarg sich irgendwo in seinem Kopf die stete Unsicherheit, die diffuse Furcht, dass es jederzeit wieder losgehen könnte mit der Angst.

Wie es wohl Rita geht? Was sie wohl denkt? Ob sie mich vermisst?

Offen gestanden dachte Koller keineswegs, dass seine Frau seinetwegen auch nur eine einzige Träne vergießen würde, dazu war viel zu viel passiert in den vergangenen Jahren.

Und zu guter Letzt auch noch die Affäre mit Cindy.

Berlin. Zweiter Hinterhof.

Cindy. Wirklich kein Name, mit dem man angeben könnte, aber das wollte er auch überhaupt nicht. Die Kleine war rein zum Vögeln dagewesen. Wann immer es ihm möglich gewesen war, wenn er an der Ostsee, in Brandenburg oder Berlin zu tun gehabt hatte, war er auf einen Abstecher zu ihr gefahren.

Berlin, Alt Moabit, zweiter Hinterhof.

Kennengelernt hatte er sie auf einer Tagung im ICC. Sie war als Serviererin auf ihn zugekommen und hatte ihm einen Sekt angeboten. Er hatte einen Scherz gemacht, sie hatte ihn erwidert und ein Wort hatte das andere ergeben. Keine drei Stunden später hatten die beiden in ihrem Bett gelegen und sich die Seele aus dem Leib gefickt.

Die Seele aus dem Leib gefickt. Im wahrsten Sinne des Wortes.

Für Rita war Sex nicht mehr als eine eheliche Pflichtübung gewesen. Sie hatte nie großen Spaß daran, was dazu führte, dass sie seit mehr als sechs Jahren nicht mehr miteinander geschlafen hatten. Rita war eher von der langweiligen Sorte. Kinder zeugen, Kinder kriegen und gut war es. Irgendwann hatte sie einmal, zu seinem größten Ärger, zu vorgerückter Stunde und ziemlich angeheitert auf einer Party kundgetan, dass Sex eben dazugehören würde. Spaß, nein, Spaß würde er ihr keinen machen, aber er gehörte nun einmal zu einer Ehe dazu.

Koller hatte ihr noch auf der Fahrt nach Hause eine Ohrfeige gegeben, im Wagen, so wütend war er auf sie gewesen.

Affären hatte es immer gegeben in seinem Leben. Immer. Schon als seine Frau mit dem Großen schwanger war, hatte er ein Verhältnis mit seiner damaligen Sekretärin begonnen. Manchmal hatte er sich so unvorsichtig benommen, dass Rita seine Affären hatte bemerken müssen. Aber sie schien seine Aktivitäten zu ignorieren, steckte einfach den Kopf in den Sand. Hatte sie immer gemacht.

Und dann Cindy.

Sie hatte ihm Dinge gezeigt und erlaubt, von denen er bis dahin nicht einmal zu träumen gewagt hatte.

Wow!

Irgendwann allerdings war sie auf die Idee gekommen, dass mehr aus ihnen beiden werden müsse. Dass er endlich seine Frau zu verlassen und zu ihr zu ziehen hatte.

Puh, was hatte die ihm alles an den Kopf geworfen, als er seine paar Sachen packte und verschwinden wollte. Na, war gut, dass es schließlich vorbei war. Nur guter Sex langte irgendwann auch nicht mehr. Manchmal musste es einfach auch ein Gespräch oder so etwas sein.

Auf der Heimfahrt am letzten Wochenende hatte er ernsthaft darüber nachgedacht, zu Hause einen Versuch zu unternehmen, sich von seiner Frau ein paar der Dinge zu wünschen, die Cindy mit ihm veranstaltet hatte, sich dann jedoch dagegen entschieden. Sie war zwar verklemmt, aber blöd war sie deswegen noch lange nicht.

Koller bemerkte, dass er bei seinen Gedanken eine Erektion bekam.

Verdammt, ich will hier raus!

Dieser Idiot, der ihn hier festhielt, war vermutlich einer von diesen Weltverbesserern, mit denen er immer wieder zu tun hatte. Manchmal war es der Sohn oder die Tochter eines Großkunden, den er besuchte und die ihm die übelsten Vorhaltungen wegen der Wirkungsweise von Squeeze und der damit verbundenen Gefahren machte. Mal war es auch der Kunde selbst, der urplötzlich vom Biobazillus befallen war und von einem Tag auf den anderen nichts mehr mit konventioneller Landwirtschaft zu tun haben wollte. Gab es alles.

Klar geht von Glyphosat und damit natürlich auch von Squeeze eine gewisse Gefahr aus, dachte er. *Was auf der Welt ist schon völlig frei von Risiken? Aber man kann doch nicht einfach so anerkennen, dass der Tod eines Kin-*

des oder jetzt von mir aus auch zweier Kinder jetzt gleich auf das Glyphosatkonto geht. Das würden die Aktionäre niemals dulden. Nie, nie, nie!

Und jetzt saß er hier in diesem Loch und wurde von einem total durchgeknallten Irren genötigt, Squeeze zu verteufeln.

Nein, niemals, ihr Irren dieser Welt! Ich rationalisiere doch nicht ohne guten Grund meinen eigenen Job weg.

Er wollte sich gerade wieder zur anderen Seite rollen, als er von einem Geräusch hochgeschreckt wurde.

Verdammt, was war das?

Irgendwo, er konnte nicht ergründen woher, hatte es eine Erschütterung gegeben, die er sogar in seinem Verlies wahrnehmen konnte.

Ein Zischen!

Koller kam ruckartig von seiner Liege hoch und wollte sich in Richtung der Kamera bewegen, stolperte jedoch über seine eigenen Füße und schlug der Länge nach hin. Für eine Weile sah er nur Sterne, hielt sich dabei den Kopf und schrie vor Wut.

Dann jedoch veränderte sich seine komplette Wahrnehmung. Ihm wurde warm und sein Gehirn schien plötzlich wie in Watte gepackt. Und er nahm, aus weiter Ferne, so etwas wie ein Zischen wahr. Mit einem Mal verschwand jegliche Aggressivität, die Schmerzen in und um seinen Kopf ließen augenblicklich nach und sein Denken insgesamt verlangsamte sich so sehr, dass er sich in die Zeit an der Universität zurückversetzt fühlte; an die vielen Nächte, in denen er und seine Kommilitonen so viel gekifft hatten, dass an einen Besuch der Vorlesungen am Folgetag überhaupt nicht zu denken war.

Zugekifft – genau so fühlt sich das gerade an.

Dann jedoch wurde Sebastian Koller todmüde. Seine Augenlider fielen zu und so sehr er sich auch dagegen wehrte, er schlief einfach ein. Zweimal noch wurde er kurzzeitig wach, dann hielt ihn der Schlaf mit einer eisernen Faust gefangen.

Er hätte natürlich nicht sagen können, wie lang er in diesem Zustand gewesen war. Ob Stunden oder Minuten war für ihn unmöglich auseinanderzuhalten. Auf jeden Fall kamen seine Gedanken jetzt langsam wieder in Fahrt. Sehr langsam allerdings, um nicht zu sagen enervierend langsam. Mit größter Anstrengung gelang es ihm, sich an etwas zu erinnern.

Gefangenschaft. Allein in einem Verlies. Ein Irrer hält mich gefangen. Scheiße!

Der Geschmack in seinem Mund erinnerte ihn an den Geruch des Elefantenhauses im Zoo und in seinem Schädel kreisten Myriaden von Hummeln.

Egal.

Er öffnete vorsichtig das linke Auge, nahm den Schmerz wahr, der von der Bewegung ausging, erinnerte sich an seinen Sturz zuvor und schloss es wieder.

Moment. Da ist ja gar kein Licht. Und ich liege auch nicht mehr. Ich sitze.

Wieder öffnete er ein Auge, doch es blieb dunkel um ihn herum.

»Probleme, Herr Koller?«

Der Vertriebsleiter zuckte so sehr zusammen, dass ihm dabei ein Schauer über den Rücken lief. Die verzerrte Stimme des Mannes versetzte ihm einen weiteren Schock. Mit aller Kraft versuchte er, sich gegen die erneut aufkommende Panik zu wehren, doch es gelang ihm nicht.

Er schluckte und wollte instinktiv die Arme zur Verteidigung nach oben nehmen, doch die verharrten wie festgeschweißt in ihrer Position. Er zog und rüttelte und zappelte, aber es änderte nichts.

»Hören Sie auf mit diesem Unsinn«, befahl ihm die verfremdete Stimme laut und barsch, doch Koller dachte überhaupt nicht daran, Folge zu leisten. Wieder und wieder unternahm er Versuche, seine Arme zu befreien, allerdings ohne Erfolg. Dann musste er feststellen, dass auch seine Beine und Füße fixiert waren.

»Hilfe!«

Er schrie und spuckte und zerrte an seinen Fesseln, konnte jedoch nicht die geringste Veränderung feststellen.

»Aufhören!«, bellte die Stimme nun. »Aufhören, oder Sie werden mich kennenlernen!«

»Fick dich, du verdammtes Arschloch«, schrie Koller wie von Sinnen und unter Tränen. Seine Handgelenke schmerzten höllisch, sein Kopf dröhnte und seine Wut war so groß, dass sie jegliche Panik überlagerte.

»Ich zähle bis drei. Wenn Sie dann nicht zur Besinnung gekommen sind, wird es richtig unangenehm für Sie.

Eins.

Zwei.

Drei.«

Die Worte waren fast ohne Pause gekommen, sodass Koller sie kaum gehört hatte. Was dann folgte, war für ihn die Potenzierung von Demütigung und Pein.

Ausgehend von der Hüfte oder dem Becken durchdrang ein Schmerz seinen gesamten Körper, dessen Intensität Koller innerhalb von Sekundenbruchteilen den Schweiß auf die Stirn trieb. Der zeitgleich ertönende

Laut erinnerte ihn selbst an das gequälte, von Todesangst erschütterte Schreien eines Schweines und alles an ihm verkrampfte sich augenblicklich. Auf einmal verschwand der Schmerz ebenso schlagartig, wie er gekommen war. Zurück blieb die Erinnerung an das Schlimmste, das Sebastian Koller jemals in seinem Leben zugestoßen war.

»Aufhören. Bitte, bitte, hören Sie auf. Ich werde alle tun, was Sie von mir verlangen. Alles, das schwöre ich. Und gebe Ihnen mein Ehrenwort.«

»So schnell hätte ich damit gar nicht gerechnet«, verkündete die blechern klingende Stimme sarkastisch. »Offenbar hat Ihnen schon diese kleine, ich meine wirklich sehr kleine Dosis von dem gereicht, was ich noch viel mehr auf Sie einwirken lassen könnte. Viel, viel mehr.«

»Bitte, machen Sie das nicht«, wimmerte Koller leise. »Ich flehe Sie an, wenn Sie das wollen, aber machen Sie das bitte, bitte nicht.«

»Gut. Wie also ist Ihre Meinung zu Squeeze? Und Glyphosat im Allgemeinen?«

Koller hob den Kopf. »Ich werde Ihnen alles dazu sagen, alles. Aber bitte lassen Sie mich dann gehen.«

Es entstand eine Pause.

»Sie dürfen gehen, wenn ich mit dem, was Sie mir erzählen, zufrieden bin, erst dann. Und ob ich zufrieden bin, hängt allein von mir ab. Klar?«

»Ja, natürlich.«

»Und Sie sind sich sicher, dass Sie mir alles, wirklich alles über dieses Zeug erzählen, was Sie wissen? Alle geheim gehaltenen Gutachten, alle Fälle, mit denen sich Agroquest außergerichtlich geeinigt hat?«

Fick dich, dachte Koller. *Fick dich in den Arsch und in dein verschissenes Maul. Du weißt doch gar nicht, auf was du dich damit einlässt. Nicht im Geringsten.*

»Ja, natürlich«, wiederholte er leise. »Ich werde Ihnen alles erzählen, was ich weiß. Aber das ist nicht viel, ehrlich. Ich bin doch nur ein kleines Rädchen in einem viel grö…«

Sein Körper bäumte sich blitzartig auf. »Aaaahhhhhrg.« Wieder hatte dieser nicht lokalisierbare Schmerz Besitz von ihm ergriffen. Nur für einen Sekundenbruchteil, aber so gewaltig, dass sich seine Blase entleert hatte.

»Das war nur für den Fall, dass Sie mich verladen wollen. Bedenken Sie, dass Sie keine Chance haben. Ich werde nämlich kontrollieren und verifizieren, was Sie mir so alles erzählen.«

Ja, das wirst du, schoss es Sebastian Koller durch den singenden und klirrenden Kopf. *Du wirst das Shea-Gutachten neben dir liegen haben und alles, was ich sage, damit vergleichen.*

Der Vertriebsmann schluckte, wollte die Tränen auf jeden Fall zurückhalten, was ihm jedoch nicht gelang. Er hatte sich gerade in die Hose gepisst, saß gefesselt in einem verdammten Verlies und wurde von einem Irren gefoltert, wie es dem gerade in den Kram passte.

In was für eine verfluchte Scheiße bin ich nur hineingeraten?

16

»Nadine, kommst du mal bitte?« Frank Beisser, der Vater der Gerufenen, hob entschuldigend die Arme. »Haben Sie Kinder?«

Thilo Hain nickte.

»Schon in der Pubertät?«

»Nein, bis dahin habe ich noch eine ganze Weile Zeit.«

»Bereiten Sie sich auf das Schlimmste vor.«

»Mach ich.«

»Nadine!«

Lenz, Pia Ritter und ein weiterer uniformierter Kollege, die im Wohnzimmer der Familie Beisser standen, mussten ein Lächeln unterdrücken. Lenz hatte dem Vater ausführlich den Hintergrund ihres Besuchs erklärt und um ein kurzes Gespräch mit der Tochter gebeten.

»Menno, was willst du denn schon wieder?«, kam es gedämpft aus einem Zimmer am Ende des langen Flurs.

»Komm doch bitte mal her, hier sind ein paar Leute, die gern mit dir sprechen würden.«

»Was für Leute denn?«

Die letzte Tür auf der linken Seite des Flurs wurde langsam geöffnet und ein abweisend dreinblickendes, komplett schwarz gekleidetes Mädchen trat heraus.

»Wow«, machte es leise. »So viel Staatsmacht für so ein zartes, unschuldiges Fräulein wie mich?«

Na, Humor hat sie schon mal, dachte Lenz.

»Nadine, benimm dich bitte. Die Leute wollen nicht

144

ihre Zeit mit dir verplempern, sondern ihre Fragen beantwortet bekommen.«

Nadine trat auf Lenz zu, reichte ihm die Hand und machte währenddessen die Andeutung eines Knicks.

»Nadine!«

Das Mädchen wiederholte die Bewegung bei den beiden anderen Männern, nur Pia Ritter reichte sie lediglich die Hand.

»Also, ich bin bereit. Welche Fragen haben Sie an mich?«

»Wollen wir uns nicht setzen?«, fragte Frank Beisser.

»Gern.«

»Ja, sehr gern«, stimmte auch Nadine mit höchst ironischem Unterton zu.

»Wir würden gern von Ihnen wissen, was Sie gestern Abend auf dem Heimweg beobachtet haben?«

»Sie können mich ruhig duzen«, beschied sie dem Hauptkommissar mit starr auf ihren Vater gerichtetem Blick, »sonst fühle ich mich so schrecklich alt und Alter ist bei manchen Menschen etwas total Furchtbares.«

»Gern. Also, was ist gestern Abend passiert, als du auf dem Nachhauseweg warst?«

Sie wandte den Blick von ihrem Vater ab und hob den Kopf. »Nur, wenn Sie mir versprechen, dass Sie mir glauben. Was nicht für jeden hier im Raum zutrifft, wie ich aus sicherer Quelle weiß.«

»Versprochen.«

»Dann darf ich davon ausgehen, dass Ihr Interesse jene Szene betrifft, in der ein Mann einen anderen Mann in einen Lieferwagen gewuchtet hat?« Ihre Augen suchten erneut den Blickkontakt mit ihrem Vater. »Eben diese Szene, die manch einer der im Raum Anwesenden als reine Fantasie meinerseits betrachtet und bewertet hat?«

»Genau um diese Szene geht es, Nadine. Erzähl uns bitte, was du gesehen hast.«

»Ich war auf dem Heimweg von der Buga. An der Kreuzung Schönfelder Straße und Wilhelmshöher Allee habe ich mich von einer Freundin verabschiedet, die im Kirchweg wohnt, und bin dann auf der linken Seite der Williallee Richtung Heimat gegangen. Und ich will betonen, dass ich mich zu diesem Zeitpunkt völlig innerhalb des Zeitfensters meiner zwangsverordneten Heimkehr befand.«

Erneut musste Lenz ein Lächeln unterdrücken.

»Ich hatte einen weißen Lieferwagen passiert, in dem ein Typ saß, was mir eigentlich nicht aufgefallen wäre, wenn nicht seine Seitentür offen gestanden hätte wie der Schlund eines riesigen Walfischs.«

»Hast du den Mann so genau gesehen, dass du ihn beschreiben könntest?«

Sie schüttelte den Kopf. »Ich hatte an der Buga Cannabis konsumiert und könnte Ihnen demzufolge jeglichen Unsinn auftischen. Aber, um ehrlich zu sein, ich kann mich gerade noch daran erinnern, dass es ein männliches Wesen war.«

Frank Beisser hatte während ihres Vortrags, genauer bei der Erwähnung des ›bösen C-Wortes‹, laut aufgestöhnt und sich die Hände vors Gesicht geschlagen.

»Nadine, wir hatten doch vereinbart, dass …«

»Ja, mein lieber Vater, du hattest auch mit meiner Mutter vereinbart, dass du bis zu eurem jeweiligen Lebensende mit ihr verheiratet bleiben würdest, was, wie wir ja wissen, auch nicht so richtig geklappt hat.«

»Aber das ist doch etwas komplett anderes, Nadine.«

»Das kann man so sehen oder so«, erwiderte sie süffisant. »Ich sehe es auf jeden Fall *so*.«

»Gut«, ging Lenz, innerlich höchst amüsiert, sanft dazwischen. »Wie ging es weiter?«

Die junge Frau bedachte ihren Vater mit einem Lächeln, bevor sie antwortete: »Ich bin etwa 15 Meter, nachdem ich den Lieferwagen passiert hatte, nach links abgebogen. Es gibt da diesen Trampelpfad, der direkt zu unserem Hauseingang führt. Dazwischen liegt ein kleines Wäldchen, in dem ich mich von meiner Begleitung verabschiedet habe.«

»Du warst nicht …?«, hallte es entsetzt aus Beissers Mund.

»Nein, war ich nicht«, entgegnete sie in seine Richtung.

Offenbar hatte die Familie Beisser eine Menge aufzuarbeiten, wenn die Polizisten erst das Feld geräumt hatten.

»Also, meine Begleitung und ich hielten uns folglich in diesem Wäldchen auf. Die genauen Details spielen jetzt mal besser keine Rolle.«

Wieder ein entnervtes Stöhnen von Frank Beisser.

»Auf jeden Fall habe ich einen anderen Mann gesehen. Der kam aus Richtung Königstor geschlendert.« Sie überlegte einen Moment. »Na ja, eigentlich hatte er einen ziemlich schnellen Schritt drauf, wenn ich es recht überlege. Und so etwa auf Höhe dieses weißen Lieferwagens wurde er von diesem Typen, der vorher im Transporter gesessen hatte, von hinten gewürgt. Zumindest glaube ich, das auf die Entfernung so gesehen zu haben. Auf jeden Fall ist der zweite ziemlich schnell ziemlich schlaff geworden und wurde dann von dem ersten mit schleifenden Füßen zum und dann in den Wagen bugsiert. Dann flog die Tür zu, der erste ist um den Transporter herumgegangen, eingestiegen und kurz darauf in Richtung Herkules abgefahren.«

»Hast du eine Idee«, wollte Hain wissen, »wie spät genau es war, als das passiert ist?«

»Ja. Es war genau 22:27 Uhr. Ich war mir ja total sicher, dass ich es pünktlich zu der von meinem Erzeuger verordneten Zeit zu Hause sein würde, was ich natürlich auch genauso geplant hatte, aber dann war ich so verstört, dass ich mich kaum bewegen konnte. Ich brauchte eine Weile, um dieses Geschehen verarbeiten zu können, und deshalb bin ich ja auch eine halbe Stunde oder so zu spät hier angekommen.«

Wieder wurde Frank Beisser von einem vernichtenden Blick getroffen.

»Aber die genauen Umstände meiner Verspätung haben hier ja niemanden interessiert, Herr Kommissar. Man hat einfach behauptet, ich hätte mir eine blöde Geschichte ausgedacht, um mein verspätetes Eintreffen zu rechtfertigen. Aber ich schwöre Ihnen, dass es genau so war. Alles hat sich exakt so abgespielt, wie ich es Ihnen gerade erzählt habe.«

Vielleicht mit Ausnahme der Uhrzeit, dachte Lenz, verzichtete aber auf eine Nachfrage. Er wusste, dass das Mädchen in diesem Punkt log, aber dieses Detail war ihm ziemlich egal. Vater und Tochter mussten in diesem Punkt miteinander zurechtkommen, aus dieser Diskussion wollte er sich tunlichst heraushalten. Er und Hain kannten die genaue Uhrzeit vom Videoband des Supermarkts.

»Das Kennzeichen des Transporters hast du nicht zufällig gesehen?«, fragte Hain weiter.

»Gesehen habe ich es bestimmt, aber ich kann mich absolut nicht daran erinnern. Was aber nichts Ungewöhnliches ist oder am Ende noch einen Grund zur Besorgnis darstellen sollte. Solche Erinnerungslücken sind nach dem Genuss von Cannabis eher die Regel als die Ausnahme.«

Diesmal verzichtete Frank Beisser auf jegliche Reaktion. Seine Augen klebten an einem imaginären Punkt auf der gegenüberliegenden Wand und fixierten ihn magisch.

»Die Marke des Transporters? Irgendeine Idee dazu?«

»Ja. Es war ein Fiat.«

»Sicher?«

»Ganz sicher. Meine Begleitung hat mir nämlich erklärt, was dieses Fiat eigentlich bedeutet, deshalb kann ich mich wenigstens daran noch ganz ordentlich erinnern.«

»Was heißt denn Fiat nach Meinung deiner Begleitung?«

»Fehlerhaft in allen Teilen.«

Nun lachten alle bis auf den Vater, der immer noch verkrampft und mit starrem Blick dasaß.

Vielleicht, dachte Lenz, *hört er auch einfach nicht mehr zu.*

»War es ein neueres oder ein älteres Fiat-Modell?«, wollte Thilo Hain wissen. »Ich meine, hast du vielleicht Rostflecken entdeckt an dem Wagen. Oder, noch besser, vielleicht sogar eine Werbeaufschrift?«

Nun seufzte Nadine Beisser entschuldigend. »Nein, absolut nichts. Es war ein weißer Fiat-Transporter, den ich im Licht einer Straßenlaterne gesehen habe, und bei dessen Anblick ich mir keinesfalls bewusst war, dass sich die Polizei für ihn interessieren könnte. Oder meine Beobachtungen zu ihm. Und den Mann, der am Steuer saß, den fand ich genauso uninteressant wie alle Männer, weil ich nämlich überhaupt nicht auf diese Gattung Mensch stehe. Was erklärt, warum meine Begleitung auch ein Mädchen oder besser eine junge Frau gewesen ist. Meine Freundin übrigens.« Sie sah in die mehr oder weniger verdutzten Gesichter aller im Raum Anwesenden. »Und, um möglichen Rückfragen gleich im Vorfeld zu begegnen, ich werde auf keinen Fall preisgeben, um wen es sich handelt. Sie hat nämlich einen noch reaktionäreren Vater als ich und würde vermutlich sofort in ein weit entferntes Internat verfrachtet, wenn unsere Beziehung öffentlich würde.«

Nun waren für Frank Beisser offenbar alle Grenzen des Erträglichen überschritten. Er erhob sich schwerfällig und sah in die Runde. »Meine Damen und Herren von der Polizei, wenn Sie keine weiteren Fragen an meine … Tochter haben, und davon gehe ich aus, dann würde ich Sie gern bitten, jetzt zu gehen.«

»Wow«, meinte Hain, nachdem sich die beiden Kriminalpolizisten von den Uniformierten verabschiedet hatten, »ich habe noch nie in so kurzer Zeit einen Vater so zusammenfallen sehen. Der war ja dem Suizid näher als ein schwer an Depressionen Erkrankter.«

»Ja, vermutlich wird *er* seine Tochter möglichst bald der Obhut eines weit entfernten Internats anvertrauen.«

»Wenn es gut läuft für sie. Wenn es schlecht läuft, bringt er sie noch im Lauf der Nacht um die Ecke.«

»Darüber macht man keine Scherze, Thilo.«

»Man nicht. Ich schon.«

»Immerhin wissen wir jetzt, dass es ein einzelner Mann war, der Koller in den Transporter gehievt hat. Und dass es ein Fiat ist.«

»Ja. Vermutlich ein Ducato, mein Lieblingsmodell.«

Hain spielte auf einen Vorfall ein paar Jahre zuvor an, als er während der Fahndung nach einem Mörder ein paar Sekunden auf der Frontscheibe eines fahrenden Ducato geklebt hatte und dann zum Abspringen und zu einer wirklich unsanften Landung gezwungen worden war.

»Jetzt sollten wir«, meinte Lenz in Erinnerung an damals

grinsend, »noch ein bisschen Glück haben mit den aufgepimpten Bildern der Überwachungskamera, dann steht der gesitteten Klärung dieses Falles eigentlich nichts mehr im Weg. Was meinst du?«

»Immer langsam, mein überalterter Freund«, bremste der junge Oberkommissar. »Mach dir da bloß keine zu großen Hoffnungen, was die Aufzeichnungen angeht. Du weißt, was unser Computergenie dazu gesagt hat.«

»Ja, aber die Hoffnung stirbt doch zuletzt, wie man immer gern zitiert.«

»Ich scheiß auf diese Glückskeksweisheiten.«

»Na denn. Wollen wir noch etwas trinken gehen?«

»Klar. So richtig nach Besaufen ist mir zwar nicht mehr, aber ein Absacker geht schon noch.«

»Dann los.«

Es blieb natürlich nicht bei besagtem Absacker und als die beiden nach einer sehr kurzen Nacht am nächsten Morgen mit deutlich zu wenig Schlaf im Präsidium ankamen, dröhnten ihre Schädel noch gewaltig.

»Ich brauche einen Kaffee«, entschied Thilo Hain bestimmt, nachdem er seinen Kollegen begrüßt hatte.

»Ich nehme auch einen.«

»Wie lang bist du schon hier?«

»Bin auch gerade erst gekommen.«

»Und, gab's Ärger zu Hause?«

»Nein. Maria hat sich rührend um mich gekümmert. Nur mein Erbrochenes musste ich selbst wegmachen.«

»Geschieht dir recht.«

»Wir sollten möglichst bald zu dieser Familie Kramer fahren«, meinte Lenz, nachdem Hain mit zwei Bechern in den Händen zurück in ihrem Büro war.

»Ja. Allerdings stehen unsere beiden Karren noch auf der Friedrich-Ebert-Straße. Deine übrigens im Parkverbot, wenn du dich erinnern kannst.«

»Ich kann. Dann lassen wir uns eben zuerst von einem Kollegen da hinfahren und starten von dort.«

»Meinst du, einer von uns ist schon in der Lage, sein Kraftfahrzeug nach den Regeln der Straßenverkehrsordnung zu bewegen? Ich denke da vor allem an den sicher beträchtlichen Restalkoholpegel.«

»Das könnte in der Tat zu Kalamitäten führen, wenn es auffällt. Hast du eine Idee? Wir können ja schlecht im Taxi zur Befragung fahren.«

»Oder mit dem Bus.«

»Geht gar nicht.«

Die beiden starrten eine Weile die Wand an.

»Ich hasse mich, wenn ich abends versackt bin. Der Tag danach ist wirklich eine Zumutung.«

»Geht mir genauso.«

»Also …« Der Leiter der Mordkommission brach ab, weil es an der Tür klopfte, sie im gleichen Moment aufgeschoben wurde und Jürgen »Lemmi« Lehmann vom Kriminaldauerdienst den Raum betrat.

»Moin, Männer«, rief er seinen Kollegen beschwingt zu. Dann jedoch betrachtete er deren Gesichter und zog dabei die Mundwinkel nach oben. »Ihr seht ja mal richtig scheiße aus, ihr zwei. Habt ihr die komplette Nacht durchgesoffen oder irgendwann in den frühen Morgenstunden aufgehört?«

»Variante zwei«, erwiderte Lenz, in dessen Ohren die lauten Worte von Lehmann wie Böller knallten.

»Und bitte, wenn's geht, ein wenig leiser, Lemmi.«

»Das lässt sich machen. Ich wollte euch auch nur kurz

erzählen, dass wir letzte Nacht einen ausgebrannten Transporter gefunden haben. Draußen bei Lohfelden, in einem Waldstück. Und wenn ich es richtig in Erinnerung habe, hat doch ein Transporter bei dieser ominösen Entführung eine Rolle gespielt.«

»Hat er, ja«, bestätigte Lenz.

»War es ein weißer Fiat Ducato?«, wollte Hain wissen.

»Über die Farbe kann ich noch nichts sagen, weil das Ding schon total abgefackelt war, als wir dort ankamen. Es stand nur noch die restlos verkohlte Karosserie da rum. Selbst das Leichtmetall des Motors ist flüssig geworden, so heiß war das alles. Aber wenn die Kriminaltechnik mit der Sache fertig ist, sollten wir wissen, ob das Ding weiß war oder eine andere Farbe hatte.«

»Aber Spuren oder so was gab es nicht mehr zu sichern?«

»Das könnt ihr getrost vergessen. In dem Transporter sowieso nicht und rundum auch nicht. Der Boden und der ganze Rest, also die Bäume und die Sträucher, da draußen sind so knochentrocken, dass die Feuerwehrleute ziemlich überrascht gewesen sind, dass nicht viel mehr passiert ist und schlimmstenfalls der gesamte Wald in Flammen gestanden hat.« Der Mann vom KDD betrachtete erneut die Gesichter seiner Kollegen mit ihren rot geränderten Augen. »Ihr gehört aber eigentlich viel eher ins Bett als an die Arbeit, Jungs.«

»Schon klar, Lemmi«, antwortete Lenz mit in Falten gelegter Stirn. »Aber wer nachts feiern kann, kann auch tagsüber arbeiten.«

»Das war früher, Paul, als wir noch jünger waren. Heute gilt das nur noch in Ansätzen und wenn ich euch beide so betrachte, eigentlich gar nicht mehr.«

»Du baust uns wirklich auf, Lemmi. Danke dafür.«

»Dafür nicht. Ich komme wieder vorbei, wenn ich mehr über den Ducato weiß. Bis dahin erholt euch und haltet euch möglichst fern von anderen Menschen. Zumindest solchen, die euch nicht kennen und euch für seriöse, diensteifrige Kriminalbeamte halten. Eure Ausdünstungen sind nämlich waffenscheinpflichtig.«

»Auch für diesen Tipp unseren aufrichtigen Dank.«

»Auch dafür nicht.« Lehmann nickte beiden zu und verließ den Raum.

»Meinst du, wir sollten uns erst mal eine Megadosis Pfefferminzdragees besorgen?«, wollte Hain leise wissen.

»Diese Idee, lieber Thilo, könnte den Einstieg in einen wenn auch nicht überragenden, so doch zumindest mittelmäßigen Tag bedeuten.«

17

Mona Brassel bedankte sich bei der Hotelmitarbeiterin, die ihr den Zugang zu Sebastian Kollers Hotelzimmer ermöglicht hatte, und bedeutete ihr, dass sie von jetzt an allein zurechtkommen würde. Die junge Frau in dem blauen Kostüm hob enttäuscht den Kopf, nickte, drehte sich um und stolzierte davon.

Blöde Kuh, dachte Brassel, betrat damit die Excelsiorsuite und sah sich beeindruckt um. *Hat vermutlich einen richtig bekömmlichen Spesensatz, der Herr Koller.*

Die in einem dunkelgrauen Hosenanzug steckende Frau begann, sich jedem auch noch so kleinen und unbedeutenden Detail in der Suite anzunehmen. Jede Zeitschrift wurde von ihr untersucht, jedes Sitzpolster angehoben und jede Schrankeinlage oben und unten berührt.

Sebastian Kollers Gepäck widmete sie sich mehr als ausgiebig, griff in jede Mulde des Koffers und leuchtete bis in die Spitzen sowohl der eleganten Lederschuhe als auch der Laufschuhe. Und als sie damit fertig war, startete sie ihre Untersuchung exakt an der Stelle, an der sie einenhalb Stunden zuvor begonnen hatte. Nach dem zweiten Durchlauf war sie sicher, dass die Papiere, nach denen sie suchte, sich nicht in der Hotelsuite befanden. Zur Sicherheit schraubte sie noch den Flachbildfernseher auf und hob jeden Spiegel von der Wand. Das einzig im Ansatz Verwertbare, das ihr in die Hände gefallen war, waren einige Wettscheine, von denen zwei noch aktiv waren, was bedeutete, dass die Wettereignisse noch bevorstanden. Allerdings war sie überrascht von der Höhe der Einsätze, die Koller getätigt hatte.

Tatsächlich ein Spieler.

Sie betrachtete erneut die Ausdrucke in ihrer Hand. Sebastian Koller hatte es sich womöglich mit den falschen Leuten verdorben, ein bei Spielern sich wiederholender Fehler. Und natürlich war er, wie jeder Spieler, dem Irrglauben aufgesessen, seine Verluste durch weiteres Spielen wieder ausgleichen zu können. Allerdings wusste Mona Brassel nicht nur durch diverse Weiterbildungen in Psychologie, dass ein Spieler nur noch bedingt das Steuerrad seiner Entscheidungen in den Händen hielt. Bei den für die Spielsucht wichtigen Dingen war er lediglich Passagier seines Belohnungszentrums, das ihn immer wieder dazu animierte, es zu befriedigen.

›Mehr, mehr, mehr‹ war das Einzige, das die armen Schweine in diesen Momenten noch empfinden konnten. Mehr Kokain, mehr Heroin, mehr Sex, mehr Alkohol oder auch mehr vom süßen Nektar Spiel. Sie ließ erneut ihren Blick durch den Raum wandern, erwog eine dritte, noch intensivere Durchsuchung und wandte sich schließlich ab.

Zeitverschwendung.

Gegen 10:15 Uhr verließ sie die Räume, ging zu ihrem eigenen Bereich eine Etage darunter und machte sich ein paar verschlüsselte Notizen. Gerade als sie ihre Suite verlassen wollte, meldete sich ihr Mobiltelefon. Sie drückte auf die grüne Taste und nahm das Gespräch an.

»Hallo, Mona, hier ist Wigald. Hast du einen Moment Zeit für mich?«

»Für dich immer, mein Lieber.«

Natürlich hatte Mona Brassel Zeit für Wigald Schramm. Der Düsseldorfer Polizist, Leiter einer IT-Spezialeinheit, war ihr bester Lieferant von Informationen. Und natürlich hatte sie ihn auf der Fahrt von Düsseldorf nach Kassel mit allem vertraut gemacht, was sie in Kassel zu finden versuchte.

»Ich habe da gerade etwas ziemlich Interessantes bei uns im System gefunden.«

»Ja? Erzähl.«

»Die Kasseler Kollegen haben seit gestern nach einem weißen Lieferwagen gefahndet. Offenbar stand die Fahndung im Zusammenhang mit einer Entführung. Und du glaubst nicht, wer nach meinen Informationen entführt wurde.«

»Ein gewisser Sebastian Koller?«

»Ganz genau.«

»Weißt du, was deine Kasseler Kollegen so sicher macht, dass er entführt worden ist?«

»Nein, das leider nicht. Aber ich kann dir auf jeden Fall schon mal sagen, dass letzte Nacht in einem Waldstück in der Nähe von Kassel ein ausgebrannter Fiat-Lieferwagen entdeckt worden ist. Und zwar komplett ausgebrannt.«

»Kennzeichen bekannt?«

»War keins dran.«

»Verdammt.«

»Na, liebe Mona, das wäre vielleicht auch etwas viel verlangt, was meinst du? Dass die bösen Buben das Kennzeichen an dem Auto lassen, mit dem sie das Opfer entführt haben?«

»Stimmt auch wieder. Irgendwas anderes? Die Fahrgestellnummer vielleicht?«

»Nichts bekannt, zumindest bei mir nicht.«

»Schade. Aber trotzdem vielen Dank für den Hinweis. Du weißt, dass ich es nicht vergesse.«

»Meine Kontonummer hat sich nicht geändert.«

»Gut zu wissen.«

Damit beendete die Frau das Gespräch, legte das Telefon zur Seite und vervollständigte ihre für Dritte völlig unverständlichen Notizen.

Kurz darauf verließ sie schließlich ihre Suite und machte sich auf den Weg zum Fahrstuhl. In der Lobby, die sie keine Minute später durchstreifte, herrschte um diese Zeit wenig Betrieb. Einzig eine Frau an der Rezeption erregte ihre Aufmerksamkeit und zwar nur deshalb, weil sie mit leicht erhobener Stimme sprach. Sie war etwa 35 Jahre alt, hatte hochgesteckte, strohblonde Haare und trug ein pinkfarbenes Top in Kombination mit ausgewaschenen Designerjeans. Unter ihrer rechten Achsel baumelte eine lederne Michael-Kors-Tasche, der man auf hundert Meilen gegen den Wind ansehen konnte, dass sie einer der vielen chinesischen Kopieranstalten entsprungen war. In der rechten Hand hielt sie einen Autoschlüssel, in der linken ein viel zu großes Mobiltelefon.

»Es kann doch nicht sein, dass ein Mann einfach so verschwindet«, zischte sie aufgebracht.

»Aber wenn ich es Ihnen sage«, erwiderte die junge Rezeptionistin. »Und mehr werden Sie von mir nicht erfahren können, weil ich einfach nicht mehr weiß.«

»Wann genau ist er denn zum letzten Mal gesehen worden?«

»Ich muss Sie bitten, sich an die hiesige Polizei zu wenden, wenn Sie weitere Informationen wünschen. Wir hier im Hotel können Ihnen wirklich nicht weiterhelfen.«

»Wo ist denn sein Zimmer? Kann ich das wenigstens sehen?«

»Nein, das ist leider nicht möglich. Es sei denn, Sie hätten eine Vollmacht von Herrn Koller oder wären seine Frau.«

»Ich bin garantiert nicht seine Frau«, polterte die stark geschminkte Blondine. »Aber vielleicht werde ich es ja irgendwann und dann wird es Ihnen garantiert noch sehr leidtun, wie Sie mich hier und heute behandelt haben.«

»Es tut mir außerordentlich leid – und das meine ich ganz ehrlich, dass ich Ihnen nicht helfen kann, und das ist …«

»Ich will nicht weiter mit Ihnen reden«, wurde die Hotelmitarbeiterin barsch unterbrochen, »ich will mit Ihrem Chef reden. Und zwar auf der Stelle.«

»Der kann und wird Ihnen leider nichts anderes sagen als ich. Und deswegen muss ich Sie jetzt bitten, unser Haus zu verlassen.«

Nun stellte sich die Blondine auf die Zehenspitzen, kam gefährlich nah an die Frau hinter dem Tresen heran und verengte die Augenlider zu schmalen Schlitzen. »Ruf deinen Boss, Schätzchen, und zwar pronto, sonst wirst du mich kennenlernen.«

»Es wird zwar nichts nützen, aber wenn Sie mich so nett darum bitten, werde ich dem natürlich entsprechen«, beschied die Rezeptionistin ihrer Gesprächspartnerin bittersüß. »Bitte warten Sie hier, ich werde ihn holen.«

»Na bitte, geht doch.«

Die blau gekleidete Mitarbeiterin des Stapleton Kassel verließ ihren Platz, ging ein paar Schritte durch die Lobby und verschwand schließlich hinter einer der vier Türen auf der rechten Seite.

Mona Brassel hatte sich zeitgleich neben die Blondine gestellt. »Na, Probleme?«

»Ach, nicht der Rede wert. Manchmal muss man etwas präsenter werden, wenn man etwas erreichen will.«

Mona Brassel nickte. »Der Service ist aber auch unter aller Kanone hier in diesem Bunker, was?«

»Dann bin ich wohl nicht die Einzige, der das auffällt?«

»Nein, wo denken Sie hin.«

Die Frau aus Düsseldorf streckte die Hand nach vorn. »Hildegard Solms. Ich bin Journalistin und arbeite an einer Story über die Umgangsformen in deutschen Hotels. Undercover natürlich, also sozusagen als Geheimsache. Lust, mit mir ein kurzes Gespräch zu führen, wenn das hier vorbei ist?«

»Klar. Komme ich dann vielleicht ins Fernsehen?«

»Schon möglich. Ich suche immer gut aussehende Testimonials für meine Reportagen.«

»Wow, das klingt ja richtig gut. Wie heißt das, Tessimodians?«

»Testimonials. Das sind Leute, die sich auskennen.«

»Da bin ich doch genau die Richtige für Sie.«

Noch bevor Mona Brassel der Frau antworten konnte, wandte die den Blick ab und fixierte die Rezeptionistin, die mit einem etwa 55-jährigen Mann im Schlepptau auf die Rezeption zukam.

»Das ist der Hotelmanager, Herr Rohleder«, stellte sie ihren Begleiter vor. »Ich habe ihm Ihr Anliegen geschildert.«

»Und?«, blaffte die Blondine.

Der Mann hob eine Augenbraue und bedachte sie mit einem vernichtenden Blick. »Er hat gesagt«, führte er völlig ungerührt aus, »dass Sie besser auf der Stelle und ohne jegliches Aufsehen unser Haus verlassen sollten. Falls Sie dieser Bitte nicht nachkommen, wird er umgehend den Sicherheitsdienst verständigen. Außerdem werden Sie dann um eine Anzeige wegen Hausfriedensbruch in keinem Fall herumkommen.«

»Wie ... Hausfriedensbruch?«

»Mein gut gemeinter Rat«, fuhr er mit bemerkenswerter Ruhe fort, »drehen Sie sich um, gehen Sie zur Tür und verlassen Sie unser Hotel. Sonst werden Sie uns, um es mit Ihren Worten zu sagen, *kennenlernen*. Haben Sie das verstanden?«

Es schien so, als habe der Hotelmanager bei der Frau den richtigen Ton getroffen. Auf jeden Fall zog sie einmal kurz die Nase hoch, wischte sich über den Mund, drehte sich um und verließ wie ein geprügelter Hund die Hotellobby. Inklusive eingezogenem Schwanz.

Mona Brassel sah ihr hinterher, warf dann dem Manager

einen kurzen Blick zu, zuckte mit den Schultern und richtete schließlich ihre Augen auf die Rezeptionistin.

»Leute gibt es.«

»Ich hoffe, Sie haben sich nicht gestört gefühlt von der … Dame.«

»Nein, das passt schon. Obwohl freundlich ja irgendwie anders geht.«

Ein wissendes Nicken von hinter der Theke. »Da gebe ich Ihnen uneingeschränkt recht.«

»Na ja, es ist ja vorbei. Haben Sie irgendwelche Nachrichten für mich?«

Die Frau in Blau drehte sich um, sah in ein kleines Fach und schüttelte den Kopf. »Nein, Frau Brassel, es ist nichts für Sie da.«

»Danke.

Erst auf dem Parkplatz, wo sie gerade in einen Kleinwagen mit Berliner Kennzeichen steigen wollte, holte Mona Brassel die Blondine wieder ein.

»He, nicht so schnell. Vielleicht rennen Sie gerade völlig kopflos an einer Fernsehkarriere vorbei.«

Die Blondine hob den Kopf. Ihr Augen-Make-up rann in einem unschön anzusehenden schwarzen Strich über die Wangen und die Augen selbst waren stark gerötet.

»Dieser Blödmann! So mit mir zu reden.«

Die vermeintliche Journalistin reichte ihr ein Papier-taschentuch. »Nun bringen Sie sich erst mal wieder ein bisschen in Ordnung. So wie Sie gerade aussehen, sind Sie auf gar keinen Fall irgendwo vorzeigbar.«

»Das ist mir doch egal. Am liebsten würde ich denen eine Bombe in ihr verfluchtes Hotel werfen.«

»Na, na, so etwas sollte man in der heutigen Zeit nicht mal mehr im Spaß sagen. Aber vielleicht gelingt Ihnen ja so etwas wie eine kleine Rache, wenn Sie mit mir zusammen arbeiten. Ein bisschen Geld würde dabei auf jeden Fall auch für Sie herausspringen.«

Die Blondine schnäuzte sich, wischte über ihre Augen und schob die rechte Hand nach vorn.

»Cindy Dubilzig.«

»Immer noch Hildegard Solms. Angenehm. Und jetzt sollten wir sehen, dass wir das Weite suchen, nicht dass noch jemand auf die Idee kommt, was ich wirklich in diesem Bunker mache.«

»Und Sie verdienen Ihre Kohle wirklich damit«, wollte Cindy Dubilzig eine halbe Stunde später mit einer Cola in der Hand wissen, »dass Sie in Hotels herumschnüffeln und denen auf die Finger schauen?«

Die beiden Frauen waren gemeinsam in ihrem alten Toyota Starlet zu einem Ausflugslokal am Rand der Stadt gefahren.

»Unter anderem damit, ja.«

»Aber fürs Fernsehen?«

»Ich arbeite für alle Medien. Natürlich auch für das Fernsehen.«

»Und für welche Programme? RTL? Sat.1? VOX?«

»Für die habe ich alle schon gearbeitet, ja. Die Hotelsache jetzt hat allerdings ein öffentlich-rechtlicher Sender beauftragt.«

»Ein was?«

»So etwas wie ARD, ZDF oder Arte.«

»Ist nicht so das, was ich gern anschaue. Zu viel hochtrabendes Gelaber und so.«

»Das macht gar nichts. Hauptsache, Sie kommen gut rüber bei dem, was Sie zu erzählen haben.«

»Aber Sie haben doch alles selbst mit angehört. Wozu brauchen Sie mich da eigentlich noch?«

»Mensch«, zeigte sich die angebliche Hildegard Solms überrascht, »das ist doch klar. Wenn ich jemanden in die Doku kriege, der so was wie Sie eben erlebt hat und der darüber auch noch spricht, dann ist das doch total authentisch. Da hat der Zuschauer doch absolut das Gefühl, dass ihm das auch bei seinem nächsten Hotelbesuch passieren kann.«

»Aha«, erwiderte Cindy Dubilzig ein wenig blass. Offenbar hatte sie nicht wirklich verstanden, was ihr soeben erklärt worden war.

»Aber lass uns doch erst mal damit anfangen, was du …« Die angebliche Journalistin brach ab. »Sorry, jetzt habe ich einfach Du gesagt, tut mir leid. Wir in der Medienbranche sind halt alle per Du, deswegen.«

»Ach, das macht doch nichts. Ich bin die Cindy.«

»Gut, dann bin ich die Hilde. Also, was hast du da eigentlich gemacht, in dem Hotel? Ich habe nur mitgekriegt, dass du nach jemandem suchst?«

»Ja, ich suche nach meinem Freund. Also vielmehr meinem ehemaligen Freund. Ist im Moment schwierig, unser Verhältnis genau zu beschreiben, weil er mir vor ein paar Tagen den Laufpass gegeben hat. Aber ich weiß ganz genau, dass er mich total liebt und das nur gemacht hat, weil er zu Hause eine Frau sitzen hat, die er nicht verlassen kann. Oder glaubt, dass er sie nicht verlassen kann.«

»Wow, das klingt ja richtig spannend.«

»Ist es auch. Aber du musst mir versprechen, dass alles, was ich dir erzähle, erst mal unter uns bleibt, weil er ja noch verheiratet ist. Ich glaube zwar, dass er sich bald scheiden lassen wird, weil er mich echt liebt und ich ihn natürlich auch, aber dazu muss ich ihn halt erst mal finden, um ihm das noch mal so richtig schmackhaft zu machen. Das mit mir, meine ich.«

»Klar, ich habe schon verstanden. Was ist er denn so für ein Typ, dein Traummann?«

Cindy sah die vorgebliche Medienfrau mit verklärtem Gesichtsausdruck an. »Traummann, das passt wirklich. Er ist mein echter Traummann.« Dann jedoch veränderten sich sowohl ihre Haltung als auch ihr Blick. »Aber zu Hause hat er eine Tussi sitzen, das glaubst du nicht. So eine Bruthenne, die ihn an der langen Leine verhungern lässt, wenn du verstehst, was ich meine.«

Mona Brassel nickte verständnisvoll. »Tote Hose im Bett, oder was?«

»Aber toteste Hose, das kann ich dir singen.«

»Hat er dir davon erzählt?«

»Klar. Jedes Mal, wenn er bei mir war, hat er sich über seine Rita ausgeheult. Es war schon fast peinlich.«

»Und warum trennt er sich dann nicht von ihr?«

»Was weiß ich? Wenn du mich fragst, hat er nur Angst vor den Alimenten, die er ihr zahlen muss, aber das streitet er total ab. Meint, dass er nach so langer Zeit nicht einfach einen Schlussstrich ziehen kann.«

»Aber du meinst schon, dass er das machen sollte?«

»Er muss. Wir lieben uns echt wie blöd und auch wenn er jetzt erst mal Schluss gemacht hat, das meint er garantiert nicht so.«

»Hast du seine Frau mal kennengelernt?«

Cindy Dubilzig bedachte ihre Gesprächspartnerin mit einem Blick, der irgendwo zwischen empört und verwirrt angesiedelt war. »Ich? Sie kennengelernt? Nein, wie denn auch. Ich fahre doch nicht zu ihm nach Hause und sage:

›Hallo, ich bin die Cindy und damit die Neue von deinem Mann.‹ Nee, so was kommt für mich nicht infrage, da bin ich viel zu diskret dafür.« Sie nippte an ihrer Cola. »Außerdem habe ich das auch gar nicht nötig.«

»Ja, klar.« Ein energisches Kopfschütteln.

»Nein, du hast mich nicht richtig verstanden. Ich muss mich gar nicht mit diesem blöden Weib auseinandersetzen. Ich habe was viel Besseres.«

Die falsche Medienfrau beugte sich nach vorn und sah Cindy Dubilzig verschwörerisch an. »Etwas viel Besseres? Das verstehe ich nicht. Was meinst du denn damit?«

Die Blondine reckte sich ebenfalls nach vorn. »Du musst mir aber hoch und heilig versprechen, dass du niemandem was davon erzählst, sonst kriegt Sebbi wirklich totalen Ärger, ja?«

»Sebbi?«

»Ja, Sebastian, so heißt er. Ist mir aber zu lang, deswegen habe ich ihn für mich einfach Sebbi getauft.«

»Ah, wie schön.«

»Ja. Aber das, was ich dir gleich erzähle, ist wirklich total geheim. Das darf niemand erfahren.«

»He, Cindy, ich arbeite in der Medienbranche. Wenn ich das, was die Leute mir im Vertrauen erzählen, nicht für mich behalten würde, wäre ich morgen arbeitslos. Ich bin praktisch so etwas wie ein Arzt oder ein Rechtsanwalt. Zum Schweigen verpflichtet.«

»Klar«, funkelten Cindys Augen nun. »Du dürftest gar nicht darüber reden, sonst würdest du in den Knast wandern. Das habe ich mal im Fernsehen gesehen, da hat einer was weitererzählt, was er nicht durfte, und dann haben sie ihn in den Kahn geschickt.«

»Den Kahn?«

165

»Ja. Knast, Gefängnis und so. Bei uns sagt man dazu Kahn.«

»Wo ist denn *bei uns*?«

»Hört man das etwa nicht?«, fragte Cindy ein wenig enttäuscht zurück. »Ick bin eene waschechte, orijinale Berliner Jöre, wa.«

Mona Brassel hob entschuldigend die Arme. »Doch, jetzt wo du es sagst, schon. Ich war aber noch nie gut im Erraten von Dialekten.«

»Das macht nichts. Ich habe schon immer versucht, möglichst auch reines Hochdeutsch zu sprechen, weil sonst die Leute immer denken, ich würde aus dem Osten kommen.«

»Kommst du aber gar nicht?«

»Nee. Ich bin im Wedding aufgewachsen und wohne jetzt in Moabit. Nichts Großes, aber gepflegt und vorzeigbar. So wie ich selbst auch.«

Beide lachten.

»Und wie war das jetzt mit dieser Sache, über die ich nie ein Wort verlieren werde?«

»Ja, klar. Sebbi ist irgendwann mal unangemeldet bei mir aufgetaucht, was ich total schön fand, weil ich echt auf Überraschungen stehe. Wir sind dann auch kaum aus der Kiste rausgekommen, aber irgendwann musste ich halt zur Arbeit. Was Kleines, drei Stunden servieren auf einer Vernissage.«

»Du arbeitest als Kellnerin?«

»Ja. Ich musste also los und er hat mich gebracht. Und weil es ihm zu viel war, den Weg zurückzufahren, hat er in einer Kneipe einen Block weiter auf mich gewartet. So eine Sportbar war das, wo man auch wetten kann und so. Er hatte sich ein paar Papiere mitgenommen und wollte die durcharbeiten. Also, ich hab meinen Job gemacht und war sogar früher fertig, als ich gedacht habe, weil die Vernissage nicht so gut gelaufen ist. Um es genau zu sagen, wir haben praktisch mit dem Künstler und ein paar Leuten von seiner Familie allein da rumgestanden. Sebbi hat sich total gefreut, als ich angekommen bin, und wir sind in ein echt schickes Lokal gefahren, wo wir richtig gut gegessen haben.« Bei ihren letzten Worten bekamen ihre Augen einen besonderen Glanz. »Essen gehen kann man mit Sebbi wirklich gut. Er hat ein totales Gespür dafür, wo es gut ist und wo nicht. Und außerdem bezahlt das sowieso alles seine Firma, da kommt es halt wirklich nicht so auf den Euro an.«

»Das hätte ich auch gern«, erwiderte Mona Brassel mit traurigem Gesicht.

»Ist das bei euch nicht so, dass die Firma, für die du arbeitest, das Essen und so bezahlt?«

»Manchmal schon, ja. Aber die werden auch immer knausriger.«

»Und ich dachte, das sei wie bei Sebbi.«

»Nein, leider nicht.«

»Na, ja, egal. Auf jeden Fall waren wir so richtig Schlemmen, aber auf der Heimfahrt ist Sebbi fast ausgerastet, weil er seine Aktentasche in der Wettbude liegen gelassen hatte. So schnell bin ich noch nie durch Berlin kutschiert worden, das kann ich dir sagen, und als er die Tasche wieder in der Hand hatte, kamen ihm fast die Tränen.«

»Na, da scheint ja etwas wirklich Wichtiges drin gewesen zu sein, in der Aktentasche.«

»Genau das habe ich mir auch gedacht. Genau das. Und als er am nächsten Morgen zum Joggen los ist, habe ich mir das mal angesehen.«

»Und?«

»Ich habe nicht die Bohne von dem verstanden, was da alles stand. Aber weil ich ja nicht komplett auf den Kopf gefallen bin, habe ich mir das Ganze einfach schnell kopiert.«

»Wow. Das ist ja clever.«

»Sag ich doch. Ich hatte mir ein paar Tage vorher erst einen neuen Drucker gekauft, der auch kopieren und faxen und das alles kann. War ein echtes Schnäppchen.«

»Und, hast du deinem Sebbi davon erzählt, dass du dir diese Kopien gezogen hast?«

»Bist du wahnsinnig? Als Frau musst du immer einen Joker in der Hinterhand haben, und dieses Zeug ist mehr als ein Joker. Das ist mein Jackpot!«

»Ist ja krass. Aber meinst du wirklich, dass ihn das beeindrucken wird?«

»Darauf kannst du wetten. Er war so durch den Wind, als wir durch die Stadt gerast sind, dass ich dachte, der dreht durch. Und hinterher hat er mir erzählt, dass dieses Zeug, was da drin steht, wirklich total geheim ist. Aber da hatte ich meine Kopien schon längst gemacht. Und wenn er sich jetzt wirklich nicht scheiden lassen will, dann erzähle ich ihm, dass ich das Zeug habe. Aber ich glaube gar nicht mal, dass es dazu kommen wird. Der Sebbi ist nach ein paar Tagen ohne mich immer so ausgehungert, dass er wahrscheinlich auf Knien in mein Bettchen gekrochen kommt.«

Mona Brassel nickte wissend. »Macht Spaß mit ihm, was?«

Wieder beugte sich die Blondine ein wenig nach vorn. »Am Anfang dachte ich, dass er irgendwie verklemmt ist oder so was, aber der hat sich nur nicht getraut zu sagen, auf was er steht. Und als wir das erst hinter uns hatten, ging die Post so richtig ab, aber so richtig.«

»Klingt klasse.«

»Ist es auch.«

»Aber jetzt scheint dein Sebbi ja irgendwie verschwunden zu sein, wenn ich dich im Hotel richtig verstanden habe?«, lenkte Mona Brassel das Gespräch wieder in eine für sie interessantere Richtung.

»Ja, ist er. Und ich verstehe das gar nicht. Er hat mir vor ein paar Monaten mal seinen voraussichtlichen Reiseplan für den Rest des Jahres kopiert und da stand ganz klar drin, dass er heute in Leipzig wäre. Aber da ist er nicht und da ist er auch nie angekommen. Also bin ich hierher gefahren, aber was die im Hotel mit mir veranstaltet haben, hast du ja mitgekriegt.«

»Ja, das war eine Riesensauerei, wenn du mich fragst.«

»Und du machst daraus wirklich einen Fernsehbericht?«

»So wahr ich hier sitze, Cindy. Darüber reden wir auch gleich, aber im Moment interessiert mich viel mehr, was mit deinem Sebbi passiert ist. Kein Mensch verschwindet doch einfach so.«

»Ja, das stimmt. Ich habe auch schon anonym in seiner Firma angerufen und nach ihm gefragt, aber da hat man mir gesagt, dass er sich ein paar Tage freigenommen hätte.« Sie holte tief Luft und presste dann eine Weile die Lippen aufeinander. »Und was mich am meisten nervt, ist die Tatsache, dass sein Auto auf dem Hotelparkplatz steht. Ich habe es selbst gesehen.«

»Bist du sicher, dass es wirklich seins ist?«

»Was denkst du denn? Ich bin schon so oft damit gefahren und habe Sachen darin gemacht, über die wir jetzt besser nicht sprechen.«

»Verstehe«, sagte Mona Brassel. »Aber er wird ja irgendwann wieder auftauchen, oder?«

»Da bin ich ganz sicher.«

»Meinst du, er hat etwas mit einer anderen Frau angefangen?«

»Keine Ahnung. Wenn er es gemacht hat, schneide ich ihm auf jeden Fall etwas ab, an dem er bestimmt ziemlich doll hängt. Und ich auch.«

Die Frau schien sich nicht im Geringsten der Paradoxie ihrer Worte bewusst zu sein.

»Aber es wäre doch viel spannender, ihm mit deinem Wissen ein wenig auf die Sprünge zu helfen. Ich meine, mit den kopierten Dokumenten. Wo sind die überhaupt?«

»Die habe ich natürlich versteckt. Aber wo genau, das sage ich niemandem.«

»Nicht mal mir? Immerhin mache ich dich vielleicht zu einem Fernsehstar.«

»Nicht mal dir. Wer weiß, vielleicht wäre das ja eine große Story für dich?«

Mona Brassels Gesicht verfinsterte sich ein wenig. Sie zog einen Schmollmund und legte die Stirn dabei in Falten. »Mensch, Cindy, das hätte ich jetzt aber nicht gedacht, dass du mir so arg misstraust. Ich dachte, wir wären total offen miteinander und hätten keine Geheimnisse voreinander.«

»Haben wir doch auch nicht. Aber …«

»Ja, was aber?«

»Ach, scheiß drauf«, brummte die Blondine. »Was kannst du schon damit anfangen. Diese komischen Papiere liegen bei mir daheim. Ich wüsste auch gar nicht, wo ich sie sonst verstecken sollte.«

Mona lachte laut auf. »Wahrscheinlich gut gepolstert in der Unterwäsche. Das würde ich zumindest so machen.«

»Genau«, bestätigte Cindy grinsend. »Richtig gut gepolstert zwischen meinen Slips und den BHs. Da merkt man doch gleich, dass du dich in der Welt und mit den Männern auskennst, Hilde.«

»Ja«, erwiderte Mona Brassel entspannt, »auskennen tue ich mich wirklich ein bisschen in der Welt und mit den Männern. Und manchmal, würde ich sagen, bin ich sogar ein richtiges Glückskind.«

»Was meinst du damit?«

»Ach, eigentlich nur, dass ich immer mal wieder ziemlich interessante Menschen kennenlernen darf. So wie dich heute zum Beispiel.«

»Du findest mich interessant? Wirklich?«

»Du glaubst gar nicht, *wie* interessant ich dich finde, Cindy.«

18

Thilo Hain bedankte sich bei dem Taxifahrer, der die beiden Kommissare zu ihren Autos gefahren hatte, parkte danach Lenz' Wagen um, sodass er nicht mehr im Parkverbot stand, und bestieg sein kleines Cabriolet. Direkt im Anschluss öffnete er das Dach und ließ seinen Boss einsteigen. Beide Polizisten lutschten seit mehr als einer Stunde ununterbrochen Pfefferminzpastillen, was in Verbindung mit jeweils zwei Alka-Selzer die übelsten Nebeneffekte der vorangegangenen Nacht zumindest erträglich machte.

Etwa 20 Minuten nach ihrer Abfahrt bog Hain von der Hannoversche Straße im Niestetaler Stadtteil Sandershausen nach rechts ab und hatte kurz darauf die Einfahrt zum Hof der Familie Kramer erreicht.

»Ich hätte nicht erwartet, dass es bei uns hier in der Region noch solche Höfe gibt«, fiel dem jungen Polizisten beim Anblick des beeindruckenden Anwesens ein, während er den Japaner vor dem Eingang zu einem kleineren Haus zum Stehen brachte.

»Ja, das glaubt man gar nicht, weil die sich in den Kernlagen der kleinen Gemeinden rund um Kassel regelrecht verstecken«, erwiderte Lenz, löste den Sicherheitsgurt und wand sich aus dem Mazda. Ihm wurde zwar noch immer schwindelig bei schnellen Bewegungen, jedoch war es längst nicht mehr so schlimm wie noch vor drei Stunden. Mit erhobenem Kopf streiften seine Augen von links nach rechts.

»Hier könnte man, wenn man es denn wollte oder müsste, vermutlich eine ganze Division ohne größeres Aufsehen verstecken«, stellte er beim Anblick der vielen kleineren und größeren Gebäude, Anbauten und Türen ernüchtert fest. Aus einem der vielen Fenster erklangen die typischen Geräusche von Kühen.

»Guten Tag«, wurden die Polizeibeamten von einer etwa 40-jährigen Frau in komplett schwarzer Kleidung angesprochen. »Was möchten Sie denn?«

Lenz trat um den Wagen herum, zog seinen Dienstausweis aus der Jacke, zeigte ihn ihr und stellte sich und seinen Kollegen vor. »Wir hätten ein paar Fragen an Sie im Zusammenhang mit dem Verschwinden eines Mannes.«

»Dem Verschwinden eines Mannes?«, wiederholte sie kopfschüttelnd. »Wer ist denn verschwunden?«

In diesem Moment rollte aus einem der offenen Tore ein älterer VW Passat Kombi auf den Hof. Der Fahrer legte den ersten Gang ein und nahm Kurs auf die kleine Gruppe. Dann bremste er abrupt, stellte den Motor ab und kurbelte das Fenster herunter.

»Was machen Sie auf unserem Hof?« Seine Ansage war deutlich aggressiver als die der Frau.

»Sie sind von der Polizei«, kam die Frau den Beamten zuvor, »und suchen jemanden.«

Der Mann schüttelte den Kopf. »Aber ganz sicher nicht bei uns. Bei uns gibt es nichts zu suchen, sag ihnen das. Und dann komm, der Bestatter wartet.«

Sie zog die Schultern hoch. »Sie hören ja, was mein Mann sagt. Und jetzt gehen Sie bitte.«

Lenz setzte sein charmantestes Schwiegermutterlächeln auf. »So einfach ist das leider nicht, Frau …?«

»Kramer.«

»Ja, Frau Kramer, so einfach ist es leider nicht. Wenn Sie sich ein paar Minuten Zeit nehmen würden, wäre das wirklich eine große Hilfe für uns.«

»Aber der Bestatter …«

»Komm, Verena«, rief der Mann.

»Er sagt, wir sollen uns ein paar Minuten Zeit für ihn nehmen.«

»Oh, verd…« Damit stieg er aus und trat auf die Beamten zu. »Was genau wollen Sie?«, fragte er gereizt.

»Siggi, bitte.«

»Nichts bitte. Wir haben keine Informationen für die, und das muss langen.« Er funkelte Lenz und Hain an. »Los, gehen Sie!«

»Wir gehen, sobald Sie mit uns gesprochen haben, Herr …?«

»Sigmar Kramer, mein Mann«, erklärte Frau Kramer, nachdem ihr Gatte die Beamten ein paar Sekunden einfach angeschwiegen hatte. Dann trat sie auf ihn zu und griff nach seiner Hand.

»Lass uns kurz mit ihnen reden, Siggi«, flüsterte sie. »Der Bestatter ist den ganzen Tag in seinem Geschäft, der läuft uns nicht weg.«

»Aber was wollen die denn?«, zischte er. »Wenn man sie braucht, sind sie nicht da, und wenn man sie nicht braucht, stehen sie im Weg und stehlen einem die Zeit.«

»Was sie genau wollen, haben sie noch nicht gesagt. Nur, dass sie nach jemandem suchen. Zumindest habe ich das so verstanden.«

»Wir haben ein paar Fragen an Sie im Zusammenhang mit dem Verschwinden eines Mannes«, präzisierte Hain die Worte der Frau. »Wir sagen nicht, dass Sie damit etwas zu tun haben, wir erhoffen uns vielleicht ein paar Hinweise, warum er verschwunden sein könnte.«

Die Eheleute Kramer sahen den jungen Polizisten mit einer Mischung aus Unverständnis und Staunen an.

»Wollen wir uns kurz zusammensetzen und miteinander sprechen? Ich versichere Ihnen, dass wir dann auch recht schnell wieder fertig sind.«

»Natürlich«, erwiderte sie mit Blick auf ihren noch immer grimmig dreinblickenden Mann. »Wir stehen Ihnen zur Verfügung und werden Ihre Fragen nach bestem Wissen und Gewissen beantworten. Nicht wahr, Sigmar?«

»Nach bestem Wissen und Gewissen«, paraphrasierte er ebenso leise wie zornig.

»Wollen wir uns bei dem schönen Wetter raussetzen?«, fragte sie.

»Gern.«

»Einen Kaffee kann ich Ihnen leider nicht anbieten, aber etwas Limonade ist noch da. Selbstgemacht.«

»Das wäre schön.«

Fünf Minuten später hatten alle in der Sitzgruppe vor dem Haus Platz genommen und ein gelblich schimmerndes Getränk vor sich stehen.

»Also, was können wir für Sie tun?«, wollte Sigmar Kramer ein klein wenig nachsichtiger wissen. »Nach wem suchen Sie auf unserem Hof?«

»Es geht um einen Mann namens Sebastian Koller. Haben Sie schon einmal von ihm gehört?«

Die beiden sahen sich kurz an und schüttelten unisono den Kopf.

»Nein«, bestätigte er noch einmal. »Den kennen wir nicht.«

»Er arbeitet für das Unternehmen Agroquest.«

Nun hoben beide wie in einer simultanen Bewegung den Kopf.

»Ach«, lachte Sigmar Kramer laut auf, »und weil der Kerl verschwunden ist und wir mit denen auf Kriegsfuß stehen, denken Sie, dass wir etwas damit zu tun haben?« Sein Lachen verstummte und wich einem düsteren Blick. »Aber da muss ich Sie leider enttäuschen. Wir stehen zwar mit Agroquest auf Kriegsfuß, aber wir tun denen nichts an.«

»Sicher?«, wollte Lenz wissen.

»Ganz sicher, ja.«

»Was bedeutet es, wenn Sie sagen, dass Sie *mit denen auf Kriegsfuß* stehen?«

Es entstand eine längere Pause. Dann ergriff Frau Kramer das Wort: »Wir waren, als Sie kamen, auf dem Weg zum Bestattungsinstitut. Gestern ist unsere Tochter gestorben; unsere zweite Tochter.«

Lenz hob die Augenbrauen. »Ihre *zweite* Tochter?«

»Ja«, erwiderte sie leise. »Vor einem halben Jahr haben wir unsere erste Tochter Ulrike zu Grabe getragen und gestern ist unsere Julia gestorben.«

»An dem gleichen Krebs, an dem auch Ulrike gestorben ist«, setzte Sigmar Kramer hinzu. »An dem Krebs, den die beiden sich geholt haben, als sie beim Spielen mit diesem verdammten Spritzmittel in Kontakt gekommen sind.«

»Sigmar!«

Er warf seiner Frau einen entschuldigenden Blick zu. »Tut mir leid, Verena.«

»Sie haben also innerhalb eines halben Jahres ihre beiden Töchter verloren?«

Beide nickten. Und dann erzählte Verena Kramer den Beamten ausführlich die Leidensgeschichte ihrer Kinder von der ersten Krebsdiagnose bei Ulrike bis zu Julias Tod am Vormittag des Vortags.

Es entstand wieder eine Pause, weil auch den Kommissaren bei der Schilderung der Ereignisse der Mund trocken geworden war.

»Was haben Sie denn gegen Agroquest unternommen?«, wollte Hain schließlich wissen.

»Was unternimmt man gegen einen völlig übermächtigen Gegner?«, fragte Kramer rhetorisch zurück. »Man beauftragt einen Anwalt, der eine Klage einreicht, und dann wird man mit echter, wirklicher Macht konfrontiert. Mit Macht und viel, viel Geld. Und irgendwann sieht man ein, dass es nichts auszurichten gibt gegen diese Leute. Die haben die besseren Rechtsanwälte, die besseren Gutachter und werden von so einflussreichen Politikern unterstützt, dass es kleinen Leuten wie uns völlig unmöglich ist, sich mit ihnen zu messen. Wir werden immer den Kürzeren ziehen gegen die und das wissen wir jetzt auch.« Er hob den Kopf und sah Lenz in die Augen. »Aber das heißt ja nicht gleich, dass wir deren Mitarbeiter aus dem Verkehr ziehen. Obwohl ...«

»Ja, was *obwohl*?«, hakte der Leiter der Mordkommission nach.

»Ach, nichts.«

»Heißt dieses *obwohl*, dass Ihre Wut durchaus groß genug wäre, einem Mitarbeiter von Agroquest etwas anzutun?«

»Nein, natürlich nicht«, ging Verena Kramer dazwischen. »So etwas würden wir nie machen. Nicht wahr, Sigmar?«

»Natürlich nicht.« Er schluckte. »Wer ist denn dieser Kerl genau, nach dem Sie suchen? Ein hohes Tier bei denen?«

»Ob er ein wirklich hohes Tier ist, kann ich Ihnen gar nicht sagen«, erwiderte Lenz dem Mann. »Wir wissen nur, dass er verschwunden ist.«

»Wie verschwunden? Entführt? Davongelaufen? In irgendeinen Fluss geworfen? Auf Urlaub gegangen, ohne jemandem etwas davon zu sagen?« Sigmar Kramer wirkte jetzt wieder aggressiver.

Lenz lehnte sich zurück und nahm einen Schluck Limonade, bevor er zu seiner Antwort ansetzte. »Hoffentlich nichts von alldem. Aber wir sind noch dabei, das zu klären. Was wir auf jeden Fall wissen, ist, dass er zurzeit nicht auffindbar ist. Und dass er bei Agroquest als Vertriebsleiter arbeitet.«

»Vielleicht hat sein Verschwinden ja gar nichts mit seiner Arbeit zu tun«, gab Verena Kramer zu bedenken. »In der heutigen Zeit gibt es so viele Gründe, warum jemand verschwindet.«

»Auch das prüfen wir gerade.«

»Wir haben die Kopie eines Schriftstücks in Herrn Kollers Wagen gefunden, das offenbar von Ihnen persönlich stammt«, erklärte Hain den beiden.

»Wir haben dem nie geschrieben«, bestritt Sigmar Kramer die Aussage des Kommissars sofort und sehr vehement. »Alles, was mit denen gelaufen ist, kam und kommt von unserem Anwalt. Der informiert uns zwar, aber er ist der Einzige, der Schriftverkehr mit Agroquest unterhält. Wir ganz sicher nicht.«

»Das ist so nicht ganz richtig, Siggi«, flüsterte Verena Kramer ihrem Mann zu.

Er drehte sich zu seiner Frau und sah sie irritiert an. »Wie meinst du das?«

»Das erkläre ich dir später, Siggi. Es gibt da nämlich etwas, über das ich schon lange mit dir reden wollte.«

»Wie, schon lange mit mir reden wolltest? Du hast doch diesen verd… diesen Leuten keinen Brief geschrieben, Verena?«

»Lass uns da später drüber reden, Siggi. Bitte!«

Er holte wütend Luft. »Ich will nicht später darüber reden, Verena. Wenn du denen einen Brief geschrieben hast, dann will ich das jetzt und hier wissen.«

Sie nickte.

»Du hast denen wirklich geschrieben? Was denn, um alles in der Welt? Einen Bittbrief?«

Es fühlte sich für die beiden Polizisten an, als hätte der Landwirt komplett vergessen, dass er und seine Frau nicht allein am Tisch saßen.

»Nein, keinen Bittbrief. Ich wollte denen einfach nur mitteilen, dass Ulrike gestorben ist.«

»Aber wir hatten doch vereinbart, dass wir das nicht machen«, rief er laut. »Das hatten wir vereinbart.«

»Wir haben schon einiges in unserem Leben *vereinbart*, Siggi. Und ich will dich jetzt lieber nicht an spezielle Dinge erinnern müssen. Verstehst du mich?«

Sigmar Kramer verstand offenbar genau. Er atmete schwer aus, schluckte und nickte. »Wir reden später darüber, Verena. Jetzt wollen wir den Herren von der Polizei helfen. Ja?«

»Ja.«

Lenz hatte den Eindruck, dass die Erleichterung bei Sigmar Kramer nun deutlich größer war als bei seiner Frau. »Wenn Sie irgendetwas über den Verbleib von Sebastian Koller wissen«, wollte er dem Ehepaar eine Brücke bauen, »dann wäre jetzt der richtige Augenblick, um mit uns darüber zu sprechen. Der Mann ist hier in Kassel verschwunden, das ist absolut sicher, und Sie beide sind die einzigen Verbindungsglieder zu seinem Arbeitgeber.«

»Aber das muss doch gar nichts heißen«, bellte Kramer. »Wir beide haben jedenfalls ein völlig reines Gewissen.«

»Dann können Sie uns auch sicher sagen, wo Sie vorgestern Abend zwischen 22 Uhr und 23 Uhr gewesen sind?«

»Wir waren beide hier im Haus«, antwortete Verena Kramer. »Ich war oben bei unserer Tochter und habe gewacht, mein Mann hat geschlafen.«

»Wo haben Sie genau geschlafen, Herr Kramer.«

»In einem Zimmer in der unteren Etage. Meine Frau und ich wollten, wenn wir uns ausruhten, möglichst ungestört sein. Sonst war der Erholungseffekt nicht groß genug, um sowohl die anstrengende Pflege von Julia als auch die Arbeit auf dem Hof leisten zu können.«

»Sie beide haben sich also am fraglichen Abend zur fraglichen Zeit weder gesehen noch miteinander gesprochen?«, wollte Hain wissen.

»Nein«, erwiderte Sigmar Kramer nun hörbar genervt, »wir haben nicht miteinander gesprochen und uns *zur fraglichen Zeit* auch nicht gesehen. Aber ich kann Ihnen versichern, dass wir beide hier gewesen sind. Man kann diesen Hof nicht verlassen, ohne dass der andere es mitbekommt.«

»Das gilt vermutlich für ein Verlassen mit dem Auto«, mutmaßte der Oberkommissar. »Zu Fuß ginge das doch bestimmt recht einfach?«

»Das ließe sich vermutlich machen, aber warum sollten wir uns denn wie die Diebe von unserem eigenen Hof schleichen?«

»Wir behaupten ja nicht, dass Sie sich wie die Diebe von Ihrem eigenen Hof schleichen, Frau Kramer. Wir müssen nur jede denkbare Möglichkeit in Betracht ziehen.«

»Aber diese Möglichkeit können Sie getrost streichen, meine Herren Polizisten«, entgegnete Sigmar Kramer empört. »Wir haben mit dem Verschwinden dieses Mannes nichts zu tun und mehr können wir dazu leider auch nicht sagen.« Er machte Anstalten aufzustehen, blieb nach einem bittenden Blick seiner Frau jedoch sitzen. »Was hätten wir denn davon, wenn wir diesen Mann entführen würden?«, wollte er nach einer kurzen Pause wissen.

Lenz hob die Augenbrauen. »Niemand hat gesagt, dass Herr Koller entführt wurde.«

»Aber das meinen Sie doch, wenn Sie sagen, dass er hier in Kassel verschwunden ist.«

»Nein, sicher nicht.«

»Wenn Sie jetzt mit Ihren blöden Fangfragen anfangen, können Sie gleich gehen«, bemerkte er spitz. »So was kennt man ja.«

»Wir wollen Ihnen keine Fangfragen stellen, Herr Kramer. Wir müssen ein mögliches Verbrechen aufklären.«

»Na, dann fangen Sie doch endlich damit an und lassen uns einfach in Ruhe.«

»Siggi!«

»Ja, Verena …«

»Ist der Passat das einzige Auto, das Sie besitzen?«

»Nein, wir haben noch einen Polo«, antwortete Verena Kramer. »Der ist aber im Moment kaputt und steht in der Werkstatt. Morgen oder übermorgen soll er fertig sein, aber das haben die schon zwei Mal so angekündigt.«

»Keinen Lieferwagen?«

»Nein. Wozu sollten wir einen Lieferwagen haben, wir haben ja nicht mal etwas auszuliefern.«

»Was machen Sie denn hauptsächlich?«, wollte Thilo Hain wissen. »Ich meine Schweine, Rinder, oder was macht ein Landwirt heute?«

»Wir haben über 80 Milchkühe. Und natürlich bewirtschaften wir unsere Felder, damit die Kühe genug zu fressen haben.«

»Und in diesem Zusammenhang benutzen Sie auch dieses Spritzmittel?«

»Jetzt nicht mehr. Wir haben vor ungefähr einem Jahr damit aufgehört.«

»Und, was ist seitdem passiert?«

»Natürlich ist alles anders geworden. Wir haben viel mehr Unkraut auf den Feldern und der Ertrag ist um ungefähr 25, vielleicht 30 Prozent zurückgegangen.«

»So viel macht es aus, wenn man nicht spritzt?«

»Über den Daumen so etwa, ja.«

Lenz sah den Mann mitfühlend an. »Milchwirtschaft ist wahrscheinlich auch heute noch ein ziemlich anstrengendes Geschäft. Ich hatte mal einen Onkel, der hat das auch gemacht und der war zeit seines Lebens nicht einmal im Urlaub.«

»Urlaub? So etwas brauchen wir nicht.«

»Na ja«, schränkte Verena Kramer ein, »wir würden sicher gern mal für eine Zeit verreisen, aber das ist halt schon schwierig. Wir müssen morgens um 6 Uhr in den Stall und abends um 17 Uhr. Und das jeden Tag, auch an jedem Sonntag und an jedem Feiertag.« Sie tupfte mit einem Papiertaschentuch über die Augen. »Wir hatten halt gehofft, dass die Mädchen sich für die Landwirtschaft interessieren würden, was auch, so lang sie gesund waren, so gewesen ist. Aber das ist jetzt alles so weit weg.«

»Und Sie sehen überhaupt keine Chance, sich mit Agroquest in irgendeiner Form zu einigen? Es kann doch nicht sein, dass nach so einer Sache einfach zur Tagesordnung übergegangen wird.«

»Doch, genauso ist es aber«, antwortete sie leise. »Genauso ist es.«

»Agroquest versucht mit allen Mitteln«, warf Sigmar Kramer ein, »einen Prozess oder besser ein wie auch immer geartetes Urteil zu verhindern. In Frankreich und Amerika hat es ein paar Fälle gegeben, da haben sie sich mit Geschädigten verglichen, aber es gibt bisher kein Urteil gegen das Unternehmen. Und es wird auch in den nächsten hundert Jahren keins geben, da bin ich mir sicher.«

»Aber Sie werden doch weiter klagen, oder?«

Verena Kramer zog die Schultern hoch. »Das ist eine Frage des Geldes, das ist ja kein Geheimnis. Unsere Rechtsschutzversicherung brütet derzeit darüber, ob sie uns weiterhin Deckung geben wird. Im Augenblick sieht es nicht gut aus, aber einen endgültigen Bescheid haben wir, was das angeht, noch nicht bekommen.«

»Und wie sieht das in anderen Ländern aus? Amerika? Kanada? Da sind die Verbraucher doch viel stärker als in Europa?«

Sigmar Kramer lachte hämisch auf. »Das glauben Sie doch selbst nicht! In Amerika wollen 99,9 Prozent der Landwirte einen möglichst hohen Ertrag. Die hauen alles auf ihre Felder, wenn hinten nur genug dabei herauskommt. Genmais, Gensoja, das kommt doch alles von da drüben. Und gerade dort haben Unternehmen wie Agroquest eine so gigantische Lobby, das glaubt man gar nicht.«

»Aber Glyphosat soll doch vielleicht verboten werden?«, meinte Hain.

»Nein, es soll nicht verboten werden. Die Verlängerung der Zulassung wird gerade geprüft. Aber wer glaubt, dass Glyphosat verboten wird, der glaubt auch, dass ein Zitronenfalter Zitronen faltet.« Der groß gewachsene Mann mit den schwieligen Händen sah zum strahlend blauen Himmel. »Wissen Sie«, fuhr er dann fort, »in Argentinien zum Beispiel gibt es Landstriche, da hat jedes zweite Kind Krebs. Jedes zweite Kind! Die betreiben zwar schon immer eine sehr extensive Landwirtschaft, schon allein um ihre Millionen Rinder sattzukriegen, aber was da gerade abläuft, da sträuben sich einem die Haare.«

»Und Sie meinen, dass die vielen Krebsfälle von den glyphosathaltigen Spritzmitteln kommen?«

»Natürlich, das Prinzip ist ganz einfach. Die besprühen ihre Felder in der Regel aus der Luft. Mit Flugzeugen.

Da ist natürlich die Treffergenauigkeit, schon wegen der Geschwindigkeit dieser Mühlen, nicht sehr hoch. Und um auch die Ränder der Felder unkrautfrei zu halten, müssen sie schon sehr früh die Sprühkanonen in Gang setzen. Und oft ist es nun mal so, dass dort Ansiedlungen stehen, meistens sogar Schulen. Und so kommt es, dass so viele Kinder an Krebs erkranken und auch daran sterben. Wie unsere beiden Mädchen.«

»Aber es muss doch irgendetwas auf der Welt geben, das diesem Treiben ein Ende setzt.«

Kramer schüttelte den Kopf. »Nichts. Nichts. Nichts. Das ist leider die traurige Wahrheit.«

»Aber hat nicht die Weltgesundheitsorganisation im letzten Jahr Glyphosat als möglicherweise krebserregend eingestuft?«

»Ja, das haben die tatsächlich«, stimmte Sigmar Kramer dem jungen Polizisten zu. »Aber hat das irgendetwas an der Denkweise der Menschen geändert? Ich sehe das nicht. Was ich aber sehe, sind meine Kollegen, die mich schneiden und meiden, seit wir uns mit Agroquest angelegt haben. Die wollen auf keinen Fall mit uns in einen Topf geworfen werden.«

Alle vier Menschen am Tisch schwiegen ein paar Sekunden.

»Hatten Sie in den letzten Monaten, abgesehen von dem Schreiben, über das wir gesprochen haben, irgendwelche Kontakte zu Agroquest-Mitarbeitern? Irgendetwas?«

Verena Kramer schüttelte den Kopf. »Nur über unseren Anwalt. Sonst, mit Ausnahme dieses Schreibens, für das ich mich aufrichtig schäme, nicht. Nicht wahr, Siggi, ist doch so?«

Er nickte. »Wir haben mit diesen Leuten nichts zu

besprechen. Und auf unsere Schadenersatzforderungen reagieren die noch nicht einmal.«

»Und es hat auch niemand vom Unternehmen Kontakt mit Ihnen aufgenommen? Vielleicht nach dem Tod Ihrer größeren Tochter?«

Wieder schüttelten beide den Kopf.

»In den Jahren, in denen wir Squeeze gespritzt haben, ist zweimal im Monat einer von denen hier aufgetaucht. Hat uns immer das Gleiche geraten, nämlich noch mehr und noch mehr auf das Land zu hauen. Aber nach der Erkrankung unserer Töchter hat sich keiner mehr hier blicken lassen.«

»Und Sie haben nie von Sebastian Koller gehört?«

»Nie, ganz ehrlich«, antwortete Verena Kramer entschieden.

»Aber den Herrn Santos kennen Sie?«

»Ja, natürlich. Das ist ja der, der uns in den letzten Jahren betreut hat.«

Wieder entstand eine kleine Pause.

»Hätten Sie etwas dagegen, wenn wir uns hier ein wenig umsehen würden?«

»Ja«, antwortete Sigmar Kramer sofort und sehr energisch. »Das geht auf gar keinen Fall.«

»Warum denn?«

»Aus Versicherungsgründen. Wir hatten hier mal einen Bekannten, der ist gestürzt, und seitdem haben wir massiv Ärger mit unserer Versicherung.«

»Was meinst du, Siggi? Wie wäre das, wenn du die Beamten ein bisschen herumführst und ihnen das zeigst, was sie sehen wollen?«

»Verena …«

»Los, mach schon. Umso schneller kommen wir los und können zum Bestatter fahren.«

»Gut. Aber nicht direkt im Stall, da können Sie nur von außen hineinsehen.«

»Das sollte reichen, Herr Kramer.«

»Dann auf. Und rechnen Sie damit, dass Ihre Schuhe ziemlich dreckig werden. Ist halt ein Bauernhof hier.«

Die drei Männer waren gerade in der Mitte des Hofs angekommen, als ein in Gummistiefeln und Blaumann steckender Mann hinter ihnen auftauchte. Kramer, der dessen Schritte offenbar gehört hatte, stoppte und drehte sich um.

»Guten Tag, Werner«, begrüßte er den weiteren Besucher. Dann wandte er sich wieder den Polizisten zu. »Das ist Werner Hessler, unser Nachbar.«

Der groß gewachsene, braun gebrannte Mann ging zu Verena Kramer, reichte ihr die Hand und kam danach auf die drei Männer in der Hofmitte zu.

»Guten Tag, Siggi.«

Kramer streckte die Rechte nach vorn und stellte gleichzeitig die Polizisten vor. Hessler tippte sich an sein Bayern-München-Basecap und nickte dabei. »Ich wollte nur mal kurz vorbeischauen und fragen, ob ich etwas für euch tun kann. Oder ob ihr vielleicht Hilfe im Stall braucht.« Er warf Verena Kramer einen Blick zu. »Kann ja sein, dass Verena sich mal ausruhen will. Dass ihr das alles zu viel wird.«

»Das ist wirklich nett, aber es geht schon. Wir wollten gerade zum Bestatter, als die Herren von der Polizei uns mit ihrem Besuch beehrt haben. Aber wir sind gleich durch. Und bis zum Melken heute Abend sind wir längst wieder zurück.«

»Polizei?«, hakte Hessler nach. »Es ist doch nicht noch etwas passiert?«

»Nein, nein. Da ist jemand verschwunden, und die

Beamten hatten die Idee, dass wir ihnen vielleicht sagen könnten, wo der Betreffende sich aufhält.«

»Das klingt ja richtig abenteuerlich. Wer ist denn abhandengekommen?«

»Ein Mitarbeiter von Agroquest. Du weißt schon, die Squeeze-Bande.«

»Na, als ob ich mich nicht mehr an die erinnern könnte. So lang ist es ja nun noch nicht her, dass ich mit denen Geschäfte gemacht habe.«

»Ach«, mischte Hain sich erstaunt ein, »Sie haben ebenfalls aufgehört, mit Glyphosat zu arbeiten?«

»Natürlich, was glauben Sie denn? Wenn einem Kollegen und Freund in der direkten Nachbarschaft so etwas zustößt, dann kann man doch nicht einfach wieder zur Tagesordnung übergehen. So viel Solidarität sollte schon sein, oder was meinen Sie?«

Kramer hob die Hand. »Ich habe ihnen erzählt, dass es mit der Solidarität sonst unter den Kollegen nicht so weit her war und ist, Werner.«

»Ja, weil die eben alle nur an den Ertrag denken und keinesfalls auch nur eine Umdrehung weiter. Da müssen die vermutlich erst alle mit Karzinomen oder Parkinson oder was weiß ich sonst noch auf dem Trecker sitzen, damit die das erkennen, auf was sie sich mit diesem Dreck wirklich eingelassen haben. Vorher wird das nichts, zumindest hier in der Gegend nicht.«

»Na, lass mal. Das interessiert die Beamten sicher nicht.«

»Ach, das sagen Sie mal nicht«, widersprach Lenz vorsichtig und wandte sich Hessler zu. »Kennen Sie denn Sebastian Koller, Vertriebsleiter bei Agroquest?«

Hessler lachte laut auf. »Nein, bis auf die Ebene des Vertriebsleiters schafft es der gemeine Landwirt leider nicht.

Ich kenne den Außendienstmann von denen, wenn er denn noch dabei ist, das ist ein Herr Santos, aber dann hört es auch schon auf.« Er fasste sich an die Stirn. »Nein, das stimmt gar nicht. Einmal war bei einer Produktvorstellung ein Herr Hesse dabei, wenn ich mich richtig erinnere. Aber was der genau bei dem Haufen für eine Funktion hatte, das kann ich Ihnen beim besten Willen nicht mehr sagen. Wir kleinen Bauern sollen bestellen, spritzen und nach Möglichkeit den Mund halten, das ist deren geschäftliche Prämisse. Um mehr geht es denen nicht.«

»Und Sie kommen auch ohne Herbizide zurecht?«

»So gut oder so schlecht wie jeder, der sich entschließt, darauf zu verzichten. Ich bin gerade dabei, komplett auf Bio umzustellen, aber da muss man halt ganz dicke Bretter bohren.« Er blickte in den strahlend blauen Himmel. »Was kommt, wissen wir alle nicht. Lassen wir uns also überraschen.« Er nickte den drei Männern zu, wandte sich ab und verließ den Hof.

»Sie kennen sich schon länger?«, wollte Hain wissen.

»Wir sind im gleichen Jahr geboren worden, er da drüben, und ich hier. Wir sind zusammen zur Schule gegangen, haben die Ausbildung zur gleichen Zeit begonnen und unser erstes Bier zusammen gekippt. Einen älteren Freund habe ich nicht.«

»Schön, wenn man so jemanden hat«, meinte Lenz.

»Ja. Werner hat uns schon bei Ulrikes Krankheit sehr geholfen und zur Seite gestanden. Und erst recht jetzt, nachdem es mit Julia immer schlechter geworden ist.«

»Hat er auch Familie?«

»Nein, nicht mehr. Er hatte zwei Frauen, aber beide Ehen sind gescheitert. Und seitdem hat er, wie er sagt, keine Lust mehr auf etwas Festes.« Er deutete auf das Tor, auf das sie sich vor Hesslers Auftauchen bereits zubewegt hatten. »Also, bringen wir die Besichtigung oder von mir aus auch die Durchsuchung hinter uns.«

19

Cindy Dubilzig wurde vor 33 Jahren im Berliner Bezirk Wedding geboren. Ihr Vater, ein Trinker, hatte die Familie kurz nach der Wende verlassen, nachdem er eine Frau aus Ostberlin kennengelernt hatte. Zurück blieb die Mutter mit ihrer Tochter und den zwei Söhnen, die zwei und vier Jahre älter waren als Cindy. Schon mit zwölf Jahren war das ausgeprägt frühreife Mädchen mehr auf der Straße unterwegs als zu Hause, was ihre Entwicklung bis ins Erwachsenenalter stark beeinflusste. Mit 14 hatte sie ihren ersten festen Freund, einen Motorradrocker, der ihr viele Dinge beigebracht hatte, die eine Heranwachsende in diesem Alter nicht zwangsläufig kennen musste. Unter anderem hatte er Cindy in ein Fitnessstudio mitgenommen, wo sie verschärft darauf hingearbeitet hatte, sich ihren ihrer Meinung nach viel zu kleinen Busen anzupassen. Oder aufzupumpen. Der Trainer hatte ihr viele gute Tipps dazu gegeben und schließlich war sie mit dem Ergebnis mehr als zufrieden. In dieser Zeit hatten sich auch, unter Anleitung ihres Rockerfreundes, die ersten

Kontakte zu einer sehr speziellen Kampfsportart ergeben, dem aus Korea stammenden Ho Sin Do. Das teilweise sehr harte und fordernde Training hatte sie auch nach der Trennung von dem Rocker fortgeführt und insgesamt konnte sie, mit kürzeren und längeren Unterbrechungen, auf eine mehr als zehnjährige Ausbildungszeit zurückblicken. Seit etwa sechs Jahren hatte sie nach einem Bandscheibenvorfall auf Anraten der Ärzte das Training allerdings komplett gestoppt. Nun hielt sie sich einmal die Woche mit Pilates fit und machte jeden Morgen eine Reihe von Dehnübungen, um beweglich und flexibel zu bleiben.

»Das hilft auch bei der verschärften Matratzengymnastik«, war eines ihrer gern gewählten Bonmots zu diesem Thema.

Mona Brassel dagegen hielt noch nie viel von Sport. Sie ernährte sich vernünftig, ging manchmal, wenn es die Zeit erlaubte, spazieren und ließ konsequent die Finger vom Alkohol. Damit war ihr Fitnessprogramm in allen Facetten beschrieben. Sie konnte es auf den Tod nicht leiden, wenn sich Menschen mit bunten Laufschuhen an den Füßen über morastige Waldwege oder durch hundekackeverseuchte Parks schleppten. Ekelhaft, so was. Die Frau, die sich gern ausgesucht vornehm kleidete und auch für ihre Kosmetik viel Geld ausgab, hielt es in dieser Beziehung mit dem ehemaligen britischen Premierminister Winston Churchill: »No sports.«

Was allerdings keinesfalls bedeutete, dass sie nicht in der Lage gewesen wäre, sich gegen eventuelle Angreifer zu verteidigen. Nur eben mit anderen Waffen. Oder besser, überhaupt mit Waffen. Sie war eine ausgezeichnete Schützin und konnte mit dem passenden Messer auf fünf Meter Entfernung eine Orange an der Wand festnageln. Distanz war das, was sie brauchte, und die hatte sie in ihrem bisherigen Berufsleben immer zur Genüge gehabt.

Angefangen hatte alles mit einer Ausbildung zur Bürokauffrau bei der Detektei Vogel in Düsseldorf, doch das war ihr schon bald nach dem Abschluss und der Gesellenprüfung zu langweilig geworden. Also hatte sie sich mit Herrn Vogel zusammengesetzt und ihn dazu ermuntert, sie als Detektivin einzusetzen. Zuerst hatte der Mann sich gewunden und geziert, weil er noch nie in seinem Berufsleben mit weiblichen Detektiven gearbeitet hatte, doch schließlich hatte er eingelenkt. Und Mona Brassel hatte ebenso schnell für Furore gesorgt wie Karriere gemacht. Schon drei Jahre nach ihrem ersten Auftrag war sie Partnerin von Vogel geworden und nach dessen Tod hatte sie die Erben ausgezahlt und von da an das Personal sukzessive abgebaut, bis sie schließlich allein übrig geblieben war. Was die ehrgeizige Frau nämlich immer gestört hatte, waren die engen Fesseln des deutschen Rechts gewesen. Sie hätte weitaus mehr und noch schnellere Erfolge erzielen können, wenn sie sich nicht an die geltenden Regeln hätte halten müssen. Als sie schließlich allein und ausschließlich für sich arbeitete, befreite sie sich von diesen Fesseln. Ihr Kundenkreis verkleinerte sich im gleichen Maß, wie sich ihr Tageshonorar explosionsartig erhöhte. Seit mehr als zehn Jahren gab es keinen Telefonbucheintrag mehr und auch im Internet konnte man nichts über ihr Unternehmen lesen. Sie lebte einzig von persönlichen Empfehlungen – und das sehr gut. Und sie führte ihre Aufträge sowohl mit hundertprozentiger Diskretion wie auch extremer Erfolgsquote aus.

Diese Faktoren kamen auch deshalb zusammen, weil Mona Brassel von der Natur mit zwei charakterlichen

Besonderheiten ausgestattet worden war. Im ersten Fall war es eher ein Nichtvorhandensein, nämlich die völlige Abwesenheit von jeglichem Mitgefühl für andere Menschen. Emotionen wie Barmherzigkeit, Erbarmen oder Anteilnahme fehlten der seit zwei Monaten 40 Jahre alten Frau komplett. Zum zweiten konnte sie innerhalb von Millisekunden in jede nur denkbare Rolle schlüpfen. Dazu benötigte sie weder Hilfsmittel noch irgendeine wie auch immer geartete Anleitung. Es war ihr einfach gegeben, sich zu verstellen.

Im Sommer 2007 hatte sie zum ersten Mal einen Menschen getötet und zu ihrer großen Überraschung hatte sie dabei nicht den Hauch irgendeiner Empathie verspürt. Selbst als der Mann laut und flehend um Gnade gebettelt hatte, hatte sie dies nicht berührt, ganz im Gegenteil. Nachdem sie sich auf einer öffentlichen Toilette die Hände und das Gesicht gewaschen hatte, begann sie noch in einer der Kabinen zu masturbieren. Und sie würde in der Erinnerung daran immer Stein und Bein schwören, nie zuvor und auch danach nicht einen derart mitreißenden, erfüllten Orgasmus erlebt zu haben.

Seitdem hatte sie siebzehn Menschen getötet. Die meisten mit dem Messer, den Rest davon mit einer Schusswaffe. Und niemals, nicht ein einziges Mal, war sie auch nur in die Nähe eines gegen sie gerichteten Verdachts geraten. Wenn sie während ihrer Arbeit über sich nachdachte, dann verglich sie sich immer mit einer Unsichtbaren. Unsichtbar war das Attribut, das ihr am besten gefiel in diesem Zusammenhang.

Nun saß sie noch immer mit Cindy Dubilzig in dem kleinen Café am Rand der Wilhelmshöher Allee und wartete darauf, dass die Frau sich endlich zur Toilette begeben würde. Nach dreieinhalb Cola sollte man schon erwarten können, dass der Harndrang sich meldet, doch augenscheinlich verfügte ihre Gesprächspartnerin über eine Pferdeblase.

»Na, trinkst du noch eine Cola mit?«, fragte sie.

»Nee, ich hab doch noch was im Glas. Außerdem platze ich gleich. Wenn, dann lieber etwas zu essen. Vielleicht ein Baguette oder so was.«

»Okay. Dann gehst du jetzt aufs Klo und ich besorge was zu futtern.«

Die Berlinerin nickte, stand auf und verschwand hinter der Tür mit der stilisierten Frau darauf. Mona Brassel blickte ihr nach, wartete einige Sekunden, nachdem die Tür sich geschlossen hatte, und zog ein kleines Fläschchen mit einer kristallklaren Flüssigkeit darin aus ihrer Handtasche. Den Inhalt, eine verflüssigte, stark konzentrierte Dosis des Benzodiazepins Flunitrazepam, tropfte sie hastig in Cindy Dubilzigs Cola. Die Flasche verschwand ebenso schnell wieder in der Tasche, wie sie aufgetaucht war. Dann rührte die vermeintliche Journalistin mit der Rückseite ihres langen Eiskaffeelöffels kurz in der braunen Brühe herum. Noch während sie das tat, hob sie die Hand, beorderte die Serviererin an den Tisch und bestellte zwei Baguettes und eine Apfelschorle.

»Na, alles klar?«, wollte die Frau aus Berlin wissen, als sie von der Toilette zurückkam und sich wieder an den Tisch setzte.

»Logo. Zwei Baguettes sind auf den Weg zu uns. Ich hoffe, du hast wirklich Hunger, ich habe nämlich große bestellt.«

»Groß ist immer gut«, stimmte Cindy ihr mit einem Augenzwinkern zu. »Groß und hart und sanft – so wie mein Sebbi.«

Die Apfelschorle kam und Mona Brassel hob das Glas. »Auf uns«, ließ sie laut vernehmen.

Mona griff zu ihrer Cola und stieß mit ihrer neuen Freundin an. »Ja, auf uns. Und die Männer, die zwar manchmal richtig scheiße sind, ohne die wir aber nicht leben wollen und können.«

»Genau.«

Die Gläser klirrten ein zweites Mal, dann tranken die Frauen. Mona beobachtete dabei lächelnd Cindy, wie sie das Glas leerte.

Eine halbe Stunde nachdem die Baguettes verspeist waren, wurde Cindy Dubilzig immer müder. Sie führte diesen Zustand auf den mangelnden Schlaf der letzten Tage und die gleichzeitige Aufregung um ihren verschwundenen Freund zurück.

»Wollen wir aufbrechen?«, fragte Mona Brassel sanft. »Ich habe eine Suite, da ist auf jeden Fall Platz für dich.«

»Aber die im Hotel mögen mich doch nicht. Die haben mich rausgeworfen. Hast du das schon vergessen?«

»Da scheren wir uns doch einen feuchten Kehricht drum, oder? Wir sind wie Thelma und Louise, uns gehört die Welt.«

»Wer ist das denn?«

»Zwei echte Powerweiber«, erklärte Mona Brassel. »Zwei echte Powerweiber, die der Welt gezeigt haben, was geht, wenn man sich einig ist.«

Cindy sah ihre neue Freundin mit kleinen Augen und tranigem Gesichtsausdruck an. »Na, wenn du mit mir zusammen die Welt aus den Angeln heben willst, dann muss ich mich erst mal richtig ausschlafen, glaube ich. Aber dann geht es wirklich los, darauf kannst du einen lassen.«

Die Frau im Kostüm zahlte die Rechnung, griff ihrer Begleitung unter die Arme und half ihr beim Aufstehen.

»Geht schon«, ließ die mit schwerer Zunge wissen.

»Ja, so siehst du aus. Ich helfe dir lieber, sonst geschieht noch ein Unglück.«

»Ein … Unglück wäre … es gewesen, wenn ich dich nicht … getroffen hätte, Hilde. Aber …«

»Lass mal. Wir sind gleich bei meinem Wagen und da kannst du dann in aller Ruhe schon mal ein Nickerchen machen. Ich schaukle uns zum Hotel und kümmere mich um alles.«

»Du bist wirklich eine Freundin, Hilde. Eine … gute Freundin.«

Kurz nach dem Einsteigen war es Cindy Dubilzig nicht mehr möglich, die Augen offen zu halten. Sie lag mit hängenden Armen auf dem Beifahrersitz, grunzte von Zeit zu Zeit und ließ den Kopf dabei hin und her baumeln. Mona Brassel fuhr ihren Golf aus der Stadt heraus, während sie sich daran erinnerte, dass sie auf der Fahrt aus dem Rheinland nach Kassel kurz vor der Stadt große Waldgebiete gekreuzt hatte. Etwa eine viertel Stunde später verließ sie bei Breuna die Autobahn 44, durchquerte den kleinen Ort und hielt sich anschließend weiter nordöstlich. An der einsam mitten im Wald gelegenen Kreuzung der L 3080 und K 88 bog sie nach rechts ab, fuhr noch einen halben Kilometer und manövrierte den Kompaktwagen schließlich in einen Waldweg. Dort hielt sie nach etwa 400 Metern an und stieg aus.

Cindy aus Berlin-Moabit schlief noch immer tief und fest. Ihre Körperhaltung hatte sich um keinen Millimeter verändert, einzig ein dunkelbraun schimmernder Speichelfaden an der rechten Kinnhälfte, dessen Inhalt sich auf ihrem pinkfarbenen Top sammelte, war hinzugekommen. Mona Brassel sah sich nach allen Seiten um, lauschte so unauffällig wie möglich und schob sich gleichzeitig ein größeres Stück Snus in den Mund. Diese Form der Nikotinaufnahme hatte sie während ihres Schwedenaufenthaltes ein paar Jahre zuvor für sich entdeckt und sich damit gleichzeitig das Rauchen abgewöhnt. Während sie darauf wartete, bis sich die Wirkung des Kautabaks einstellte, ließ sie sich die nächsten zehn Minuten durch den Kopf gehen. Als das Nikotin sich bemerkbar machte und sich ihr Puls deutlich beschleunigte, ging sie um den Wagen herum, öffnete die Beifahrertür, zog die Blondine heraus, warf sie sich über die Schulter und trug sie auf die Fahrerseite. Dort schob sie Cindy auf den Sitz, schnallte sie an und legte die beiden Hände, so gut es ging, auf dem Lenkrad ab. Danach griff sie nach der Tasche der Frau und durchsuchte sie. Nachdem sie den Personalausweis gefunden und fotografiert hatte, steckte sie alles wieder zurück und legte die Tasche auf dem Beifahrersitz ab. Nun ging sie nach hinten, öffnete die Heckklappe, nahm den im Kofferraum liegenden 20-Liter-Reservekanister heraus und öffnete den Drehverschluss. Mit wegen des Gewichts des Plastikbehälters ungelenk wirkenden Bewegungen schüttete sie das Superbenzin auf den Teppich des Kofferraumbodens und machte sich dann auf den Weg zur Fahrerseite.

Cindy Dubilzig öffnete das linke Auge. Benommen stellte sie fest, dass ihre Unterlage weder das weiche Bett einer Hotelsuite war, noch befand sie sich überhaupt in irgendeinem Hotel.

Hilde … Hildegard. Hildegard Solms.

Die Frau aus Berlin öffnete auch das andere Auge und sah rund um sich herum Wald. Hörte Vogelgezwitscher.

Warum sitze ich auf dem Fahrersitz? Ich bin doch gar nicht gefahren?

In diesem Moment stellten sich Cindy Dubilzigs Nackenhaare auf. Und schlagartig kehrten die meisten der Sinne zurück, die durch Mona Brassels K.-o.-Tropfen kurzzeitig lahmgelegt worden waren. Ein Mediziner würde dieses Phänomen mit ihrem massiven Koffeinkonsum in den Stunden vor der Verabreichung des Benzodiazepins erklären, doch die Frau im rosa Top wusste noch nicht einmal, dass sie diese überhaupt zu sich genommen hatte. Trotzdem fuhren in diesen Sekundenbruchteilen bei ihr alle in den Jahren auf der Straße und der Zeit mit den verschiedenen Rockergangs zugelegten Antennen aus. Sie sah nach rechts, griff zum Gurtschloss, drückte so vorsichtig wie möglich auf den roten Öffner und ließ den Riemen völlig lautlos in seine Grundposition gleiten.

Benzingeruch! Irgendetwas läuft hier aber mal richtig schief.

Im gleichen Augenblick tauchte links neben ihr Hildegard Solms mit einem großen Benzinkanister in der rechten Hand auf. Die angebliche Journalistin legte auch die andere Hand an den Griff und wollte gerade damit beginnen, über Cindy Dubilzig großflächig Benzin zu verteilen, als die sich mit einem aggressiven Schrei aus dem Auto stemmte und sich auf sie stürzte.

»Was ...?«, gab die völlig perplexe Brassel von sich, bevor sie von einem Faustschlag getroffen wurde.

Obwohl sie nicht damit gerechnet hatte, dass ihr Opfer jemals wieder zu sich kommen würde, ließ sie trotz des schmerzhaften Hiebs reaktionsschnell den Kanister fallen und versuchte, auf die andere Seite des Golfs zu gelangen, wo sich in ihrer Handtasche zwei Messer und eine Pistole vom Typ Glock 26, die sogenannte *Baby-Glock*, befanden. Allerdings hatte sie diesen Plan ohne Cindy Dubilzig gemacht, die ihr nachsetzte und sie zu Boden warf. Dort schlug die Frau aus Berlin, die ebenfalls zu Boden gestürzt war, mit beiden Fäusten und unter wildem Stöhnen stakkatoartig auf sie ein. Mona Brassel nahm die Arme hoch, versuchte, ihren Kopf mit den Händen zu schützen, und trat gleichzeitig nach ihrer Gegnerin, die jedoch kaum zu erwischen war. Dann jedoch griff die Frau im Kostüm mit der rechten Hand in den weichen Boden, scharrte eine Faust voll Sand, verfaulter Blätter und was sonst noch zu greifen war zusammen und warf es Cindy, die mit aufgerissenen Augen und wutentbrannt neben ihr kniete, direkt ins Gesicht. Ein gequälter Schrei erfüllte den Wald, dann rollte sich die Frau im mittlerweile nicht mehr makellosen pinkfarbenen Top zur Seite und hielt sich beide Hände vors Gesicht. Ihre Lider fanden keinen Kontakt mehr zueinander, weil sich jede Menge Dreck zwischen ihnen befand.

»Du verdammte Schlampe«, brüllte sie.

Mona Brassel krabbelte davon unbeeindruckt mit ein paar schnellen Bewegungen von ihr weg, erhob sich stöhnend und versuchte erneut, auf die Beifahrerseite des Wolfsburger Bestsellers zu gelangen. Obwohl die Frau aus Berlin sie nur schemenhaft erkennen konnte, sprang sie ebenfalls hoch, warf sich auf sie und riss sie erneut zu Boden. Nun entbrannte ein wütender, erbittert geführter Ringkampf, bei dem sich Cindy überlegen zeigte. Mona Brassel musste schmerzhaft erkennen, dass sie ihre Kontrahentin unterschätzt hatte. Trotzdem ließ sie nicht nach darin, an Haaren, Ohren und allem anderen zu ziehen, das sie zu fassen bekam. Die noch immer halb blinde Cindy Dubilzig tat es ihr gleich, untermalt von wilden Flüchen, spucken, kratzen und beißen. Dann jedoch änderte sich die Situation ein wenig, als Mona Brassel einen harten Schlag gegen die linke Brust von Cindy platzieren konnte. Die Berlinerin stellte augenblicklich alle Anstrengungen ein, griff sich mit schmerzverzerrtem Gesicht an die getroffene Stelle und jaulte dabei auf wie ein waidwund getroffenes Tier.

»Verdammt, du hast mir meine Silikoneinlage kaputt gehauen«, giftete sie empört.

»Augen auf bei der Wahl der Implantate«, keuchte Mona. »Dieses Billigzeug rächt sich irgendwann, sage ich immer.« Damit machte sie sich erneut frei und sprang wieder auf. Cindy saß noch immer auf dem Boden und hielt sich die höllisch stechende linke Brust. Eigentlich hätte sie in diesem Moment klein beigegeben, aufgegeben, doch irgendwo in den hintersten Winkeln ihres Gehirns trompetete ein Alarm.

Wenn du jetzt sitzen bleibst, Titte hin oder her, wird dieses verdammte Miststück dich fertigmachen. Sie wird dich mit Sprit übergießen, grillen und dabei vermutlich hämisch lachen.

Unter größter Anstrengung gelang es ihr, sich in die Vertikale zu erheben, doch von Hildegard Solms war nichts mehr zu sehen. Sie warf sich nach vorn, umrundete den Golf und erkannte, dass die angebliche Journalistin im ebenfalls nicht mehr ganz vorzeigbaren blauen Designerkostüm sich an ihrer nun auf dem Beifahrersitz stehenden Handtasche zu schaffen machte.

Noch zwei Schritte, dann wäre sie bei ihr, doch nun fiel der Lederbeutel zurück auf den Sitz und wie in Zeitlupe drehte sich der Körper der falschen Hildegard Solms in ihre Richtung. Als die rechte Hand sichtbar wurde, befand sich darin eine Waffe.

Scheiße!

Bevor die Pistole auf sie zeigte, nutzte Cindy all ihre Energie und sprang mit beiden Beinen voraus. Sie trat ihrem Gegenüber mit der Kante des rechten Fußes in den leicht geöffneten Mund. Es knirschte, und dann schlug Mona Brassel in die geöffnete Tür des Golfs ein, deren Scheibenrahmen sich dabei deutlich verzog.

»Eins zu null für Berlin«, murmelte Cindy Dubilzig leise, stellte sich neben ihre Gegnerin und trat ein weiteres Mal beherzt zu. Und noch einmal und dann noch einmal in die Rippen.

Das sollte genügen, du verdammte Hurenbratze.

Cindy griff nach der Pistole und legte sie auf dem Dach des Golfs ab. Mit zitternden Beinen ließ sie sich anschließend auf den weichen Waldboden fallen, stützte ihren Kopf auf die Hände und übergab sich keuchend.

Ein paar Minuten später hatte sie die stinkende Kotze abgewischt und sich so weit wieder unter Kontrolle, dass sich ein paar weiterführende Gedanken in ihrem Gehirn breitmachen konnten.

Warum?, schrie der erste laut und schmerzhaft auf. *Warum macht diese verfickte Schlampe diesen Aufstand mit mir? Warum in aller Welt versucht sie, mich umzubringen?*

So konkret sich diese Frage auch manifestierte, so wenig fand sie eine plausible Antwort darauf. Also erhob sie sich schwerfällig, stieg über Hilde Solms hinweg und schleppte sich zum Kofferraum, wo sie nach kurzer Suche ein Abschleppseil fand. Damit band sie zunächst die Hand-

gelenke der Frau zusammen und verschnürte auch die Fuß-
gelenke. Ein wenig unsicher kontrollierte sie ihr Werk,
bevor sie sich wirklich sicher war, dass die Fesseln fest
genug zugezogen waren.

»Jetzt werd mal besser wach, bevor ich wirklich ärgerlich werde«, brummte sie, aber davon war die vermeintliche Journalistin nicht wieder ins Reich der Lebenden
zurückzuholen. Cindy schlug ihr ein paarmal ins Gesicht,
doch auch das zeigte keinerlei Wirkung.

Scheiße.

Am liebsten wäre sie einfach losgerannt, weg aus diesem Albtraum, doch ihr brutal schmerzender linker Busen
und ihre Neugier ließen sie eine andere Lösung in Erwägung ziehen. Mit langsamen Schritten umrundete sie den
Golf, griff sich den auf der Seite liegenden Benzinkanister und schüttelte ihn. Ein oder zwei Liter waren ihr verblieben, stellte sie zufrieden fest.

Sie wackelte zurück, beugte sich über Hildegard Solms
und kippte ihr etwa die Hälfte des Benzins auf die Brust.
Die andere Hälfte goss sie ihr direkt neben den stark blu-
tenden Mund und die Nase auf den Boden. Es dauerte
keine fünf Sekunden, dann blähten sich Hildegard Solms'
Nasenflügel. Gleichzeitig öffnete sie langsam und stöhnend die Augen. Und während sie versuchte, etwas zu
sagen, konnte Cindy sehen, dass ihr Tritt Hilde drei Zähne
der oberen Reihe und vier der unteren aus dem Kiefer
gerissen hatten. Es sah aus, als würde sie in den Mund
einer alten Frau blicken, die sich ihr gesamtes Leben jeden
Zahnarztbesuch erspart und dabei rund um die Uhr Süßig-
keiten genascht hatte.

»Willkommen im Leben, du verdammte Pottsau«, keifte
Cindy Dubilzig sie an.

Mona Brassel riss die Augen auf und zerrte an ihren Handgelenken. Die Fesselung, der Benzingeruch rund um sie herum, die Schmerzen im Mund und das gleichgültige Gesicht von Cindy Dubilzig versetzten sie in Panik und ließen sie hysterisch aufschreien.

»Mach itte keinen Unsinn, Chindy«, brüllte sie kaum verständlich. »Bir können boch über alles reden.«

»Das dachte ich auch«, giftete die Frau aus Berlin zurück. »Bis du mich grillen wolltest und mir die linke Titte kaputt geschlagen hast.«

»Abe ich ollte dir …«

Weiter kam die Frau am Boden nicht, dann hatte der nächste Tritt von Cindy sie in die Rippen erwischt.

»Fresse, du Mistsau. Du redest nur noch, wenn du gefragt wirst.«

Ein kurzes Nicken sollte wohl Gefügigkeit demonstrieren. Gleichzeitig jedoch testete Mona Brassel unbemerkt die stramm sitzenden und nicht zu lösenden Fesseln.

Wieder ein Nicken.

»Und hör auf zu versuchen, dich zu befreien, du Schlampe. Wenn du das noch mal machst, kriegst du die nächste Kelle. Verstanden?«

Noch eine zustimmende Bewegung mit dem Kopf.

»Gut. Und wenn du nicht willst, dass ich dir den brennenden Zigarettenanzünder aus deiner Karre an den Kopf werfe, dann erzählst du mir jetzt am besten haarklein, warum du mich hier in den Wald kutschiert hast. Und warum du mich verdammt noch mal umbringen wolltest. Und erzähl mir bloß keinen Scheiß, sonst werde ich echt uncool zu dir.«

»Aber das wollte ich doch gar nicht«, entgegnete Mona Brassel. »Ich wollte dir …«

Wieder ein Tritt, diesmal direkt ins Gesicht.

»Ich habe doch gesagt, dass ich keinen Scheiß hören will. Also hör auf damit.«

Mona Brassel hatte bei dem Tritt laut aufgestöhnt. Vermutlich waren wieder ein paar Zähne zum Teufel gegangen.

»Ifft ja ut, Chindy. Ich erde dir alles enau erzählen, aber du mufft damit aufhören, itte.«

»Lass hören.«

Es gab eine kurze Pause, bevor Mona Brassel mit ihrer Erklärung begann. Dabei bemühte sie sich, tunlichst langsam und so deutlich es ihr unter den gegebenen Umständen möglich war, zu sprechen.

»Ich arbeite für den Bundesnachrichtendienst. Sebastian Koller ist ein Spion der Russen, deshalb ist es für uns so wichtig, ihn zu finden. Er hat überaus wichtige Daten an Moskau verraten. Ich hätte dir garantiert nicht das Geringste angetan, wenn mir mein Boss das nicht befohlen hätte. Ich mag dich, ehrlich, aber mein Geschäft ist nun mal bretthart.«

»Und bretthart bedeutet, eine total unwichtige Tussi aus Berlin, die nicht den geringsten Schnall von euren dämlichen James-Bond-Geschichten hat, so mir nichts, dir nichts über die Klinge springen zu lassen?«

Die gefesselte Frau nickte. »Aber doch nur, weil dein Freund Sebastian ein wirklicher Staatsfeind ist. Er ist ein gefährlicherer Spion als Günter Guillaume es jemals war.«

Cindy verengte die Augen zu gefährlich wirkenden Schlitzen. »Du redest hier doch totale Scheiße. Vielleicht glaubst du, ich wüsste nicht, wer Guillaume war, aber da hast du dich geschnitten. Ich weiß genau, wer das war.«

»Ja, und das ist doch auch gut so, Cindy«, murmelte Mona Brassel flehend. »Glaub mir doch einfach, dass es so ist.«

»Du willst mir also allen Ernstes erklären, dass Sebbi ein wirklich gefährlicher Vaterlandsverräter ist? Dass er gefährlicher ist als der Kerl, der Willy Brandt gestürzt hat? Du hast sie doch nicht mehr alle.« Damit flog ihre rechte Faust nach unten und traf Mona Brassel, die laut aufschrie, direkt auf die linke Brust. »Vielleicht hast du dir die Möpse ja auch machen lassen«, keuchte Cindy. »Und wenn dein Material besser ist als meins und länger hält, dann kannst du gern einen Nachschlag kriegen.«

Die falsche Journalistin krümmte sich vor Schmerzen. »Hör auf, bitte.«

»Dann hör du damit auf, mir diese verfluchte Agentenscheiße zu erzählen.«

»Aber es stimmt, ehrlich. Wir, also mein Team und ich, sind schon länger als ein Jahr an ihm dran. Haben jeden Schritt von ihm überwacht. Und jetzt wollten wir …«

»Ihr habt ihn also«, ging Cindy, diesmal ohne Schläge, dazwischen, »rund um die Uhr überwacht, wenn ich dich richtig verstehe.«

»Rund um die Uhr, ja.«

»Das heißt, dass du mich ja gekannt haben musst.«

»Klar kannte ich dich«, bestätigte Mona Brassel flehend. »Sonst hätte ich dich ja wohl kaum im Hotel angesprochen.«

»Da könnte was dran sein«, stimmte ihr Cindy Dubilzig lächelnd zu. Allerdings mischte sich in ihre Stimmlage ein nicht zu überhörender, merkwürdiger Unterton. »Und du bist schon die gesamte Zeit dabei? Du überwachst ihn schon seit mehr als einem Jahr?«

»Aber wenn ich es dir doch sage, Cindy.«

»Gut. Dann erzähl mir doch mal, wie es bei mir zu Hause aussieht. Wie sieht meine Hofeinfahrt aus, wie sieht der Eingang zu meinem Haus aus und wie sieht es noch gleich in meiner Wohnung aus?«

Mona Brassel hatte sich immer zugutegehalten, sich aus jeder noch so ausweglosen Situation befreien zu können. Das hatte sie in vielen Situationen bewiesen und sie war sich zeitlebens sicher gewesen, nie in einer Situation wie der aktuellen zu landen. Jetzt aber schluckte sie, schloss die Augen und holte tief Luft.

»Damit kommst du nicht durch, Cindy«, flüsterte sie. »Meine Kollegen sind garantiert schon auf dem Weg hierher und wenn du dann noch hier bist, beenden die eben meine Arbeit. Lass es dir gesagt sein, du hast nicht die geringste Chance. Wenn du noch etwas erreichen willst im Leben, dann mach mich besser los. Ich kann dich laufen lassen und dich auch beschützen, aber wenn du so weitermachst wie bisher, wirst du mit einer Kugel im Kopf in irgendeinem Straßengraben enden.«

Cindy Dubilzig lächelte. »Also willst du mir nicht sagen, was du in Berlin-Moabit während deiner Überwachungszeit so alles gesehen hast? Oder bist du vielleicht überhaupt nie in Berlin gewesen?«

Die Frau am Boden schwieg.

»Ich glaube, wir drehen jetzt den Spieß einfach mal um, Hilde. Oder heißt du am Ende gar nicht Hilde?«

Erneut Schweigen am Boden.

»Ach, ist ja eigentlich auch egal.«

Damit stieg Cindy über Mona Brassel hinweg, beugte sich in den Wagen und griff nach deren im Wagen liegender Tasche.

Fast ebenso geschickt wie Mona Brassel eine gute viertel Stunde zuvor durchsuchte sie das teuer und edel wirkende Stück. Nach und nach beförderte sie zwei Messer, ein längeres und ein kürzeres, eine Dose CS-Gas, einen Teleskopschlagstock und ein amerikanisches Sturmfeuerzeug ans Tageslicht.

»Ganz schönes Waffenarsenal, das du so mit dir rumträgst«, stellte sie lakonisch fest, um sich direkt danach der Brieftasche zu widmen.

»Mona Brassel heißt du also«, murmelte sie nach einer raschen Durchsicht von Personalausweis und Führerschein. »Ist aber auch viel schöner als Hildegard Solms. Oder ist das auch nur so ein Nachname von dir?«

Mona Brassel verzichtete erneut auf eine Antwort. Die Tasche flog zurück auf den Beifahrersitz.

»Ich denke, ich werde dich jetzt verlassen«, ließ sie verlauten. »Ich habe zwar keine Ahnung, wo ich eigentlich bin, aber das macht nichts. Ich komme schon zurecht. Was dich angeht, musst du selbst sehen, wie du zurechtkommst. Aber einer derart versierten Spionagetussi wie dir wird das ja vermutlich keine allzu großen Schwierigkeiten machen. Das Zeug hier und deine Knarre werde ich mal besser mitnehmen, wer weiß, auf welche abgedrehten Ideen du sonst damit noch kommst.« Mit flinken Fingern bugsierte sie die Utensilien mit Ausnahme des Feuerzeugs in ihre eigene Handtasche. »Wenn ich dich noch einmal in meinem gesamten restlichen Leben zu sehen kriege, Hilde oder Mona oder wie du auch immer heißt, werde ich dich genauso vermöbeln wie heute. Hast du das verstanden?«

Ein Nicken.

»Sag besser laut und deutlich ja.«

»Ja.« Mona Brassel hob langsam den Kopf und sah Cindy direkt in die Augen. »Ich gebe dir 100.000 Euro für die Papiere von Koller.«

»Die *Papiere*?«

Kurze Pause.

»Ach so. Jetzt wird mir die ganze Sache klar. Du bist hinter diesen Papieren her und hast mich erst nach Strich und Faden ausgehorcht und wolltest mich anschließend umbringen. Und dann nichts wie in meine Wohnung und das Zeug abgeholt.«

Wieder eine Phase des Nachdenkens.

»Wenn *dir* dieser Kram schon 100.000 Mücken wert ist, was dürfte es dann auf dem Markt tatsächlich wert sein? Das Zehnfache? Oder vielleicht sogar das Hundertfache?«

Schweigen.

»Aber wenn ich das alles jetzt richtig sehe, dann dürftest du doch am Ehesten etwas mit Sebbis Verschwinden zu tun haben. Stimmt doch, oder?«

»Nein, das stimmt wirklich nicht. Ich bin, genau wie du, nach Kassel gekommen, weil ich nach ihm suche.«

»Und warum suchst du nach ihm?«

»Das kann ich dir beim besten Willen nicht sagen.«

»Kannst du nicht oder willst du nicht?«

Erneut wurde die Frau im rosa Top nicht mit einer Antwort verwöhnt.

»Weißt du was? Ich scheiß drauf. Und du siehst jetzt besser zu, dass du trotz deiner wirklichen Scheißlage und dem Abschleppseil möglichst schnell Land gewinnst, weil es hier gleich verteufelt heiß werden dürfte. Und such dir möglichst bald einen vernünftigen Zahnarzt, du siehst nämlich echt scheiße aus um die Kauleiste.«

Damit drehte sich die Frau aus Berlin-Moabit um, öffnete mit einer geschickten Bewegung das Feuerzeug, das sofort brannte und warf es in den Kofferraum. Das dort im Teppichboden verbliebene Benzin, das eigentlich sie selbst hätte umbringen sollen, fing sofort Feuer. Noch bevor Cindy Dubilzig außer Sichtweite war, stand der Golf in Flammen.

20

»Die haben auf keinen Fall etwas mit Kollers Entführung zu tun«, teilte Thilo Hain seinem Boss überzeugt mit, nachdem die beiden Kommissare wieder im Wagen saßen und auf dem Weg in die Stadt waren. Das unverbindliche Umsehen auf dem Hof der Kramers hatte keine verwertbaren Hinweise ergeben.

»Das dachte ich lange auch, aber mittlerweile bin ich mir da längst nicht mehr so sicher«, widersprach der Leiter der Mordkommission leise.

»Warum?«

»Ich kann es dir nicht sagen. Ich bin, genau wie du, fest davon überzeugt, dass sie nichts von der Geschichte weiß. Bei ihm allerdings sieht es ganz anders aus. Er wirkt auf mich nicht hundertprozentig koscher.«

»Weil er so aggressiv gewesen ist?«

»Vielleicht. Vielleicht war es auch einer seiner Blicke,

der mich gestört hat. Oder sein Ton. Ich weiß nicht, was es genau ist, aber irgendetwas stört mich an ihm.«

»Aber dass es dich stört, muss ja nicht …« Der Oberkommissar brach ab, weil das Telefon seines Chefs zu klingeln begann. »Willst du nicht drangehen?«, fragte er nach ein paar Sekunden der Untätigkeit auf dem Beifahrersitz.

»Eigentlich nicht. Ich habe im Moment einfach keinen Bock zu telefonieren.«

»He, he, was ist denn das für eine Arbeitsmoral?«

»Meine.«

»So kenne ich dich ja gar nicht.«

Lenz lächelte, griff in die Sakkotasche, zog das Telefon heraus und nahm den Anruf entgegen. Dann lauschte er ein paar Sekunden. »Ja, wir sind eh auf dem Weg. Halt sie noch eine halbe Stunde hin, dann sind wir da.«

»Was ist?«, wollte Hain wissen.

»Im Präsidium warten zwei Rechtsanwälte auf uns. Aus Düsseldorf.«

»Düsseldorf? Was wollen die denn von uns?«

»Es geht um irgendwelche Papiere, die sich angeblich in unserem Besitz befinden sollen.«

»Ach so. Agroquest schickt seine Kettenhunde los, um den Schaden möglichst kleinzuhalten. Oder besser erst gar nicht entstehen zu lassen.«

»So sieht es aus.«

Es dauerte tatsächlich genau eine halbe Stunde, dann betraten die beiden Polizisten den Flur, auf dem sich ihr Büro befand. Dort saßen, direkt vor der Tür, zwei auffallend gut gekleidete Herren mit Aktenkoffern. Lenz stellte sich und seinen Kollegen vor und bat die beiden ins Zimmer.

»Mein Name ist Dr. Günther Klein, das ist mein Kollege Dr. Herwig Fahlhuber«, eröffnete der ältere der beiden die Vorstellungsrunde. »Wir haben den Auftrag, im Namen von Agroquest Deutschland mit Ihnen zu sprechen. Anwaltliche Vollmacht können wir vorweisen.«

Lenz winkte ab. »Das ist mir nicht so wichtig«, erklärte er ruhig. »Vielmehr würde mich interessieren, wie wir Ihnen helfen können.«

Dr. Klein räusperte sich. »Es geht um Sebastian Koller, den verschwundenen und offenbar entführten Mitarbeiter von Agroquest. Wir … sind hierher geschickt worden, weil das Unternehmen davon überzeugt ist, dass Herr Koller sehr wichtige, überaus geheime Papiere bei sich hatte, die sich nun möglicherweise in Ihrem Besitz befinden. Und wir fordern Sie hiermit auf, die Papiere sofort und ohne irgendwelche Einreden herauszugeben.«

»Sie sehen mich ein wenig erstaunt«, beschied der Hauptkommissar den beiden Männern mit fast vergnügtem Gesichtsausdruck. »Ich habe nämlich nicht die geringste Ahnung, von welchen Papieren Sie sprechen. Helfen Sie mir doch bitte ein wenig auf die Sprünge, wenn das möglich ist.«

Die beiden Advokaten tauschten einen kurzen Blick aus.

»In Herrn Kollers Besitz befand sich ein Gutachten. Wie es dorthin gelangt ist, lässt sich zurzeit leider nicht feststellen, sicher ist jedoch, dass er zu keiner Zeit befugt war, dieses Gutachten an sich zu nehmen. Er durfte es noch nicht einmal lesen, dazu reicht seine Sicherheitsstufe nicht aus.«

»Was steht denn in diesem ominösen Gutachten?«

»Zur substantiierten Beantwortung dieser Frage reicht *Ihre* Sicherheitsstufe leider auch nicht aus, Herr Kommissar«, erwiderte Dr. Klein kühl. »Also fordere ich Sie nochmals zur Herausgabe der Papiere auf.«

»Was macht Sie denn so sicher, dass mein Kollege oder ich überhaupt jemals dieses Gutachten in den Händen gehalten haben?«

»Der gesunde Menschenverstand. Es befindet sich weder in seinem Büro noch bei sich zu Hause, das hat Agroquest überprüft. Ergo hatte er es bei sich, als er nach Kassel gekommen ist. Und da Sie beide die ersten und vermutlich bis jetzt die Einzigen waren, die sein Hotelzimmer untersucht haben, müssen Sie oder Ihre Behörde es haben.«

»Bliebe noch die für Sie und Ihre Auftraggeber sicher weniger schöne Variante, dass er es am Abend seiner Verschleppung bei sich trug. Was halten Sie von dieser Idee?«

»Das ist völlig absurd, Herr Lenz. Der Inhalt dieses Gutachtens ist von solch eminenter Brisanz, dass Herr Koller es niemals auch nur in Erwägung ziehen würde, damit zu Fuß in Kassel unterwegs zu sein.«

»Das klingt ja gerade so, als würde der Fortbestand der Menschheit von dem abhängen, was in diesem Gutachten zu lesen ist.«

»Denken Sie sich einfach, dass es genauso ist. Und falls Sie weiterhin versuchen sollten, uns in dieser impertinenten Weise an der Nase herumzuführen, so kündige ich Ihnen und Ihrem Kollegen hiermit schon einmal an, dass wir jegliche denkbare juristische Möglichkeit nutzen werden, um die Herausgabe der Papiere zu erreichen. Und seien Sie versichert, dass wir auch nicht davor zurückschrecken werden, Ihnen persönlich die größten Schwierigkeiten zu machen. Sie werden sehen, wie schnell man in die Defensive geraten kann, wenn man sich mit einem Unternehmen mit der Durchsetzungskraft von Agroquest anzulegen versucht.«

»Das klingt jetzt in meinen Ohren schon verdammt nach dem Versuch einer Nötigung«, stellte Hain mit deutlich hörbar ironischem Unterton fest. »Aber wir sehen das nicht so eng, die Herren. Wir sind ja lediglich zwei Land-eier aus der Provinz, die es auf irgendwelchen krummen Pfaden zur Kripo geschafft haben und froh sein dürfen, von solch anerkannten Koryphäen der Jurisprudenz wie Ihnen beiden informiert zu werden.«

»Ich hätte es nicht besser sagen können, Thilo, alle Achtung«, bemerkte Lenz grinsend, um sich dann wieder ihrem Besuch zuzuwenden. »Wenn das alles ist, wobei wir Sie unterstützen hätten können, sollten Sie jetzt möglichst ebenso rasch wie lautlos den geordneten Rückzug antre-ten.« Er sah die beiden mit einem wirklich bösen Funkeln in den Augen an. »Oder besser: V,erschwinden Sie einfach. Wenn Sie wegen der weiteren juristischen Schritte etwas unternehmen wollen, so finden Sie sowohl das Amtsge-richt als auch das Landgericht in der Frankfurter Straße. Und jetzt raus aus unserem Büro.«

Die beiden Juristen bedachten zuerst den Polizisten und dann sich gegenseitig mit völlig verstörten Blicken.

»Das wird ein Nachspiel haben«, zischte Dr. Klein. »Das wird auf jeden Fall ein Nachspiel haben. Sie wissen gar nicht, mit wem Sie sich hier anlegen.«

»Raus!«, brüllte Lenz, sprang auf und riss die Tür auf. Sekunden später waren die beiden verschwunden.

»Wow, für so was braucht man Eier in der Größe von Wassermelonen«, zeigte Hain sich sichtlich beeindruckt, nachdem die Tür wieder ins Schloss gefallen war.

»Oder man weiß, dass man die besseren Karten hat«, entgegnete Lenz. »Die wissen gar nichts und stochern lediglich ein wenig im Nebel herum. Wir im Gegensatz dazu wissen jetzt endgültig und definitiv, dass dieses Gut-achten für Agroquest zu einem echten Waterloo werden kann, sonst würden sie nicht solche Geschütze auffahren.«

»Dein Wort in Gottes Ohr.«

»Verlass dich drauf, diese Kasper werden genauso schnell aus Kassel abhauen, wie sie gekommen sind. Und wenn nicht, können wir immer noch sehen, wie wir damit umgehen. Ich denke, das Gutachten ist bei uns im Safe gut aufgehoben, und daran sollten wir auch nichts ändern.« Lenz setzte sich, legte die Beine auf dem Schreibtisch ab und griff zum Telefonhörer. Nach dem zweiten Klingeln nahm Roman Sander von der Kriminaltechnik den Anruf entgegen.

»Ich habe mir schon gedacht, dass du dich heute bei mir melden wirst«, begann er kleinlaut.

»Und, was dachtest du, wäre ein guter Einstieg? Dass du das Kennzeichen des Ducato lesbar machen konntest?«

»Vergesst es. Ich habe wirklich alles probiert, was möglich war, aber es hat einfach nicht geklappt. Wie es aussieht, haben wir zwar mittlerweile die ganze Karre als Grillgut bei uns hier stehen, aber das bringt euch auch nicht weiter, weil der oder die bösen Buben sowohl die Fahrgestellnummer als auch alle anderen Hinweise entfernt haben, die uns hätten weiterhelfen können. Ziemlich professionell entfernt übrigens, da sind wir uns hier alle einig.«

»Ein Kraftfahrzeugmechaniker?«

»Vielleicht. Zumindest wusste er ganz genau, was und wo es etwas zu entfernen galt und wonach wir an der verbrannten Karre suchen würden.«

»Nach Fingerabdrücken brauche ich dann vermutlich gar nicht erst zu fragen?«

»Genau.«

Lenz bedankte sich, legte auf und atmete ein paar Mal tief durch. »Verdammter Mist«, murmelte er, hob den Kopf und sah seinen Kollegen mit traurigen Augen an. »Die Sache mit dem Ducato scheint sich komplett erledigt zu haben.«

»Dann lass uns doch mal rausfahren zu der Stelle, wo das Ding abgebrannt ist. Vielleicht finden wir …«

Das Telefon auf dem Schreibtisch unterbrach ihn.

»Ja, Hain.«

»Hallo, Herr Hain, hier ist Weller von der Pforte. Wir haben hier jemanden, der sich gern mit Ihnen unterhalten würde. Es ist eine Frau aus Berlin, ihr Name ist …«

Im Hintergrund wurde geflüstert.

»Cindy Dubilzig. Sie sagt, sie sei die Freundin von diesem Entführungsopfer.«

Es entstand eine kurze Pause.

»Und sie sieht«, fügte der Kollege im Flüsterton hinzu, »offen gestanden ziemlich mitgenommen aus, was sie damit erklärte, dass man gerade versucht habe, sie umzubringen.«

»Wow, das klingt ja richtig spannend. Ich bin in einer Minute unten und hole sie ab.« Sprach es, sprang auf und ließ den völlig perplexen Lenz mit einem schnellen »bin gleich mit einer vielleicht wichtigen Zeugin wieder da« zurück.

Eine Minute darauf wurde die Tür wieder geöffnet und der Oberkommissar schob die völlig derangierte Cindy Dubilzig ins Zimmer.

Wow, dachte Lenz, *was haben wir denn da für ein Schnittchen?*

Das *Schnittchen* bekam zuerst einen Platz angeboten, dann ein Mineralwasser eingeschenkt und schließlich vier offene Ohren der Polizisten angeboten. Und die Geschichte, die sie zu erzählen hatte, beeindruckte die beiden Beamten ebenso nachdrücklich wie die Utensilien ihrer Entführerin. Doch bevor sie sich damit befassten, klärte Lenz im Gegenzug Cindy Dubilzig über die genauen Umstände von Sebastian Kollers Verschwinden auf.

»Aber wer sollte denn einen so netten Mann wie den Sebastian entführen?«, zeigte sie sich völlig fassungslos. »Das will mir überhaupt nicht in den Kopf.«

»Wir arbeiten daran, das herauszufinden, Frau Dubilzig. Im Moment gibt es allerdings weder einen heißen Tipp, wer ihn entführt haben könnte, noch eine Lösegeldforderung oder etwas Ähnliches.«

»Und wenn das vielleicht doch alles nur ein mordsmäßiges Missverständnis ist? Könnte doch immerhin sein, oder?«

»Wenn es so ist, werden Sie es schnellstmöglich erfahren.«

»Das war alles in der Tasche der Frau?«, versuchte Hain wieder den Fokus in Richtung der Dinge zu schieben, die auf dem Tisch lagen.

»Ja, alles. Und mit der Pistole wollte sie mich erschießen, nachdem ich so plötzlich wieder aufgewacht war.«

»Und Sie haben nach dieser Tortur«, hakte Lenz nach, »also nachdem Ihnen die Flucht gelungen war, das erstbeste Auto gestoppt und sich hierherfahren lassen?«

»Ja. Das war ein echt netter junger Mann, der wohl richtig Mitleid mit mir gehabt hat, nachdem er mich etwas genauer angeschaut hatte.«

»Und Sie sind sich sicher, dass Sie die Frau mit dem Golf noch nie zuvor gesehen hatten?«

»Ganz sicher. Aber glauben Sie mir, das ist eine ganz Ausgeschlafene. Wie die mich zuerst eingewickelt und danach abgekocht hat, das war richtig großes Kino.«

Der Hauptkommissar sah die Frau auf der anderen Schreibtischseite skeptisch an. »Meinen Sie, Sie finden mit uns zusammen die Stelle, wohin die Frau Sie verschleppt hat?«

Cindy Dubilzig zog triumphierend ihr Mobiltelefon aus der Hosentasche, drückte ein paar Mal auf dem Display herum und hielt es hoch.

»Klar. Ich habe nämlich direkt, als ich wieder an der asphaltierten Straße war, die Koordinaten gespeichert.«

Hain sprang auf, nahm ihr das Gerät aus der Hand und griff nach dem Telefonhörer. Ein paar Sekunden später waren mehrere Streifenwagen auf dem Weg zu der angegebenen Stelle im Habichtswald. Danach gab er eine Fahndung nach der Frau in Auftrag, die sich Cindy Dubilzig gegenüber Hildegard Solms genannt hatte, und schickte gleichzeitig zwei Wagen zum Stapleton Kassel, falls die Gesuchte dort auftauchen sollte.

»Den Rest können wir eigentlich im Wagen besprechen«, meinte Lenz zu ihr.

»Gern. Aber nur, wenn Sie mir diese Verrückte vom Leib halten, falls sie noch da sein sollte.«

»Das machen wir, versprochen.«

Als die drei an dem Punkt ankamen, den Cindy Dubilzig in ihrer Navigationsapp markiert hatte, standen dort bereits knapp ein Dutzend Fahrzeuge – vier Feuerwehren der benachbarten Orte, der Rest Streifenwagen und ein Notarztwagen. Lenz sprach einen der Uniformierten an, die das Gelände weiträumig absicherten.

»Was gibt's da hinten? War die Frau noch am Fahrzeug, nach der wir fahndeten?«

»Soweit ich weiß nein«, antwortete er. »Aber fragen Sie besser die Kollegen da hinten, nicht dass ich Ihnen etwas Falsches erzähle.«

»Gut, danke.«

Hain und Cindy Dubilzig, die etwas Abseits gewartet hatten, sahen ihn erwartungsvoll an, doch der Leiter der Mordkommission zuckte nur mit den Schultern.

»Er weiß nicht genau, ob sie noch da war. Er glaubt es aber nicht.«

»Dann los«, brummte Hain.

Von Mona Brassel war tatsächlich an dem völlig ausgebrannten noch immer leise knackenden und komplett mit Löschschaum bedeckten Golf nichts zu sehen.

»Da«, deutete Cindy auf einen bunten Strick am Boden, »liegt das Abschleppseil, mit dem ich sie gefesselt hatte. Das hat sie schneller lösen können, als ich gedacht habe.«

Die beiden Polizisten sahen sich um, traten auf das Wrack zu und sahen hinein. Doch bis auf die wie Mahnmale hochstehenden Federn der Sitze und der Rückbank gab es im Innenraum nicht mehr viel zu bewundern.

»Irgendwelche verwertbaren Spuren?«, wollte Hain von einem der Uniformierten wissen, der sofort einen kleinen Klarsichtbeutel hochhielt, in dem sich etwas blutbeschmiertes, ansonsten jedoch schwer zu identifizierendes befand.

»Den hier haben wir auf dem Boden vor der Beifahrertür gefunden. Ein Schneidezahn, wie es aussieht.«

Sowohl Lenz als auch Hain drehten sich um und warfen Cindy Dubilzig einen anerkennenden Blick zu.

»Ich sag doch, dass ich mich wehre, wenn mir jemand ans Leder will. Und der hat das Wehren mal so richtig wehgetan, glaube ich.«

»Das glaube ich auch«, stimmte der Oberkommissar ihr mit einem weiteren Blick auf den ausgeschlagenen Zahn zu.

»Auf jeden Fall haben wir damit ihre DNA«, stellte Lenz zufrieden fest. »Und damit hauen wir auch gleich wieder ab, weil es für uns hier nichts mehr zu tun gibt. Kommen Sie, Frau Dubilzig, wir müssen noch ein paar Sachen miteinander klären.«

»Vorher würde ich total gern meine Klamotten wechseln. Mein Koffer ist ja noch in meinem Auto.«

»Was, wenn ich Sie richtig verstanden habe, am Stapleton-Hotel steht. Und weil wir da sowieso hinmüssen, können wir gleich zwei Fliegen mit einer Klappe schlagen.«

»Das wäre toll«, meinte sie und ihrer Stimme war nun eine deutliche Müdigkeit anzumerken.

»Sie sind also nach Kassel gekommen, um nach ihrem Freund Sebastian Koller zu suchen«, fasste Lenz auf der Rückfahrt nach Kassel noch einmal zusammen, was Cindy Dubilzig ihnen im Präsidium und auf der Fahrt in den Wald erzählt hatte. »Den haben Sie zwar nicht gefunden, aber dafür diese Hildegard Solms oder auch Mona Brassel kennengelernt.«

»Ja. Und es tut mir wirklich leid, dass ich ihre Tasche mit dem Ausweis und dem Führerschein einfach wieder in den Golf geworfen habe. Wenn ich gewusst hätte, was da noch alles rauskommt, hätte ich sie besser mitgenommen.«

»Da machen Sie sich mal keine Gedanken. Wir sind froh, dass Sie überhaupt zu uns gekommen sind mit dem, was Sie wissen.«

»Viele andere Möglichkeiten hätt ick ja wohl kaum jehabt, wa?«, berlinerte die Frau belustigt. Offenbar hatte sie einen unerschütterlichen Humor.

»Und Sie sind davon überzeugt, dass diese Frau … wir nennen sie jetzt der Einfachheit halber Mona Brassel, so wie es in ihren Papieren stand, das alles mit Ihnen veranstaltet hat, um an die Papiere zu kommen, die bei Ihnen zu Hause liegen?«

»Das hat sie zumindest genauso gesagt, als sie da gefesselt und mit unvollständiger Kauleiste auf dem Boden lag.«

»Was mich an Ihrer Schilderung noch nicht so hundertprozentig überzeugt«, meldete Hain sich von der Fahrerseite, »ist die Tatsache, dass Sie nicht gleich im Wald die Polizei verständigt haben. Dann wäre die Frau uns garantiert nicht durch die Lappen gegangen.«

Es entstand eine kurze Pause.

»Da gab es keinen Empfang«, murmelte Cindy.

»Wie bitte?«, hakte Lenz nach. »Ich habe Sie nicht verstanden.«

»Da gibt es keinen Empfang, deshalb habe ich Sie nicht angerufen.« Sie atmete ein paarmal schwer ein und aus. »Ach was, das stimmt nicht; ich habe es gar nicht versucht, das ist die Wahrheit. Ich habe es nicht versucht, weil ich aus dem Kram von Sebastian, den ich zu Hause habe, Kapital schlagen wollte. Ich wollte versuchen, das Zeug an seine Firma oder so zu verkaufen.«

Lenz drehte sich um und sah sie schweigend an.

»Ja, stimmt, Sie können jetzt gern denken, dass ich eine geldgeile dumme Kuh bin, aber wenn Sie da herkommen würden, wo ich herkomme, würden Sie mir diesen Gedanken, den ich da hatte, vielleicht nicht mal krummnehmen.«

»Ich nehme Ihnen diesen Gedanken nicht mal halb so

krumm, wie Sie jetzt bestimmt vermuten«, ließ Lenz die erstaunte Frau wissen.

»Und wie komme ich zu dieser unerwarteten Absolution?«

»Sie haben es sich ja offensichtlich anders überlegt und in der Folge schnurstracks zu uns aufs Präsidium fahren lassen. Also zählt die Tat und nicht der Gedanke.«

»Sie sind aber ein netter Kerl. Die Polizisten in Berlin würden das bestimmt ganz anders sehen.«

»Die hat das auch nicht zu interessieren.« Er lächelte sie an. »Und wie lang ging das mit Ihnen und Sebastian Koller?«

»Anderthalb Jahre.«

»Und seine Frau wusste nichts davon?«

»Nee, warum auch. Das geht die doch nicht die Bohne an. War nur was zwischen ihm und mir.«

So einfach kann das Betrügen also immer noch sein, dachte Lenz ein wenig belustigt und in Erinnerung an seine Anfangszeit mit Maria, die damals noch die Frau des Kasseler Oberbürgermeisters war.

»Wir haben Erkenntnisse, nach denen Herr Koller einen, sagen wir mal, Hang zu einem gewissen Risiko hat. Wissen Sie was darüber?«

»Hang zum Risiko? Was meinen Sie damit?«

»Er soll ein Spieler sein.«

»Wer spielt heute nicht mal eine Runde Poker oder so was? Ich glaube nicht, dass das bei Sebbi, also Herrn Koller, schlimmer ist als bei anderen Leuten. Klar wettet er gern mal auf ein Fußballspiel oder einen Boxkampf oder so was, aber das habe ja sogar ich schon mal gemacht. Also, wo ist die Grenze, dass einer nun ein Spieler ist oder nicht?«

»Hat er auch gewettet und anderswie gespielt, wenn er bei Ihnen in Berlin war?«

»Ja, das habe ich doch gesagt.«

»Aber von Schulden oder vielleicht Krediten bei merkwürdigen Leuten wissen Sie nichts?«

»Sie meinen Kredithaie oder so was? Nee, da weiß ich wirklich nichts drüber. Aber der Sebastian verdient doch echt gut, da kann ich mir wirklich nicht vorstellen, dass er so was nötig hat.«

»Die meisten Spieler kommen irgendwann mit dem Geld, das ihnen zur Verfügung steht, nicht mehr aus. Vielleicht ist das ja auch bei Herrn Koller so?«

»Das wüsste ich. Wir haben wirklich viel Zeit miteinander verbracht und er war immer großzügig. Also wenn wir essen waren oder so. Und außerdem hat er mir ganz oft schöne Sachen gekauft oder mitgebracht, und das hätte er doch nicht, wenn er Kohlesorgen hat, oder?«

Sie hatten den Parkplatz des Hotels erreicht. Hain fand einen freien Stellplatz in der Nähe von Cindys Auto.

»Wie geht es denn jetzt eigentlich weiter mit mir?«, fragte die Frau ein wenig verlegen. »Ich weiß ja gar nicht, ob diese Verrückte nicht immer noch hinter mir her ist.«

»Darüber habe ich auch schon nachgedacht«, antwortete Lenz. »Wenn es Ihnen nichts ausmacht, können Sie gern unter der Obhut der Polizei eine oder auch zwei oder drei Nächte hier im Hotel verbringen. Natürlich auf Kosten der Hessischen Landesregierung. Sie sind eine wichtige und obendrein noch gefährdete Zeugin, da können wir das selbstverständlich genehmigen.«

»Sie meinen, ich kann hier wohnen und Sie setzen mir einen oder zwei Polizisten vor die Tür, damit mir nichts passiert?«

»Genau so meine ich das.«

»Angenommen«, strahlte die Frau und fiel dem Kommissar um den Hals. »Und vielen Dank. Ich habe natürlich so nebenbei auch die Hoffnung, dass Sebastian in dieser Zeit wieder auftaucht.«

»Hmm«, machte Lenz skeptisch.

21

»Es gibt also schon seit Jahren Hinweise darauf, dass Glyphosat mit den Krebsfällen in Argentinien und den Vereinigten Staaten und auch denen in Europa in Zusammenhang steht?«, wollte die blecherne Stimme leise und tonal sehr entgegenkommend wissen.

Sebastian Koller überlegte fieberhaft. Wenn er jetzt zu viel preisgab, könnte ihn das den Job kosten. Andererseits war er sich nicht einmal sicher, jemals wieder irgendeinen Job ausüben zu können. Allerdings war sein berufliches Leben in den vergangenen Jahren so sehr von Lügen, Verschweigen und Verharmlosen geprägt gewesen, dass es ihm schwer möglich war, aus diesem Regelkreis auszubrechen. Auf der anderen Seite hatte der Idiot, der ihn gefangen hielt, den Shea-Bericht und dagegen ließ sich leider sehr wenig einwenden.

Obwohl, über Krebs direkt steht da ja eigentlich gar nichts drin. Oder?

Der Vertriebsleiter war sich nicht einmal mehr sicher, ob in dem Gutachten davon die Rede ist.

»Sie haben mich doch gehört, oder?«, hakte die Stimme nach.

»Ja, natürlich. Ich musste nur einen Moment überlegen.«

»Überlegen? Das klingt in meinen Ohren wie lügen. Oder sich etwas aus den Fingern saugen.«

Noch bevor Koller etwas erwidern konnte, durchzuckte ihn wieder die von der Mitte seines Körpers ausgehende Schmerzwelle. Er wand sich, zitterte, verschluckte fast seine Zunge und blieb auch noch verkrampft, nachdem der Auslöser längst beendet war.

»Warum machen Sie das mit mir?«, schluchzte er, nachdem er wieder Luft bekommen hatte.

»Weil Sie bei mir in dem Verdacht stehen, nicht ehrlich zu mir zu sein.«

»Aber ich bin ehrlich, ich schwöre es Ihnen.«

»Gut. Dann antworten Sie jetzt bitte auf meine Frage. Oder nein, warten Sie, ich möchte Ihnen etwas zeigen.«

Das Licht in der Zelle flammte auf und Koller presste sofort die Augenlider zusammen. Es war, als hätte ein Blitz in seinem Kopf eingeschlagen.

»Gewöhnen Sie sich bitte an die Helligkeit und öffnen Sie im Anschluss die Augen.«

Es dauerte fast 15 Sekunden, bis Sebastian Koller der Aufforderung seines Peinigers nachkommen konnte. Dann hob er langsam die Lider und sah sich in dem Kerker um.

Hier sieht alles so aus wie vorher auch, dachte er aufgewühlt.

»Es geht nicht um die Nebensächlichkeiten im Raum«, erklärte die Stimme ihm. »Sehen Sie bitte an sich herunter.«

Koller ließ den Kopf sinken und betrachtete seinen nackten Körper. Mit vor Entsetzen geweiteten Augen starrte er die beiden stabilen, rot und blau schimmernden Kabel an, die an seinem Penis befestigt waren.

»Oh mein Gott.«

»Der wird Ihnen leider nicht helfen können; das kann nur ich. Und wenn Sie sich nicht wesentlich kooperativer zeigen als bisher, werde ich die Stromstärke deutlich erhöhen. Kennen Sie sich ein wenig aus in der Physik?«

»Ja«, stöhnte der Agroquest-Mann. »Ja, ich kenne mich in der Physik aus. Aber ich werde vollumfänglich mit Ihnen kooperieren und Ihnen alles sagen, was Sie wissen wollen. Nur bitte schalten Sie den Strom nicht mehr ein.«

Das Licht wurde ausgeschaltet.

»Schön. Sie können sich noch an meine Frage erinnern?«

»Ja.«

»Wie ist Ihre Antwort?«

Sebastian Koller wusste, dass er verloren hatte. Er war sich vollkommen im Klaren darüber, dass sein Widerstand gebrochen worden war. Er konnte weiterhin lügen und sich dumm stellen, doch sein Entführer würde mithilfe des Shea-Gutachtens nahezu jede seiner Lügen enttarnen. Und dieser Verrückte würde daraufhin mit der Elektrofolter fortfahren.

»Ja«, gab er eilig zu. »Jeder Anbieter von glyphosathaltigen Produkten weiß, dass es diese Krebsfälle gibt. Und jeder Anbieter weiß auch ziemlich genau, dass diese Fälle auf den Einsatz dieser Spritzmittel zurückzuführen sind.«

»Wie geht das Unternehmen, für das Sie arbeiten, mit diesem Wissen um?«

»Es leugnet, damit auch nur im Entferntesten etwas zu tun zu haben.«

»In der sicheren Gewissheit, dafür verantwortlich zu sein.«

»In der sicheren Gewissheit, ja.«

»Können Sie mir die Gründe dafür nennen?«

Koller schluckte. »Ein Eingeständnis würde das gesamte Geschäftsmodell zum Einsturz bringen, denke ich.«

»Das heißt, dass Unternehmen wie Agroquest ihr Geld unter anderem damit verdienen, die Menschen auf diesem Planeten krankzumachen oder im Zweifel gar zu töten?«

Ich wusste es! Du bist einer von diesen verdammten Ökoaktivisten, die nichts Besseres zu tun haben, als den ganzen Tag die Welt retten zu wollen.

»Das könnte es heißen, ja.«

»Und Sie haben keine Skrupel, für ein solches Unternehmen zu arbeiten? Mit solchen Methoden Ihr Geld zu verdienen?«

Wieder musste der Vertriebsmann schlucken. »Ab und zu schon, natürlich. Aber wir werden darin geschult, solchen Zweifeln keinen Platz in unseren Gedanken einzuräumen.«

»Interessant.«

Koller hatte brutale Angst davor, dass erneut Strom durch seinen Penis gleitet werden würde. Er hätte in diesem Moment seine Frau und seine Kinder verraten.

Ach was. Rita würde ich für deutlich weniger im Stich lassen.

»Wenn man an einer Tankstelle arbeitet oder sie betreibt, dann weiß man auch, dass der Kunde am nächsten Baum oder in der nächsten Leitplanke enden kann; mit dem Benzin, das er ein paar Minuten zuvor gekauft hat. Oder wenn man Cola verkauft. Jeder weiß, dass der Zucker darin Gift für den Menschen ist, aber es wird trotzdem immer Leute geben, die zuckerhaltige Limonaden verkaufen. Die daran verdienen, dass andere ihrer Gesundheit schaden.«

»Oh, ich sehe da schon einen gewissen Unterschied. Viele der Menschen, die wegen Glyphosat an Krebs sterben, haben in ihrem Leben nichts mit der Landwirtschaft zu tun gehabt oder ein Glyphosatmittel gekauft.«

»Da gebe ich Ihnen recht, das ist ein Unterschied. Aber ich bitte Sie gleichfalls zu bedenken, dass durch den Einsatz von Glyphosat auch viele Menschenleben gerettet werden oder die Menschen überhaupt erst in die Lage versetzt werden, sich ernähren zu können. Ernten fallen deutlich größer aus, wenn man den Boden vor dem Bepflanzen unkrautfrei gemacht hat. Der Ertrag pro Hektar steigt, unter anderem auch deshalb, weil man durch den Einsatz zum Beispiel von Squeeze, unserem Glyphosatprodukt bei Agroquest, wesentlich weniger pflügen muss und dadurch Kraftstoff einspart.«

»Ihre Worte klingen wie ein einstudierter Vortrag auf einer Ihrer Regionalkonferenzen.«

Er ist einer von uns gewesen! Garantiert. Sonst würde er nicht so reden. Ein in der Wolle gefärbter Cropmann.

»Das mag sein. Aber ich bitte Sie, mir das zu verzeihen.«

»Gern. Solang Sie nur ehrlich bleiben.«

»Ich habe es Ihnen versprochen.«

»Gut. Wollen wir sehen, ob Sie das auch im Fall der beiden Mädchen aus Kassel sind, die an Krebs gestorben sind, nachdem sie sich beim Spielen auf dem elterlichen Hof mit Squeeze kontaminiert hatten.«

Sebastian Koller hätte es gern anders gehabt, aber er konnte das unwillkürliche Schlucken nicht verhindern.

Wenn das Mikrofon, das der Mann mit der Blechstimme verwendete, gut genug war, würde auch dieses Geräusch nach draußen übertragen werden. Und Schlucken, das hatte er in vielen Seminaren gelernt, bedeutete nichts Gutes.

»Ich weiß nur von einem Mädchen. An das andere kann ich mich leider nicht erinnern«, schob er deshalb schnell nach. »Eine Tochter der Familie ist verstorben, die andere nicht, soweit ich weiß.«

»Das war bis gestern richtig. Heute gilt das leider nicht mehr.«

Koller brauchte einen Moment, um die Brisanz der Worte zu verstehen.

»Das … das tut mir wirklich aufrichtig leid.«

»Aber Sie haben es damals nicht einmal für nötig befunden, der Familie zu kondolieren«, kam es aus dem Lautsprecher.

»Wir haben diesen Fall ausführlich in unserem Haus … also bei Agroquest diskutiert, das müssen Sie mir glauben«, erklärte Koller beflissen. »Aber wir hatten doch keine Handhabe. Ich meine, was hätten wir tun sollen?«

»Wenigstens den Leuten sagen, dass es Ihnen leidtut, was mit ihrem Kind passiert ist.«

»Das wäre garantiert falsch verstanden worden.«

»Wie meinen Sie das, *falsch verstanden*?«

»Es hätte so aussehen können, als würden wir eine Schuld eingestehen.«

»Sind Sie denn der Meinung, dass Agroquest in diesem Fall frei von jeder Schuld ist?«

Koller schluckte erneut. Und diesmal hatte er nicht den geringsten Zweifel, dass das Geräusch nach draußen übertragen wurde.

»Aber darauf kommt es doch gar nicht an«, beschwor er seinen Peiniger. »Ich bin in diesem Unternehmen doch nur ein ganz kleines Licht. Wir bekommen unsere Anweisungen von der amerikanischen ...« Er zuckte wie ein Klappmesser zusammen und schrie dabei laut und klagend auf. »Aaaahhhh. Bitte. Aahhhh. Aufhören!«

Nachdem der Strom abgeschaltet wurde, bemerkte Koller, dass ihm erneut Urin am Bein herunterlief.

»Was habe ich denn jetzt Falsches gesagt?«, schrie er fast trotzig. »Und wenn Sie mich noch den ganzen Tag traktieren, ich bin wirklich nur ein kleines Licht bei Agroquest. Ein kleines Licht, das nicht die Bohne zu entscheiden hat.«

Wieder entstand eine Pause.

»Was wäre passiert, wenn Sie darum gebeten hätten, der Familie eine Entschädigung zu zahlen? Oder zumindest ein Kondolenzschreiben zu schicken?«

»So verstehen Sie doch. So etwas ist bei uns nicht vorgesehen.«

»Was hätten Sie gemacht, wenn Ihre Kinder betroffen gewesen wären?«

»Darüber habe ich mir nie Gedanken gemacht. Vielleicht hätte ich das machen sollen, ja, aber ich habe es nicht getan. Ich habe meinen Job gemacht und nicht nachgedacht.«

»Wie der Tankwart oder der Colaverkäufer.«

»So in etwa, ja.«

Ein Rascheln drang aus dem Lautsprecher.

Das Shea-Gutachten! Er blättert in den Papieren.

»Was sagen Sie zu dem Vorwurf, Agroquest würde Wissenschaftler schmieren. Oder Gutachter und Gutachten kaufen?«

Ich wusste es. Ich wusste es und bin völlig geliefert.

»Das ist wohl vorgekommen, ja. Aber immer gesteuert … also meistens aus Amerika gesteuert.«

»Die deutsche Niederlassung hat da nie mitgemacht?«

»Soweit ich weiß, doch.«

»Und wie genau funktioniert das?«

Koller befürchtete, jeden Moment dem nächsten Stromschlag ausgesetzt zu werden. Seine Hände zitterten und sein Mund war so trocken wie die Sahelzone.

»Wir versuchen, kritische Wissenschaftler mundtot zu machen, und bezahlen den anderen, die uns gewogenen, Studien.«

»Wie macht man Wissenschaftler mundtot?«

»Nun ja. Wenn eine Studie auf den Markt kommt, die eines unserer Produkte kritisch sieht, dann werden von uns beauftragte Wissenschaftler aktiv. Es werden die Daten der betreffenden Studie in Zweifel gezogen, die Methodik oder die zu Grunde liegenden Standards infrage gestellt. Bei Tierversuchen ist es die Regel, dass wir darauf hinweisen, dass die Ergebnisse nicht auf Menschen übertragbar sind, und verweisen außerdem auf die vielen anderen Erhebungen, die zu ganz anderen Ergebnissen gekommen sind. Dann gibt es noch die Möglichkeit, die Menschen als solche zu diskreditieren, sie also persönlich anzugreifen. Alkohol, Drogen, Frauengeschichten, Homosexualität, vielleicht irgendwann in ihrem Leben einmal unsauberes Zitieren in einer Abschlussarbeit oder der Dissertation. Nach so etwas suchen wir in diesem Fall. Und wenn das alles nicht hilft, klagen wir eben.«

»Und vor Klagen Ihres Unternehmens oder gar Ihrer Branche fürchtet sich die Welt, wenn ich Sie richtig verstehe.«

»Das könnte man so sehen, ja.«

»Und die Familie Kramer auch, die Ihnen den Brief geschrieben hat?«

Koller hätte sich dafür ohrfeigen können, diesen verdammten Brief nur oberflächlich überflogen zu haben.

»Ja, vermutlich auch diese Familie.«

»Was würden Sie ihnen sagen, heute, am Tag nach dem Tod der zweiten Tochter, wenn Sie mit ihnen sprechen könnten?«

»Dass es mir wirklich leidtut, was ihnen zugestoßen ist. Und dass ich mich dafür einsetzen werde, dass ihnen Gerechtigkeit widerfährt.«

»Ein schöner Satz. Den haben Sie bestimmt nicht auf einem Ihrer Verkaufsseminare gelernt. Oder einem Kommunikationsseminar.«

»Nein. Den sagt ein Familienvater, der Empathie und Mitleid für eine andere, schwer belastete Familie empfindet.«

Den Stromschlag, der Sebastian Koller direkt nach dieser Aussage traf, war deutlich stärker als alle zuvor und hatte eine verheerende Wirkung auf den Agroquest-Mitarbeiter. Er verkrampfte und versteifte sich so sehr, dass er befürchtete, seine Wirbelsäule würde der Belastung nicht standhalten. Dann schüttelte er sich, wand sich und fiel schließlich mitsamt seinem Stuhl auf die linke Seite. Beim stumpfen, ungedämpften Aufprall auf dem Boden wurde sein Schlüsselbein so unglücklich zerschmettert, dass das dem Hals zugewandte Knochenstück das Fleisch und die Haut durchdrang und etwa vier Zentimeter davon die Haut durchstieß. Kollers Schrei wurde noch einmal kurz lauter, bevor eine wohltuende Bewusstlosigkeit sowohl seinen geschundenen Körper wie auch seinen erniedrigten und gepeinigten Geist erlöste.

22

Mona Brassel hatte etwa drei Minuten benötigt, um sich ihrer Fesseln zu entledigen. Der Versuch, ihre Handtasche aus dem lichterloh brennenden Golf zu retten, war schon im Ansatz zum Scheitern verurteilt, wie sie wütend erkennen musste. Mit brutal schmerzenden Kiefern war sie Richtung Landstraße gelaufen, hatte den ersten Wagen gestoppt, der vorbeikam, und die am Steuer sitzende, völlig bestürzt dreinschauende Rentnerin gebeten, sie ins nächste Krankenhaus zu fahren. Im ersten Waldstück hinter dem Gut Escheberg fragte sie die Frau, ob sie kurz anhalten könne, weil sie sich übergeben müsse. Nachdem sie ausgestiegen und würgend am Straßenrand stand, dauerte es keine fünf Sekunden, bis die arglose Rentnerin zu ihr kam. Mona Brassel schlug ihr die Faust in den Magen, trat der sich auf dem Boden Krümmenden zweimal gegen den Kopf und zog sie anschließend neben den Wagen, einen fast neuen Opel Insignia Sports Tourer. Mit zitternden Fingern öffnete sie den Kofferraum, warf die darin stehende Mineralwasserkiste in den Straßengraben und ging zurück zu der stöhnenden Frau.

Mit einer kräftigen Bewegung griff sie ihr unter die Achseln, zog sie nach hinten und bugsierte die völlig apathische und komplett verängstigte Eigentümerin des Rüsselsheimer Autos in den Kofferraum.

»Wenn Sie auch nur einen einzigen Mucks machen, werde ich Sie mit meinen eigenen Händen erwürgen«, zischte die Frau aus Düsseldorf. »Haben Sie das verstanden?«

Außer einem leisen Schluchzen kam keine Reaktion.

»Ich deute das, in Ihrem eigenen Interesse, besser mal als Zustimmung. Und jetzt Ruhe hier drinnen.« Damit warf sie die Kofferraumklappe zu, setzte sich ans Steuer, legte den ersten Gang ein und fuhr mit durchdrehenden Reifen davon. Die gesamte Aktion an der einsamen und kaum befahrenen Straße hatte keine Minute gedauert.

Nun war Mona Brassel auf dem Weg nach Kassel. In der Handtasche ihres Opfers, die sie auf dem Rücksitz gefunden hatte, befand sich ein Mobiltelefon und etwas Bargeld. Zwar nur 180 Euro, aber besser als nichts.

Ich muss nachdenken, schoss es ihr durch den Kopf. *Ich muss verdammt noch mal nachdenken! Und ich muss möglichst schnell zu einem Zahnarzt.*

Sie zwang sich, ruhig zu bleiben, was ihr außerordentlich schwerfiel. Eine Situation wie diese hatte sie in ihrem gesamten bisherigen beruflichen Werdegang nicht erlebt. Noch nicht erleben müssen. Zum Hotel konnte sie auf keinen Fall zurück. Vermutlich hatte ihr diese kleine Berliner Schlampe schon längst die Polizei auf die Fersen gehetzt. Und selbst wenn nicht, sie konnte sich dort in ihrem derzeitigen Zustand unmöglich sehen lassen. Wieder fiel ihr Blick in den Rückspiegel. Vorsichtig öffnete Mona Brassel die Lippen und betrachtete ein weiteres Mal die gähnende Leere, die sich dort ausgebreitet hatte. Verkrustetes Blut zierte ihren Mund und reichte ihr auf der einen Seite bis zum Ohr. Ihre Haare standen wirr in alle Richtungen ab, ihre Brust brannte bestialisch von dem Benzin, das Cindy Dubilzig über ihr verteilt hatte, und außerdem stank sie abartig danach.

Votze, verdammte!

Wer hätte auch ahnen können, dass diese komische,

harmlose und hirnlose Blondine sich als ebenso brutale wie austrainierte Kung-Fu-Athletin herausstellen würde? Mona sicher nicht, sonst hätte sie sich nicht so von dieser Tussi vorführen lassen.

Bei Licht betrachtet, lag nach dieser völlig in die Hose gegangenen Aktion ihr gesamtes Leben im Mülleimer. Ein Fiasko wie dieses würde sich in Windeseile in einer so auf Erfolg aufgebauten Branche wie ihrer herumsprechen. Und wenn die Polizei mit Cindy Dubilzig als Zeugin zwei und zwei zusammenzählte, die Überwachungskameras im Hotel auswertete und vielleicht noch ein paar alte Akten sichtete, könnte die Luft für sie recht schnell dünn werden. Und auf ein Lebensende im Gefängnis hatte sie absolut keine Lust.

So schnell wie möglich zurück nach Düsseldorf?

Das war leichter gesagt als getan. Immerhin hatte sie eine ältere Frau im Kofferraum liegen, die sie unmöglich dorthin mitnehmen konnte. Und die völlig Unbeteiligte einfach so umbringen, widerstrebte ihr. Noch, zumindest. Außerdem gab es da das nicht zu unterschätzende Problem, dass sicher jemand die Frau innerhalb der nächsten Zeit vermissen würde. Und die fragliche Zeitspanne konnte entweder etwas länger oder auch sehr kurz sein.

Verdammt.

Noch fuhr Mona Brassel auf die Stadtgrenze von Kassel zu, doch in Wirklichkeit hatte sie nicht die geringste Ahnung, was sie in der Fuldastadt eigentlich sollte. Und mit jeder verstrichenen Minute wurde sie etwas stärker von einer schwer zu definierenden, ein wenig wie in Watte gepackten Panik befallen.

Sie drehte das Radio lauter, weil gerade die Nachrichten des regionalen Senders begannen. Als der Sprecher den Wetterbericht verkündete, und von ihr noch nicht die Rede gewesen war, beruhigte sie sich wieder für ein paar Minuten. Dann jedoch nahm das Panikkarussell erneut Fahrt auf.

Okay, fassen wir zusammen: Ich bin im Augenblick fast pleite und mir fehlen ein paar vordere Zähne. Mich in diesem Zustand irgendwo blicken zu lassen, fällt komplett aus, weil sich jeder verdammte Idiot garantiert auch in zehn Jahren noch an mich erinnern würde. Außerdem könnte jeder Zahnarzt in der Nähe, den ich aufsuchen und der befragt werden würde, eine perfekte Beschreibung abgeben. Ganz zu schweigen von dem Röntgenbild, das er vermutlich anfertigt. Mein eigenes Mobiltelefon habe ich nicht mehr, und alle meine auf den Namen Mona Brassel laufenden Papiere sind verbrannt.

Sie bremste scharf ab, lenkte den Insignia mit quietschenden Reifen auf den Parkplatz des gerade auf dem Weg liegenden Schwimmbads Harleshausen und schaltete den Motor ab. Dann griff sie sich das Telefon ihrer Geisel und wählte.

»Hallo, Mona«, wurde sie freundlich von Wigald Schramm begrüßt, nachdem sie sich gemeldet hatte. »Wie geht's?«

»Das willst du gar nicht wissen«, erwiderte sie so akzentuiert, wie es ihr möglich war.

»Hast du dir eine Erkältung eingefangen, Mädchen? Du klingst mächtig verschnupft.«

»Wigald, ich habe leider keine Zeit für großartige Erklärungen, weil ich bis zu den Nippeln in der Scheiße sitze«, erklärte sie ihrem Informanten genervt. »Findest du in deinem System irgendetwas, das sich mit mir oder einem Entführungsfall in Kassel beschäftigt?«

»Darüber haben wir doch schon gesprochen, Mona. Da war die Sache mit dem Ducato. Aber …«

»Diese Entführung meine ich nicht. Versuch es bitte mal mit dem Namen Cindy Dubilzig.«

Sie buchstabierte Vor- und Nachnamen und wartete.

»Da habe ich nichts Aktuelles«, beantwortete Schramm ihre Frage etwa eine Minute später. »Die Frau war wohl früher mal ein ziemlich schlimmer Finger, aber das ist lange her. Ich verstehe aber nicht, was …«

»Dann versuch es bitte mit Mona Brassel.«

»Mona, ich verstehe nicht. Was …?«

»Schau einfach nach, ob nach mir gefahndet wird, Wigald!«

Ihre Stimmlage war nun, trotz ihrer Verletzungen im Mund, schneidend und bedrohlich geworden.

Wieder dauerte es eine Weile, bis sie eine Antwort erhielt.

»Ach du Scheiße«, beschied Wigald Schramm ihr entgeistert. »Du sitzt, um bei deiner Wortwahl zu bleiben, nicht nur bis zu den Nippeln in der Scheiße, sondern bis zu den Augenbrauen, wenn du mich fragst. Jeder Bulle in der Gegend um Kassel, der laufen kann, ist hinter dir her.«

Wieder gab es eine Pause.

»Und als besonderes Merkmal steht in der Fahndungsausschreibung, dass dir ein paar Vorderzähne fehlen sollen. Stimmt das?«

»Quatsch«, log Mona. »Da ist nichts dran.«

»Aber ich kann dir auf jeden Fall sagen, dass die Kollegen vor Ort eine Ringfahndung gegen dich eingeleitet haben. Und was das heißt, brauche ich dir vermutlich nicht zu erklären. Bei Entführung und Mordversuch, und davon ist hier definitiv die Rede, ist das aber auf jeden Fall der Standard. Mensch, Mona, was ist denn da so furchtbar schief…?« Er brach ab. »Mona, mit welchem Telefon rufst du mich eigentlich an?«

Offenbar gab er sich selbst eine plausible Erklärung, denn seine nächste Einlassung war ein lautes Stöhnen.

»Bist du Meschugge, Mona? Du bringst mich in Teufels Küche, wenn du mich in deiner Situation mit dem falschen Telefon anrufst, und davon gehe ich jetzt mal ganz dringend aus. Schönen Tag noch und tschüss.« Es knackte und die Verbindung war unterbrochen.

»Wichser«, brummte die Frau auf dem Fahrersitz, ließ die Fahrerscheibe herunter, entfernte Akku und SIM-Karte aus dem Telefon und warf den Rest mit so viel Schwung neben das Auto, dass es komplett auseinanderbrach.

Wenn sie etwas an dem Telefonat positiv bewerten konnte, dann dass wenigsten ihre Vermutungen bestätigt wurden. Wenn auch die schlimmsten anzunehmenden Vermutungen.

23

»So könnte es praktisch in jedem Hotelzimmer einer deutschen Geschäftsfrau aussehen«, fasste Lenz zusammen. Sie hatten zunächst Cindy Dubilzig zu einer angemessenen Bleibe verholfen, dann für Personenschutz gesorgt und sich schließlich Mona Brassels Hotelsuite zugewandt.

»Ja. Aber mit der kleinen Einschränkung, dass sich die wenigsten diese wirklich opulente Unterkunft leisten können. Das hier ist ja noch eine Kategorie über der schon ziemlich beeindruckenden Bude von diesem Koller anzusiedeln.«

»Auch wieder wahr«, stimmte Lenz seinem Kollegen zu.

Sie hatten die Schränke und den Koffer der Frau durchsucht, das Badezimmer in Augenschein genommen und in jede Schublade und jede Ecke der äußerst geräumigen Suite – eigentlich mehr eine Drei-Zimmer-Wohnung – gesehen. Das Ergebnis war jedoch ernüchternd.

»Diese Frau scheint damit vertraut zu sein, möglichst wenige Spuren zu hinterlassen«, bemerkte Hain schließlich.

»Aber du glaubst doch diese Räuberpistole von der Geheimagentin und dem BND und den Russen, für die Koller arbeitet, nicht wirklich, oder?«

»Ach was. Die hat in dieser Situation …« Der Oberkommissar brach ab, griff zu seinem klingelnden Telefon, meldete sich und lauschte eine Weile. »Wow, das ist ja mal eine interessante Nachricht. Vielen Dank dafür.« Er drückte auf die rote Taste und steckte das Gerät zurück in die Sakkotasche. »Wir haben es hier mit einer ganz ausgeschlafenen Dame zu tun«, berichtete er seinem Boss. »Ihr ausgebrannter Golf ist nämlich die hundertprozentige Doublette eines in Düsseldorf zugelassenen Golfs. Gleiche Farbe, gleiche Innenausstattung, soweit man das bei der Feuerruine noch sagen kann, gleiche Fahrgestellnummer, gleiches Kennzeichen, einfach alles gleich. Die Düsseldorfer Kripokollegen sind, nachdem die Jungs hier vom Revier sie darum gebeten hatten, zu dem legalen Halter des Autos gefahren und haben sich das alles ganz genau angeschaut. Die Karre da ist die legale, die verkokelte dieser Mona Brassel ist die Doublette.«

»Von so etwas habe ich zuletzt während der RAF-Zeit gelesen oder gehört. Die hatten sich Doubletten angefertigt und sind damit immer ganz gut gefahren.«

»Im besten Wortsinn, wie ich hinzufügen möchte«, meinte Hain.

»Aber das sagt uns nur, dass wir es tatsächlich mit einer ziemlich merkwürdigen Dame zu tun haben. Oder auch einer absolut professionellen, das passt vielleicht besser.« Der Hauptkommissar hob den Kopf und sah sich noch einmal in der luxuriösen Suite um. »Wir jagen auf jeden Fall die Spurensicherung hier durch, Thilo.« Dann jedoch schien er einen weiteren Einfall zu haben. »Wir beide gehen jetzt nach unten und werden an der Rezeption ein paar Fragen stellen. Und ich hoffe, wir bekommen genau die Antworten, die ich erwarte.«

»Ja, natürlich, die Rechnung für Frau Brassels Suite geht an Agroquest«, beschied die junge Hotelmitarbeiterin dem Leiter der Mordkommission auf dessen Frage hin. »Und auch die Reservierung wurde über Agroquest getätigt. Gibt es Probleme deswegen?«

»Nein, bestimmt nicht«, erwiderte Lenz. »Ganz sicher sogar nicht.«

»Kann ich sonst noch etwas für Sie tun?«

»Ja. Wir würden uns gern mal Ihre Videoüberwachung von dem Zeitraum ansehen, an dem Frau Brassel hier angekommen ist. Wäre das möglich?«

Die Rezeptionistin tippte ein paar Befehle in den Computer und bat die Beamten auf die andere Seite der Theke.

»Das dürfte kein Problem darstellen, weil ich hier genau sehe, wann Frau Brassels eingecheckt hat.« Wieder ein paar Tastenbefehle. »Hier, das sind die Minuten, um die es geht.« Damit deutete sie auf den Monitor, auf dem ein gestochen scharfes, vierfach geteiltes Schwarz-Weiß-Bild der Lobby zu sehen war. Es dauerte keine 30 Sekunden und eine gut gekleidete Frau mit einem hellen Rollkoffer an der rechten Hand tauchte im Eingang auf. Kurz darauf stand sie an der Theke. Die Hotelmitarbeiterin schaltete im genau richtigen Moment auf Standbild und wies erneut auf den Bildschirm. »Das ist Frau Brassel. Eine bessere und nähere Aufnahme werden wir vermutlich nicht finden.«

»Das ist auch gar nicht notwendig. Können Sie uns das ausdrucken? Und vielleicht eine Kopie des Bildes auf einen Datenträger ziehen?«

»Ja, natürlich, das mache ich gern. Ich könnte das Standbild allerdings auch direkt an eine Adresse in Ihrem Präsidium senden, wenn Ihnen damit geholfen wäre.«

»Damit wäre uns auf jeden Fall geholfen«, erwiderte Lenz hoch erfreut und schrieb ihr eine Mailadresse auf.

»Also einmal eine Kopie des Bildes dorthin und eine Kopie auf Papier für Sie?«

»Genau in dieser Reihenfolge.«

Keine zwei Minuten später hatte die Frau alles erledigt.

»Das ist ja mal ein echter Knaller, Paul«, murmelte Hain auf dem Weg nach draußen, während er Mona Brassels Porträt betrachtete. »Denen wird ein Mitarbeiter entführt, und sie hetzen ihm diesen Drachen auf die Fersen. Aber warum?«

Lenz sah seinen Mitarbeiter und Freund fast ein wenig beleidigt an. »Na, warum denn wohl, Thilo? Einzig und allein wegen dieses Shea-Gutachtens. Denen geht der Arsch auf Grundeis, dass es in die falschen Hände geraten könnte, das ist alles. Und dafür engagieren sie jemanden, dem sie zutrauen, diese Katastrophe in ihrem Sinn zu regeln.«

»Inklusive Mord und Totschlag? Das kann ich mir eigentlich nicht so recht vorstellen.«

»Hast du eine bessere Idee?«

»Das leider auch nicht.«

»Auf jeden Fall müssen wir jetzt zweigleisig fahren. Zum einen müssen wir Sebastian Koller finden, und zum anderen würde ich zum Sterben gern mit dieser Mona Brassel sprechen. Die hat uns nämlich garantiert ziemlich viele nette Sachen zu erzählen.«

»Die Ringfahndung läuft. Mehr können wir im Augenblick nicht tun.«

»Ja. In dieses Hotel wird sie garantiert nicht mehr zurückkehren, da bin ich mir sicher. Aber wo kann sie noch hin? Ist sie zu Fuß unterwegs oder hat sie irgendwo ein zweites Fahrzeug stehen? Vielleicht ein Motorrad? Unter einem Helm würde man ihre Verletzungen im Gesicht und im Mund nicht sehen.«

»Das ist eine gute Idee«, erwiderte Hain und griff zu seinem Telefon. »Ich werde gleich dafür sorgen, dass motorisierte Zweiräder besonders streng kontrolliert werden.«

»Eigentlich kann sie uns gar nicht durch die Lappen gehen«, meinte Lenz, nachdem der Oberkommissar sein Telefonat beendet hatte. »Lass uns zurück ins Präsidium fahren. Auf dem Weg dorthin reden wir weiter und im Büro muss ich mit Herbert reden.«

Herbert Schiller empfing die Ermittler in seinem Büro. Der Kriminalrat und Boss von Lenz und Hain saß hinter seinem Schreibtisch und hörte sich mit immer größer werdenden Augen den Bericht seiner beiden besten Männer an.

»Ich hätte nicht gedacht, dass so etwas im 21. Jahrhundert noch möglich ist«, zeigte er sich etwas sprachlos. »Wir leben immerhin in einer Zeit des internationalen Terrorismus, was bedeutet, dass jeder zu jeder Zeit unter irgendeiner Kamera herumläuft, die ihn aufnimmt. Und dann gibt es da offenbar eine Frau, die so etwas wie eine Sonderagentin für notleidende Unternehmen zu sein scheint. Und zu allem Übel auch vor Mord nicht zurückschreckt, um ihre Auftraggeber zu befriedigen.«

»Die werden wir auf jeden Fall kriegen«, zeigte Thilo Hain sich überzeugt. »Die kann uns gar nicht durch die Lappen gehen.«

»Hoffentlich.«

»Ich … würde gern etwas mit dir besprechen, Herbert«, leitete Lenz sein folgendes Anliegen ungewöhnlich vorsichtig ein. »Und es ist ziemlich delikat, was ich dir vorzuschlagen habe.«

Schiller nickte. »Lass hören.«

»Wir wissen, dass es dieses Shea-Gutachten gibt, weil wir es im Safe liegen haben. Bei Agroquest weiß man, dass Koller ein Exemplar davon hatte, das man aber im Augenblick nicht finden kann, was ihnen ziemliches Kopfzerbrechen bereitet. Die Kopie, die sich Cindy Dubilzig gezogen hat, lassen wir jetzt mal außen vor. Wir haben noch einmal ausführlich mit ihr darüber gesprochen, bevor wir ihr die Karte für ihr Hotelzimmer ausgehändigt haben. Sie wird damit keinen Unsinn anstellen.«

241

»Ihr habt auch dafür gesorgt, dass nicht ein möglicher Komplize dieser Mona Brassel nach Berlin fährt und es sich unter den Nagel reißt?«

»Vor dem Haus steht ein Streifenwagen, und vor der Wohnungstür sitzt ein Kollege. Wir haben darauf verzichtet, es herauszuholen, weil Cindy Dubilzig eine seriöse Zeugin ist und sehr uneigennützig mit uns zusammengearbeitet hat.«

»Gut. Weiter im Text.«

»Bis jetzt haben wir als Verbindung zwischen Mona Brassel und Agroquest nur die Reservierung der Hotelsuite. Das kann sich ändern, wenn wir sie geschnappt haben, ist aber im Moment eine nicht zu widerlegende Tatsache. Ich habe mir also überlegt, dass wir Thilo oder dich mit denen telefonieren lassen und ihnen erklären, dass wir das Gutachten haben. Dass Mona Brassel es uns übergeben hat.«

Schiller überlegte eine Weile.

»Du weißt, dass so eine Sache vor keinem Gericht der Republik jemals irgendetwas beweisen wird?«

»Das weiß ich, natürlich. Aber vielleicht werden sie ja bei Agroquest nervös und liefern uns die Frau ans Messer. Und erzählen uns möglicherweise, wie sie auf sie gekommen sind.«

»Die Idee könnte zünden«, stimmte Schiller ihm zu. »Aber mit mir als Telefonkandidat brauchst du nicht zu rechnen. Das macht ihr mal schön unter euch aus, ihr beiden.«

»Gern«, sagte Hain ein wenig amüsiert. »Für solche Einsätze bin ich immer zu haben.«

»Ich weiß, Thilo. Und vermutlich gibt es auf der ganzen Welt keinen Menschen, der sich solch einer Sache mit so viel Verve annimmt wie du.«

»Ist das ein Kompliment oder ein Vorwurf?«

»Such's dir einfach selbst aus.«

Etwas mehr als eine halbe Stunde später saßen Lenz und Hain in ihrem Büro. Der junge Oberkommissar hielt ein zerbeultes Mobiltelefon aus ihrem Fundus mit einer garantiert zehn Jahre alten, auf keinen Fall mehr nachzuverfolgenden Prepaid-SIM-Karte darin in der Hand. Hain deaktivierte trotzdem die Rufnummernübermittlung, ließ es zur Kontrolle zwei Mal auf ihrem Festnetzanschluss klingeln und war schließlich mit allen Parametern zufrieden. Dann sah er auf den vor ihm liegenden Zettel und wählte.

»Agroquest Deutschland, Bommer, guten Tag. Was kann ich für Sie tun?«, wurde er begrüßt.

»Mein Name ist Meier. Ich würde gern mit Herrn Schulte sprechen.«

»In welcher Angelegenheit?«

»Das würde ich gern mit ihm persönlich erörtern.«

»Es tut mir leid, aber ich habe die strikte Anweisung, Anrufer ausschließlich mit einem konkreten Anliegen weiter zu vermitteln.«

»Gut, das kann ich verstehen. Sagen Sie ihm bitte, es geht um einen riesigen Auftrag, der für Ihr Unternehmen von größter Bedeutung ist.«

»Ein Auftrag? Das reicht mir leider nicht. Ein bisschen genauer müssten Sie schon werden.«

Hain machte eine kurze Pause. »Ich denke, dass meine Aussagen reichen, Frau … Bommer. Ich habe Ihren Namen doch richtig verstanden?«

»Ja, Bommer, ganz genau.«

»Gut, Frau Bommer. Dann werde ich jetzt also auflegen und Herrn Schulte schriftlich mitteilen, dass ihm ein Millionenauftrag durch die Lappen gegangen ist, weil die

243

nette Dame in seiner Telefonzentrale mich nicht zu ihm durchstellen wollte. Ich kann nämlich auch zu einem der Wettbewerber von Agroquest gehen und dort mein Geld ausgeben. Die Chinesen sind sicher ganz heiß darauf, mich beliefern zu dürfen.«

Stille.

»Ähem. Ich denke, ich werde bei Herrn Schulte vorfühlen, wie ich mit dieser Situation umzugehen habe. Bleiben Sie bitte in der Leitung.«

Es dauerte keine 15 Sekunden, dann erklang die sonore Stimme eines Mannes.

»Schulte, guten Tag.«

»Tag, Herr Schulte. Mein Name ist Meier, aber das dürften Sie vermutlich schon wissen.«

»Ja, unsere Frau Bommer hat Ihren Anruf unter diesem Namen avisiert. Es ist zwar ungewöhnlich, auf diesem Weg den Kontakt aufzunehmen, aber wenn es für Sie so bequemer ist, dann gern. Sie möchten mit uns ins Geschäft kommen?«

»Oh, das trifft es so gut, wie ich es nie hätte beschreiben können.«

»Was genau wollen Sie denn kaufen?«

»Eigentlich möchte ich gar nichts kaufen, das war eine kleine Schummelei Ihrer Frau Bommer gegenüber. Ich bin vielmehr im Besitz von etwas, das Sie vermutlich gern erwerben möchten.«

»Ich befürchte, ich kann Ihnen nicht recht folgen, Herr Meier. Was meinen Sie mit *vermutlich gern erwerben möchten*?«

»Ich wollte Ihrer Telefonistin gegenüber möglichst diskret bleiben, deshalb habe ich meine wahre Intention ein wenig verschleiert, dafür bitte ich um Nachsicht. Aber ich glaube, dass es Ihnen vermutlich sehr unangenehm gewesen wäre, wenn ich ihr gegenüber etwas von einem Shea-Gutachten erwähnt hätte.«

Nun gab es eine längere Pause.

»Herr Schulte?«

»Ja, ich bin noch dran.«

»Und der Begriff Shea-Gutachten sagt Ihnen etwas?«

»Ich …«

»Ja?«

»Wie … woher … was genau wollen Sie dafür?«

»Ich vermute, Sie möchten zunächst einmal erfahren, wie ich überhaupt in den Besitz der Unterlagen gekommen bin. Damit Sie sicher sein können, nicht irgendeinem Betrüger aufzusitzen, der nur irgendwo ein Wort aufgeschnappt hat und versucht, es zu möglichst viel Geld zu machen.«

»Wird das ein Erpressungsversuch?«

»Oh Gott, nein, wo denken Sie hin? Ich hatte einfach ein paar Auslagen, die ich natürlich gern wieder hereinbekommen würde. Kein Mensch lebt vom Drauflegen, auch Agroquest sicher nicht.«

»Nein, natürlich nicht. Also, wenn Sie mir dann bitte erzählen würden, woher Sie die besagten Unterlagen haben. Wobei ich, damit das ein für alle Mal klar ist, nicht bestätige, dass ich irgendetwas über ein Gutachten mit diesem Namen weiß.«

»Hehe, nun bleiben Sie doch mal ruhig, Herr Schulte. Ich will Sie nicht erpressen, und Sie müssen mir gegenüber rein gar nichts zugeben. Das Gutachten wurde mir von Mona Brassel übergeben. Sie hat mir gesagt, sie würde für Sie arbeiten und es wäre für alle Beteiligten das Beste, wenn die Papiere, um die es geht, wieder sicher in Ihrem Safe liegen würden.«

»Was ist mit ... Frau ... Brassel?«

»Das tut hier eigentlich nichts zur Sache. Denken Sie sich einfach, dass ich jetzt Ihr Verhandlungspartner bin. Frau Brassel hat sich aus dem Geschäft zurückgezogen und kann deshalb leider auch Ihren Auftrag nicht mehr weiterverfolgen.«

»Was soll das heißen, dass sie meinen Auftrag nicht mehr weiterverfolgen kann? Ist ihr etwas zugestoßen?«

»Glauben Sie mir, Herr Schulte, das wollen Sie gar nicht wissen, was mit Frau Brassel passiert ist.«

»Das klingt ja ... furchtbar.«

»Ach, so schlimm ist es nun auch wieder nicht. Wir alle haben gewisse Lebensphasen, und wenn die vorüber sind, müssen wir uns neuen Herausforderungen stellen. So geht es im Augenblick auch Frau Brassel.«

»Hat das alles mit ...?« Schulte stockte.

»Sie möchten wissen, ob das alles mit dem ominösen Verschwinden von Sebastian Koller zu tun hat, vermute ich.«

»Das ... ist richtig, ja.«

»Ach, irgendwie hängt doch alles mit allem zusammen, meinen Sie nicht auch?«

Wieder eine längere Pause, die Hain mit fast schon genießerischer Attitüde aushielt.

»Vermutlich, ja«, stimmte Bernd Schulte ihm schließlich doch noch zu.

»Also, was meinen Sie? Können wir über meine Auslagen reden?«

»Sie müssen wissen, dass dieses Gutachten für uns nicht einmal im Ansatz die Bedeutung hat, die Sie vermutlich hineininterpretieren wollen. Deshalb können wir Ihre möglicherweise entstandenen Auslagen auch nur bis zu einer bestimmten, sehr bescheidenen Höhe ersetzen.«

Nun nahm sich Hain eine Pause heraus. »Ja, das ist ja immer so eine Sache mit der Bedeutung für den einen und für den anderen, Herr Schulte. Wenn Sie der Meinung sind, dass ich die Unterlagen lieber dem *Spiegel* oder dem *Stern* anbieten sollte, dann müssen Sie mir das nur sagen. Ich bin wirklich nicht gierig, aber dass ich meine Auslagen ersetzt bekommen möchte, sollte doch selbstverständlich sein.«

»An welche Höhe dachten Sie denn?«

»Nun, das kann ich Ihnen ganz einfach sagen. Meine Auslagen belaufen sich bis zu diesem Moment auf genau 15 Millionen Euro. Dieses Telefonat ist übrigens gratis und wird nicht hinzuaddiert, ich habe eine Flat.«

In diesem Moment griff sich Lenz an den Kopf und machte Thilo eine Geste, die mit *jetzt bist du aber komplett durchgedreht* äußerst beschönigend beschrieben wäre. Hain lachte ihn tonlos an und klimperte dabei mit den Augen. Bernd Schulte brauchte ein paar weitere Sekunden, um die genannte Summe zu begreifen.

»Das kann doch nicht Ihr Ernst sein? Wie stellen Sie sich das denn vor? Glauben Sie, wir hätten hier extra Geld in Säcken herumliegen, das wir nur aus dem Fenster werfen? Oder mit der Schubkarre aus dem Haupteingang fahren?«

»So ähnlich habe ich mir das vorgestellt, um ehrlich zu sein. Ich dachte, Unternehmen wie Agroquest haben immer so etwas wie eine Kriegskasse, die für genau solche Fälle in der Regel auch noch prall gefüllt ist.«

»Da muss ich Ihrem Denken aber leider einen Riegel vorschieben, Herr Meier. Es ist völlig absurd, über eine solche Summe auch nur zu reden. Das geht komplett an der Realität vorbei, und das müssten Sie auch wissen.«

»Das heißt, es ist Ihnen lieber, wenn ich mir meine Auslagen von einem Nachrichtenmagazin erstatten lasse?«

Schulte stöhnte leise auf. »Sie sind wohl komplett durchgedreht, Herr Meier, oder wie auch immer Sie heißen. Die Summe, die Ihnen vorschwebt, werden Sie nirgendwo auf der Welt für … kriegen.«

»Ach, das lassen Sie mal meine Sorge sein, Herr Schulte. Vielleicht sollte ich Ihnen so etwas wie eine Bedenkzeit einräumen. Manchmal hilft es ja, eine Nacht über ein Angebot zu schlafen. Speziell, wenn sie so bedrohlich für das eigene Geschäft sind wie in diesem Fall. Sind Sie damit einverstanden? Ich melde mich morgen um diese Zeit noch einmal und frage Sie nach Ihrer Meinung.«

»Und was passiert in dieser Zeit mit … diesem Gutachten, von dem Sie sprachen?«

»Natürlich muss ich in alle denkbaren Richtungen aktiv sein und werde mir etwaige Angebote anhören und durch den Kopf gehen lassen, da bitte ich Sie um Verständnis. Und wenn sich bis morgen jemand findet, der meine Auslagen decken möchte, werde ich ihm natürlich den Zuschlag erteilen.«

»Sie treiben ein verdammt dreckiges Spiel.«

»Wenn Sie das so sagen. Ich denke, dass es ein einfaches Spiel ist – einer Versteigerung gleich.«

»Was würde passieren, wenn ich Sie bitten würde, bis morgen ausschließlich mit mir zu verhandeln? Sagen wir, bis morgen früh um 10 Uhr?«

»Was hätte ich davon? Zeit ist Geld, Herr Schulte.«

»Nun bleiben Sie mal auf dem Teppich, junger Mann! Ich versuche, Ihnen ein wenig entgegenzukommen, obwohl mir das komplett widerstrebt, und Sie verhöhnen mich dafür.« Er schnaubte laut auf. »Also, geben Sie mir Zeit bis morgen früh um 10, und ich sage Ihnen zu, dass wir ins Geschäft kommen. Natürlich nicht für diese illusorische Summe, aber ich bin sicher, wir werden uns einigen.«

Hain schwieg ein paar Sekunden. »Geht in Ordnung«, antwortete er schließlich gedehnt. »Aber wenn Sie versuchen, mich zu leimen, wird das für Sie ein verdammt bitteres Ende nehmen. Ich habe das, was Sie wollen, was Sie dringender wollen als Luft und Wasser, und wenn Sie irgendeine Sauerei mit mir versuchen, werde ich das Zeug an *Stern*, *Spiegel* und die *Bild* gleichzeitig verschenken, nur um Sie zu ärgern. Haben wir uns verstanden?«

»Habe ich Ihre Zusicherung, dass Sie bis morgen früh um 10 Uhr nichts unternehmen?«

»Habe ich Ihre Zusicherung, dass Sie mir meine Auslagen ersetzen?«

Schulte holte erneut schwer Luft. »Ja.«

»Na, bitte. So gehen Geschäfte unter Ehrenmännern. Ich melde mich morgen um Punkt 10 Uhr und möchte dann bitte keine Überraschungen erleben. Bis dahin, Herr Schulte.« Er nahm das Telefon vom Ohr und drückte die rote Taste.

»An dir ist ein wirklich guter Schauspieler verloren gegangen, Thilo«, meinte Lenz anerkennend, der das komplette Gespräch mitgehört hatte. »So viel Chuzpe muss der Mensch erst mal aufbringen.«

»Danke. Und hast du gehört, wie nervös der war?«

»Na klar.«

»Auf jeden Fall wissen wir jetzt, dass Mona Brassel wirklich von Agroquest auf Koller und die Beschaffung dieses Dokuments angesetzt worden ist. Und dafür kriegen wir die dran.«

»Wir werden sehen. Aber der Anfang ist schon mal gut. Willst du wirklich da morgen noch mal anrufen?«

»Ach, woher denn? Diesem gelackten Herr Schulte mit seinen noch gelackteren Anwälten soll ruhig mal der Popo so richtig auf Grundeis gehen.«

»Meinst du, die würden wirklich 15 Millionen für dieses Shea-Gutachten bezahlen?«

»Sieht ganz danach aus. Klar würde er versuchen, den Preis zu drücken, aber wenn es wirklich hart auf hart käme, würde er die Kohle rausrücken, denn es steht viel mehr auf dem Spiel.«

»Wie auch immer. Gute Arbeit, Thilo.«

»Danke, der Herr.«

Lenz ging zum Fenster und sah hinaus auf die Stadt. »Ich weiß, dass es eigentlich Zeit für den Feierabend ist, aber ich würde gern noch mal bei den Kramers vorbeifahren. Irgendwie habe ich das Gefühl, die können uns mehr sagen, als sie das bisher getan haben.«

»Ist vielleicht ein bisschen pietätlos, oder?«

»Darüber habe ich nachgedacht und Pro und Contra abgewogen. Und bin zu dem Schluss gekommen, es zu machen.«

»Wie du willst. Ich renne dem Feierabend heute nicht hinterher, und einen trinken werde ich sicher auch nicht. Also, lass uns …«

Das klingelnde Telefon auf dem Schreibtisch unterbrach ihn.

Lenz nahm den Hörer zur Hand. »Ja, Lenz.«

»Wir haben die Frau gefunden, Herr Lenz. Diese Frau Brassel.«

24

Mona Brassel starrte durch die Frontscheibe des Insignia Sports Tourers. In etwa 70 Metern Entfernung tobten Kinder im Wasser, und wenn sie ganz genau hinhörte, konnte sie das Geschrei hören. Auf dem Parkplatz rund um sie herum war mittlerweile das große Aufbrechen angesagt. Familien strömten voll bepackt mit aufgeblasenen Gummikrokodilen oder kleinen Booten zu ihren Autos, gefolgt von Kindern, die entweder müde aussahen oder trotz der fortgeschrittenen Tageszeit noch immer ein wenig zu viel Antrieb hatten.

Kurz fiel ihr die ältere Frau in ihrem Kofferraum ein, der garantiert höllisch heiß war. Sie selbst hatte ein paar Minuten zuvor den Motor angelassen, um die Klimaanlage nutzen zu können.

Hoffentlich bekommt sie keinen Kollaps.

Eigentlich war es ihr jedoch ziemlich egal, was mit der Frau passieren würde. In den letzten Minuten war ihr öfter der Gedanke durch den Kopf geschossen, sich den Behörden zu stellen. Sie hatte versucht, sich dagegen zu wehren, es jedoch nicht verhindern können.

Aber freiwillig ins Gefängnis gehen? Ziemlich lang ins Gefängnis gehen? Vielleicht sogar bis ans Ende meines Lebens?

Mona Brassel hatte die letzten Jahre auf der Überholspur des Lebens zugebracht. Sie hatte mehr Geld verdient, als sie ausgeben konnte, auf ihrem Bankkonto auf den Cayman Islands befanden sich mehr als 750.000 US-Dollar. Sie hatte auf großem Fuß gelebt, sich manchmal an drei Tagen der Woche jeweils ein Designerkostüm gekauft. Manche hatte sie bis zu diesem Tag nicht ein einziges Mal getragen. Oder Schuhe. Jede Frau hatte viel zu viele Schuhe, aber in Monas Düsseldorfer Wohnung standen mehr als 800 Paar. Sie hatte extra Schränke anfertigen lassen, um sie alle unterbringen zu können.

Konsum als Ersatzbefriedigung. Wofür eigentlich?

Für Familie, Kinder, einen netten Mann, vielleicht einen Hund und Freunde. Sie hatte nicht einen wirklichen Freund und auch keine Freundin. Niemanden.

Verdammt!

Im gleichen Moment, in dem sie dieses *Verdammt* dachte, zuckte sie erschrocken zusammen. Sie drehte den Kopf nach links und sah in das runde Gesicht eines Mannes. Er trug die blaue Uniform der Hessischen Polizei, hielt die rechte Hand ein paar Millimeter über seiner Dienstwaffe und sah Mona Brassel feindselig an.

»Bitte legen Sie die Hände so auf das Lenkrad, dass ich sie sehen kann«, forderte er nachdrücklich.

Sie folgte seiner Anweisung, umfasste den ledernen Kranz und holte dabei tief Luft.

Komisch, dachte sie. *Jetzt, in diesem Moment, sind wieder alle Sinne geschärft. Ich werde mich auf keinen Fall stellen und ich werde auch auf keinen Fall ins Gefängnis gehen.*

Mit völlig ruhigen, abgeklärten Bewegungen straffte sie ihren Oberkörper, drehte den Kopf ein weiteres Stück nach links und erkannte eine Polizeibeamtin, die, ihre Waffe im Anschlag, etwa vier Meter hinter ihrem Kollegen stand.

Die Hand des vorderen Polizisten fuhr nach unten, es gab einen kurzen Laut, wonach die Tür sich langsam öffnete.

»Machen Sie bloß keinen Blödsinn, Frau Brassel«, forderte er.

»Ich werde sicher keinen *Blödsinn* machen«, erwiderte sie leise.

Seine rechte Hand fuhr nach vorn, griff sich ihr linkes Handgelenk, zog sie vom Sitz, drehte sie um und presste ihren Körper gegen das Auto.

»Beine auseinander!«

Sie gehorchte wortlos. Er griff zu seinem Gürtel, um die Handschellen zu lösen, doch dazu kam es nicht mehr. Mona Brassel fuhr ruckartig herum, rammte ihm ihren rechten Ellbogen mitten ins Gesicht und hob simultan ihr linkes Knie. Der Beamte krümmte sich, wollte ihr jedoch gleichzeitig einen Hieb mit der rechten Faust versetzen, was ihm jedoch misslang. Die Frau zog den Polizisten zu sich, brachte ihn gekonnt zwischen sich und seine Kollegin, die irgendetwas rief, was Mona jedoch nicht verstand, und riss im gleichen Moment die Dienstwaffe des sich wild wehrenden Beamten aus dem Holster. Mit einer schnellen Bewegung hob sie die Heckler & Koch P30 und presste sie dem Mann an den Hals.

»Ganz ruhig jetzt«, zischte sie ihm leise zu. »Wir wollen doch nicht, dass irgendjemandem etwas passiert. Und sagen Sie Ihrem Kollegen, dass er seine Waffe vor sich auf den Boden legen soll.«

»Das hat doch keinen Sinn. Geben Sie auf!«

Mona drückte die Waffe etwas stärker gegen den Hals des Beamten.

»Nimm die Waffe runter, Bettina«, rief er schließlich laut. »Die macht Ernst.«

Bettina Hilbig, die Polizistin, überlegte fieberhaft. Am Ende ihrer Visierlinie konnte sie ausschließlich ihren Kollegen sehen. Mona Brassel hielt sich geschickt hinter ihrem Kollegen. Sie ließ die Waffe ein wenig sinken und bekam das rechte Bein und den dazugehörenden Fuß ihrer Zielperson zu Gesicht. Schweißperlen liefen ihr von ihrer schlagartig tropfnass gewordenen Stirn in die Augen.

»Gut«, rief sie den beiden schließlich entgegen. »Gut, ich werde meine Waffe auf den Boden legen.« Sie beugte sich nach vorn, ließ den Arm sinken und legte die P30 vorsichtig ab.

»Und jetzt fünf Meter nach hinten«, forderte Mona Brassel.

»Kein Problem.«

Mona Brassel überlegte ebenfalls fieberhaft. Sie hatte eine Waffe und sie hatte eine Geisel, aber das machte ihre Situation nicht wirklich besser. Ganz im Gegenteil. »Sie kommen zu mir herüber«, rief sie der Beamtin zu.

Aus dem Augenwinkel konnte sie erkennen, dass sich in etwa 30 Metern Entfernung mittlerweile eine regelrechte Menschentraube gebildet hatte. Dort standen die Menschen, die eben noch mit ihren Kindern die Heimreise antreten wollten, und gafften die drei an.

»Meinen Sie mich?«, fragte die Polizistin zurück.

»Was denken Sie denn? Klar meine ich Sie. Kommen Sie hier herüber, öffnen Sie die Kofferraumklappe und helfen Sie der Frau heraus, die dort drin liegt. Und das alles bitte, ohne irgendwelche Mätzchen zu machen. Verstanden?«

Ohne zu antworten, setzte sich Bettina Hilbig in Bewegung. Man konnte ihr ansehen, dass sie mit der Situation komplett überfordert war.

»Wollen wir nicht lieber miteinander reden?«, fragte sie im Näherkommen.

»Nein, das wollen wir sicher nicht.«

Die Polizistin tat, was Mona Brassel ihr aufgetragen hatte. Mit zitternden Fingern half sie der erstaunlich frisch wirkenden Rentnerin nach oben, zog sie über die Ladekante und schob sie anschließend vom Wagen weg. »Es wird gleich jemand kommen, der sich um Sie kümmert«, flüsterte Bettina Hilbig.

»Und jetzt hierher und auf den Fahrersitz, bitte.«

»Ich weiß nicht, ob das so eine gute Idee ist«, mischte sich der Polizist mit der Waffe an der Kehle ein. »Ich kann fahren, und ich bin sicher die bessere Geisel.«

»Quatsch.« Die Brassel bedeutete der Beamtin, sich in Bewegung zu setzen, was die schließlich tat. Mit zitternden Händen ging sie an Mona Brassel und ihrem Kollegen vorbei, holte tief Luft und setzte sich.

»Wenn ich Sie jetzt loslasse, werden Sie keinen Unsinn machen, sonst werde ich Sie ohne irgendeinen Mucks über den Haufen schießen. Glauben Sie mir, ich habe nichts zu verlieren.«

»Das weiß ich«, ächzte er. »Aber wir können reden. Ich bin sicher, dass ich etwas für Sie tun kann, wenn Sie jetzt die Waffe senken und sich ergeben.«

Als Antwort schubste sie ihn mit einer schnellen Bewegung von sich weg, drehte sich zur Seite und nahm ihn sofort wieder ins Visier. In der Ferne hörte man die ersten Sirenen.

»Ich wäre Ihnen dankbar, wenn Sie Ihre Kollegen darüber informieren würden, dass ich nicht gedenke, mich zu stellen. Wenn uns irgendjemand auf der Straße oder aus der Luft verfolgt, werde ich zuerst Ihre Kollegin und danach mich selbst erschießen. Ist das klar?«

»Durchaus, ja.«

Damit setzte Mona Brassel den ersten Schritt rückwärts.

Mit vorgehaltener Waffe folgte der nächste und wieder einer. Als sie die Ecke des Kotflügels erreicht hatte, hielt sie kurz inne und betrachtete die komplett absurd wirkende Szenerie. Hier war sie und bedrohte die beiden Polizisten. Etwa 15 Meter hinter dem Opel stand die Rentnerin und hatte offensichtlich viel mehr Angst um ihre Blechkarosse als um die Menschen, die mit der Pistole bedroht wurden. Und weitere 15 oder 20 Meter entfernt, nun teilweise hinter den Schutz bietenden Fahrzeugen abgetaucht, befanden sich einige Gaffer.

Wenn das mal nicht wirklich skurril ist.

Wieder setzte sie einen Fuß nach hinten und noch einen, dann hatte sie die Mitte der Frontpartie des Opels erreicht. Mit einer schnellen Bewegung wechselte die P30 von der rechten in die linke Hand, ohne den Polizisten aus dem Visier zu lassen. Im gleichen Moment, in dem Mona Brassel zum nächsten Schritt ansetzen wollte, machte die Rüsselsheimer Mittelklasse den ersten Hopser auf sie zu. Der Arm mit der Pistole am Ende wurde um ein paar Grad verrissen, gefolgt vom zweiten Hopser. Dann hatte der Anlasser den auf der Kupplung stehenden Motor gestartet und die Geiselnehmerin wurde von den Füßen geholt. Mit einem gurgelnden, kehligen Schrei schlug sie auf der Motorhaube auf, wobei die Heckler & Koch im weiten Bogen links wegflog. Die Polizistin am Steuer trat das Gaspedal weiter durch, was dazu führte, dass Mona Brassels Gesicht für einen Sekundenbruchteil direkt vor ihr an der Frontscheibe auftauchte. Das folgende Geräusch, das entstand, als das Nasenbein der sie mit weit aufgerissenen Augen anschauenden Frau zertrümmert wurde, konnte Bettina Hilbig hören, obwohl sie noch immer das Gaspedal bis zum Bodenblech durchgedrückt hielt. Sofort wurde die Scheibe von einem Blutstrahl rot eingefärbt.

Wie in Trance nahm Mona Brassel wahr, dass die Polizistin nun mit aller Kraft auf die Bremse trat. Der Schotter unter den Rädern knirschte. Für einen Moment war Mona nahezu schwerelos, ruderte hilflos mit den Armen und schlug schließlich mehr als drei Meter vor dem Insignia auf. Das Letzte, was sie vor der erlösenden Bewusstlosigkeit wahrnahm, war der quietschende, glucksende Schrei eines Kindes aus dem nahen Schwimmbecken. Dann waren alle Schmerzen mit einem Mal vergessen.

»Was zum Teufel ist denn da in dich gefahren, Mädchen?«

Marco Seidel, der Polizist, der vor noch nicht einmal einer Minute mit seiner eigenen Dienstwaffe am Hals dagestanden hatte, erhob sich langsam und trat auf seine Kollegin zu, die mittlerweile den Opel verlassen hatte und sich neben ihm befand. Zuvor hatte er die bewusstlose Geiselnehmerin in die stabile Seitenlage gebracht, ihr jedoch vorsichtshalber Handschellen angelegt.

»Ich weiß auch nicht«, erwiderte Bettina Hilbig. »Das ist mir mal als Fahranfängerin ungewollt passiert und daran habe ich mich eben erinnert.«

Hinter ihnen rauschten die ersten Streifenwagen heran und kamen in einer massiven Staubwolke zum Stehen. Uniformierte sprangen heraus, realisierten nach einer kurzen optischen Verständigung mit ihren Kollegen, dass eine akute Gefahr offenbar nicht mehr bestand, und drängten zunächst die Gaffer und Passanten zurück.

Lenz und Hain trafen sieben Minuten später ein. Zu diesem Zeitpunkt wurde Mona Brassel gerade von einem Notarzt versorgt, der dabei berufsbedingt ernst dreinschaute. Die Kripomänner verschafften sich einen schnellen Überblick, danach informierte Thilo Hain sich über den Zustand der Verletzten. Lenz ließ sich gleichzeitig von Bettina Hilbig und Marco Seidel die Ereignisse schildern, die zur Verhaftung geführt hatten.

»Das mit dem Zündschlüssel war ziemlich clever«, bemerkte der Hauptkommissar nach dem Bericht anerkennend. »Und nicht ganz ungefährlich.«

Die Kollegin blickte ihn besorgt an. »Ich weiß. Und ich hoffe inständig, dass ich deswegen keinen Ärger kriege.«

»Ach was! Sie haben mit Ihrer mutigen Handlung dafür gesorgt, dass eine Entführung beendet wurde. Und Sie haben außerdem dafür gesorgt, dass diese Frau Brassel für eine ziemlich lange Zeit aus dem Verkehr gezogen wird. Also, uneingeschränkter Glückwunsch.«

»Danke, Herr Kommissar.«

»Gern. Sonst ist bei Ihnen beiden aber so weit alles in Ordnung? Oder brauchen Sie irgendwelchen Beistand? Sie wissen, wir haben in zehn Minuten einen Psychologen hier, wenn das gewünscht wird.«

»Ich habe ziemlich weiche Knie«, gestand Seidel unumwunden ein. »Aber um das loszuwerden, brauche ich keinen Therapeuten, da wird vielleicht auch ein bisschen Zeit hilfreich sein.«

Lenz sah die Polizistin fragend an.

»Nein, mit mir ist so weit alles gut«, erwiderte sie leise. »Auch weiche Knie, aber sonst geht es.« Sie drehte sich in Richtung des Notarztwagens. »Es hat sie wohl ziemlich erwischt, nehme ich an.«

»Definitiv«, bestätigte Thilo Hain, der gerade zu ihnen gestoßen war. »Der Doc sagt, ihre Chancen stehen maximal fifty-fifty.«

»Sie sah aber schon ziemlich zugerichtet aus, als wir sie angesprochen haben«, bemerkte Marco Seidel schnell. Seine Kollegin nickte eifrig.

»Ja, das wissen wir«, meinte Lenz.

»Sie hat«, ergänzte Hain, »neben den ganzen äußerlichen Treffern wohl eine ziemlich heftige Lungenquetschung abgekriegt. Das ist nach der Aussage des Doktors eine verdammt heikle Sache. Aber schauen wir einfach, was daraus wird.«

Hinter der kleinen Gruppe tauchte die Rentnerin auf. Sie sah blass und deutlich mitgenommen aus. Bettina Hilbig stellte sie den Kripoleuten vor.

»Wie geht das denn nun mit meinem Auto weiter?«, wollte sie nach einem matten Händedruck wissen.

»Das tut mir leid, aber der Wagen muss auf jeden Fall erst mal in die Kriminaltechnik«, wurde sie von Lenz aufgeklärt. »Und wenn ich bedenke, was Sie so mitgemacht haben, wollen Sie doch bestimmt im Augenblick auch gar nicht selbst Auto fahren, oder?«

»Eigentlich müsste ich ziemlich dringend nach Hause. Meine Tochter wartet auf mich, die will heute Abend mit ihrem Freund auf ein Konzert, und ich bin zum Babysitten eingeteilt.«

»Es wäre schön, wenn Sie vorher mit aufs Präsidium kommen würden, damit wir Ihre Aussage protokollieren können.«

»Muss das wirklich sein? Meine Tochter freut sich seit Monaten auf diesen Abend.«

Lenz dachte kurz nach und nickte. »Kein Problem. Wenn Sie sich so weit gut fühlen, lasse ich Sie jetzt von einem Kollegen im Streifenwagen nach Hause fahren. Und morgen früh werden Sie dann abgeholt, und wir machen das mit der Aussage. Einverstanden?«

»Ja, das wäre wirklich sehr nett.«

Er organisierte ihren Abtransport und kehrte im Anschluss zu seinen Kollegen zurück.

»So«, wandte er sich direkt an Hain. »Für uns gibt es hier nichts mehr zu tun, deshalb werden wir verschwinden. Frau Brassel ist auf keinen Fall heute noch vernehmungsfähig, und die Kollegen der Schutzpolizei kümmern sich um den Rest, der hier zu erledigen ist.«

25

»Das hättest du mir sagen müssen, Verena.«

»So wie du mir hättest sagen müssen, dass du unsere Tochter umgebracht hast?«

Die beiden saßen an der gleichen Stelle auf der Veranda wie am Nachmittag, als die beiden Polizisten zu Besuch waren. Die Arbeit im Stall hatten sie erledigt, ohne auch nur ein einziges Wort miteinander zu wechseln.

»Aber ich habe doch die Julia nicht umgebracht, was redest du denn da. Wir wussten beide, dass sie bald sterben würde, und ich habe ihr nur dabei geholfen.«

Verena Kramer sah ihren Mann mit versteinertem Gesichtsausdruck an. »Wenn ein Mensch lebt, und ein anderer ihm dieses Leben nimmt, egal, wie lang es noch dauern würde, dann ist das Mord. Es ist ein Mord!«

»Ich kenne dich nicht mehr, Verena. Was ist nur los mit dir? Unsere Tochter hat gelitten wie ein Hund, und du wirfst mir vor, ich hätte sie ermordet?«

Sie wurde von einem Zucken um die Augen geschüttelt. »Vielleicht ist es nicht direkt Mord, aber weit davon entfernt ist es nicht, Siggi. Sie hätte noch ein paar Stunden leben können, wenn du sie nicht …«

»Was für ein Leben war das denn? Ein Dahinvegetieren unter kaum auszuhaltenden Schmerzen. Du weißt das.«

»Trotzdem. Es ist eine Sünde.«

Sigmar Kramers Züge verhärteten sich nun ebenfalls. »Und es ist strafbar. Es ist strafbar. Gehst du jetzt also zur Polizei und zeigst mich an? Zeigst du deinen eigenen Mann an, weil er seiner Tochter geholfen hat, zu sterben?«

Sie sah ihn lange an. »Nein, das werde ich nicht. Aber ich weiß auch nicht, ob ich das jemals vergessen kann.«

»Kannst du denn vergessen, dass du mich belogen und betrogen hast? Dass du diesen Brief geschrieben hast an diese Menschen, die daran Schuld sind, dass unsere beiden Mädchen gestorben sind?«

»Aber das ist doch etwas ganz anderes, Siggi. Ich habe das gemacht, weil ich mir nicht anders zu helfen wusste. Ich wollte, dass sie wissen, dass Uli gestorben ist, das war alles.«

»Ich wusste mir auch nicht anders zu helfen, als ich da ganz allein an Julias Bett saß. Sieh es doch einfach mal so.«

»Das ist nicht fair, Siggi.«

»Wir haben innerhalb eines halben Jahres unsere beiden Kinder verloren, und du redest von Fairness. Das geht wirklich nicht, Verena.«

»Ich werde versuchen, es zu vergessen, das verspreche ich dir. Und du versuchst im Gegenzug, diesen Brief zu vergessen.«

Beide atmeten schwer. Sigmar Kramer griff nach der Hand seiner Frau und drückte sie.

»Ich weiß nicht, wie ich die nächsten Tage überstehen soll«, sagte sie leise. »Die Beerdigung, wieder die vielen Leute, die vielen Beileidsbekundungen, die nichts, aber auch gar nichts bewirken. Die so überhaupt keinen Trost spenden. Am liebsten würde ich mich mit dir ins Auto setzen und wegfahren. Einfach auf die Autobahn und weg.«

»Und was sagen wir dem Vieh? Melkt euch mal eine Woche selbst?«

»Du denkst eher an das Vieh als an mich?«

»Nein, so war das überhaupt nicht gemeint. Natürlich denke ich an dich, aber wir können im Augenblick einfach nicht wegfahren, und das weißt du auch ganz genau.«

»Würdest du denn mal ein paar Tage mit mir wegfahren? Nur wir beide, in ein schönes Hotel?«

»Klar will ich das, Verena. Nur jetzt geht es eben nicht.«

»Es geht nie, Siggi. Es ging noch nie, und es wird auch nie gehen.«

»Wir fahren zusammen weg, ich verspreche …« Er brach ab, weil Werner Hessler, ihr Nachbar und Freund, auf dem Hof auftauchte.

»Stör ich?«, wollte er vorsichtig wissen.

»Nein, Werner, du störst doch nie«, erwiderte Kramer sanft und deutete auf den Platz gegenüber. »Komm, setz dich. Willst du auch einen Kaffee?«

Hessler schüttelte den Kopf. »Ihr saht gerade so ins Gespräch vertieft aus, dass ich eigentlich schon wieder umdrehen wollte.«

»Ja«, bestätigte Verena Kramer. »Es gibt einfach unheimlich viel zu tun.«

»Beim Bestatter alles klar gegangen?«

»Ja. Wir machen alles genau so wie bei Uli auch. Wenn sie dann von oben, aus dem Himmel, zuschaut, wird sie sich freuen. Beide werden sie sich freuen.«

»Was war das denn heute Mittag mit diesen beiden Polizisten? Ist wirklich jemand von Agroquest verschwunden?«

»Ja, das haben sie dir doch erzählt. Der Verkaufsleiter. Sein Name ist Sebastian Koller.«

»Hast du den mal kennengelernt?«, wollte Hessler wissen. »Ich kann mich nicht wirklich an den Namen erinnern.«

»Nein, ich auch nicht.«

»Und die Polizei denkt, weil du mit denen über Kreuz liegst, hättest du ihn vielleicht gekidnappt?«

»Deshalb waren sie hier, ja. Und sie haben sich sogar umgesehen.«

»Ach du lieber Gott, hoffentlich hattest du vorher ein bisschen aufgeräumt.«

»Findest du, dass es der richtige Moment für Scherze ist, Werner?«, wollte Verena schmallippig wissen.

»Das war unsensibel von mir, entschuldige bitte.«

Sigmar Kramer schüttelte den Kopf. »Das Leben muss weitergehen, Verena. Und zum Leben gehört, dass der Mensch lacht. Wir beide haben bestimmt seit einem Jahr nicht mehr gelacht, und so langsam fehlt mir das richtig.«

»Wir sind in Trauer, Siggi. Wir sind in Trauer und lachen deshalb nicht, verstehst du?«

»Klar verstehe ich das. Aber ich werde irgendwann wieder lachen. Nein, ich *will* irgendwann wieder lachen. Wenn wir das Lachen komplett vergessen, dann haben diese Verbrecher von Agroquest gewonnen, und das werde ich nicht zulassen.«

»Das sehe ich genauso«, stimmte Hessler zu.

Verena Kramer schüttelte den Kopf. »Es ist, wie es immer ist. Ihr beiden haltet zusammen wie Pech und Schwefel, da kann kommen, was will.«

»Haben die Polizisten gesagt, wo dieser Agroquest-Mann verschwunden ist?«

»Na hier in Kassel, sonst wären sie doch bestimmt nicht auf uns gekommen.«

»Klar.«

Die drei schwiegen eine Weile. Schließlich nippte Verena Kramer an ihrem Kaffee und sah ihren Mann ernst an. »Was würdest du mit ihm machen, wenn du ihn tatsächlich entführt hättest, Siggi? Würdest du ihn … umbringen?«

»Was ist denn das für eine Frage, Verena? Bist du jetzt komplett verrückt?«

»Nein, sag doch mal. Was würdest du mit einem Mitarbeiter von Agroquest machen?«

Kramer dachte eine Weile nach. »Nichts, vermutlich. Weil nichts von dem, was ich mit ihm anstellen würde, uns unsere Kinder zurückbringen würde.« Wieder überlegte er. »Obwohl. Vielleicht würde ich ihm tatsächlich eine schmieren. Weil er sein Geld mit etwas verdient, das anderen das Leben kostet.«

»Und dann?«

»Dann würde ich ihn laufen lassen. So einer ist doch nur ein kleiner Wicht, ein Rädchen in einem gut geölten Getriebe. Die wirklich wichtigen Leute kriegt man gar nicht gekidnappt, schätze ich.« Wieder griff er nach der Hand seiner Frau und streichelte sie zärtlich. »Außerdem bin ich nicht so für dieses Auge-um-Auge-und-Zahn-um-Zahn-Prinzip zu haben. Das ist eher was für euch Christen.«

»Du tust ja so, als wärst du kein Christ.«

»Du weißt von Anfang an, dass ich so etwas wie ein Christ bin, weil du es gern möchtest. Wenn es dich nicht gäbe, wäre ich vermutlich der beste Atheist der Welt.«

»Und würdest dereinst in der Hölle schmoren.«

Hessler sah die beiden ein wenig mitleidig an. »Wenn ihr dieses Thema vertiefen wollt, brauche ich ein Bier. Ein Feierabendbier. Sonst halte ich das auf gar keinen Fall aus.«

»Wir werden das Thema garantiert nicht vertiefen, weil das sowieso zu nichts führt«, eröffnete ihm Kramer. »Aber ein Bier ist trotzdem eine gute Idee.«

Verena Kramer sah ihren Mann fassungslos an. »Man könnte fast glauben, dass ich hier die Einzige bin, deren Kind vor zwei Tagen gestorben ist.«

»Nein, Verena«, schüttelte Kramer den Kopf, »auch mein Kind ist gestorben. Aber das Leben muss einfach weitergehen. Wir wussten, dass es so kommen wird, und wir hatten Zeit, uns darauf vorzubereiten. Und jetzt werden wir trauern, aber wir werden so trauern, wie jeder das mit seinem Gewissen vereinbaren kann. Du willst kein Bier mit uns trinken? Gut. Aber zu unserer Trauer gehört dieses Bier. Oder auch ein zweites.«

Hessler hob beschwichtigend die Hände. »Ich will auf keinen Fall, dass ihr wegen mir Ärger miteinander bekommt. Dann verzichte ich lieber oder trinke später drüben allein etwas.«

»Vergiss es, Werner. Ich gehe jetzt in den Keller und hole drei Flaschen Bier hoch. Und wenn du, Verena, die dritte Flasche mit uns trinken willst, bist du herzlich eingeladen.«

26

Lenz betrat sein Büro im Präsidium, ließ sich auf den bequemen Drehstuhl fallen und legte die Beine auf die vordere rechte Ecke des Schreibtischs. Dann griff er zum Telefon.

»Hallo, Maria«, begrüßte er seine Frau, nachdem die den Anruf angenommen hatte.

»Hallo, Paul. Bist du schon zu Hause?«

»Nein, noch im Präsidium. Aber gerade auf dem Sprung.«

»Klasse, das passt prima. Ich bin gerade dabei, noch ein bisschen was fürs Abendbrot einzukaufen, und komme in einer guten halben Stunde auch zu Hause an.«

»Was planst du denn als Abendbrot?«

»Ich dachte, wir verwöhnen uns mal wieder mit frisch gemachten Burgern.«

»Wow, das ist eine klasse Idee. Da habe ich wenigstens was, auf das ich mich den ganzen Heimweg freuen kann.«

Sie nahm die Erschöpfung in seiner Stimme wahr. »Ich habe im Radio von der Geiselnahme gehört. Warst du da involviert?«

»Ja, und zwar mittendrin.«

Maria zuckte zusammen. »Aber es hieß, dass es sich um uniformierte Kollegen von dir gehandelt hat, nicht um Kripoleute?«

»Das stimmt. Aber die Frau, die das alles angezettelt hat, ist ein aktueller Fall von uns.«

»Deinen Kollegen geht es aber gut, oder?«

»So weit man das sagen kann, ja. Es ist halt nicht schön, wenn man eine Pistole an den Kragen gehalten bekommt.«

»Definitiv. Lass uns weiter reden, Paul, wenn wir beide zu Hause sind, sonst macht mir am Ende noch der Metzger vor der Nase zu.«

»Das machen wir, Maria. Bis dahin.«

Der Hauptkommissar beendete das Gespräch und legte den Hörer zurück. Dabei blieb sein Blick an einer dünnen Aktenmappe auf Hains Schreibtisch hängen, die bei ihrer Abfahrt aus dem Präsidium noch nicht dort gelegen hatte. Er nahm sie in die Hand, schlug den Deckel auf und begann zu lesen. Es handelte sich um eine Zusammenfassung der Untersuchung des abgebrannten Fiat Ducato. Lenz überflog die Abhandlung und wollte das Dossier gerade wieder zurück auf den Schreibtisch werfen, als sein Blick an einem Satz hängen blieb.

Nicht ermittelt werden konnte in diesem Zusammenhang der Ursprung der auf dem Fahrzeug montierten Sonderräder Typ RC-Design 6,5*16, ET 50 mm.

Der Polizist las den Satz ein zweites Mal. Auf dem komplett ausgebrannten Ducato waren also Alufelgen montiert gewesen, was an sich eigentlich keine bahnbrechende Erkenntnis darstellte. Allerdings gab es, davon war der Polizist zutiefst überzeugt, nicht viele Ducatos in Deutschland, die im Lauf ihres Transporterlebens mit Alufelgen aufgepimpt worden waren. Also startete er seinen Computer und sah sich zunächst die beschriebenen Räder an.

Stinknormale Alufelgen, noch nicht mal unbedingt die schönsten.

Am häufigsten fand man diesen Felgentyp an Reisemobilen auf Ducato-Basis. Den Eigentümern schien hier die Versuchung am größten zu sein, dem Erscheinungsbild der Chaise ein wenig auf die Sprünge zu helfen. Allerdings hatte es sich bei dem Brandschaden keineswegs um ein Wohnmobil gehandelt. Lenz klickte sich weiter auf die nach seiner Meinung vorrangig verwendete Internetseite für Autoverkäufe, gab den Ducato ein und kreiste die Suche auf ausschließlich solche mit montierten Alufelgen ein. Das Ergebnis war ebenso ernüchternd wie antreibend. Es gab über alle Baujahre in der gesamten Republik gerade einmal drei Exemplare mit dieser Zusatzausstattung.

Seitenwechsel zu Ebay.

Auch hier gab der Leiter von K11, umgangssprachlich als Mordkommission bekannt, offiziell allerdings für Gewalt-, Brand- und Waffendelikte zuständig, in die Suchmaske ein: ›Fiat Ducato Alufelgen/Aluräder‹. Und wie schon auf der Seite zuvor wurden ihm gerade mal eine Handvoll solcher Offerten angezeigt, die meisten davon wieder Wohnmobile. Er lehnte sich zurück, goss ein Glas Mineralwasser ein und trank es in einem Zug aus. Er griff erneut zum Telefon.

»Maria, ich bin's noch mal«, hinterließ er auf der Mailbox. Wahrscheinlich war seine Frau gerade beim Metzger, und die Handtasche lag im Wagen. »Ich brauche leider noch ein wenig Zeit im Büro. Wenn du schon mal einen Burger essen willst, kannst du das gern machen, aber mit meinem müssen wir beide noch ein wenig Geduld haben. Ich melde mich, wenn ich mich auf den Weg mache.« Er wollte den Hörer gerade zurücklegen, führte ihn stattdessen wieder zurück ans Ohr. »Und vielen Dank für dein Verständnis. Ehrlich.« Damit beendete er das Gespräch.

In den nächsten zehn Minuten kreiste in seinem Kopf immer wieder der gleiche Gedanke: *Der oder die Entfüh-*

rer von Sebastian Koller haben wirklich einen guten Job gemacht, wenn man das so sagen kann, aber die Sache mit den Alurädern auf dem Ducato ist ein echter Fauxpas.

Allerdings war ihm zunächst unklar, wie er diesen Fehler für sich und damit die Aufklärung der Entführung nutzen konnte. Er wechselte erneut zu dem Portal, über das man Autos verkaufen konnte, und suchte nach einer Möglichkeit, abgelaufene oder gelöschte Inserate aufzurufen.

Keine Chance.

Wieder griff er zum Telefon, wählte diesmal Thilo Hains mobile Nummer und wartete.

»Was willst du denn schon wieder? Ich habe Feierabend, das hast du mir selbst gesagt.«

»Ich weiß, Thilo. Es gibt da nur eine Sache, die ich gern mit dir besprechen würde. Bist du schon zu Hause?«

»Das geht dich gar nichts an«, erwiderte der Kollege mit gespielter Empörung.

Lenz schilderte ihm, was die Untersuchung an dem Ducato hervorgebracht hatte.

»Das ist wirklich ein guter Ansatzpunkt.«

»Und? Hast du eine Idee, wie wir ihn weiter verfolgen können?«

»Klar. Du bist noch im Büro?«

»Ja.«

»Bleib da, ich bin in zehn Minuten bei dir.«

Es klackte in der Leitung und das Gespräch war beendet.

»Ich dachte«, erklärte Lenz seinem Kollegen überrascht, als der durch die Tür gestürmt kam, »du wärst längst im wohlverdienten Feierabend, den ich dir auch überhaupt nicht torpedieren wollte.«

»Lass mal. Carla ist mit den Jungs im Schwimmbad, das hat sie mir am Telefon erzählt. Eigentlich sind die ganzen Kumpels der beiden inklusive Mamis dort versammelt, und darauf hatte ich definitiv keinen Bock. Also habe ich mich in die Innenstadt verkrümelt und im CD-Laden meines Vertrauens einmal alle Neuerscheinungen dieses Jahres, die mich interessieren, angespielt.«

»Und dabei habe ich dich jetzt gestört.«

Hain schüttelte grinsend den Kopf. »Ganz und gar nicht. Du hast mich wirksam dabei unterstützt, der Schallplattenindustrie nicht unnötig viel von meinem sauer verdienten Geld in den Rachen zu werfen.«

»Dann musst du mir ja für meinen Anruf dankbar sein.«

»So weit würde ich jetzt nicht gehen.«

Der Hauptkommissar deutete auf den Monitor auf seiner Schreibtischseite. »Wie auch immer. Die Sache mit den Alurädern habe ich dir geschildert, jetzt stellt sich die Frage, was wir mit diesem Wissen anzufangen in der Lage sind.«

Hain nickte ein wenig zerknirscht. »Ich habe, als du mich angerufen hast, auch gemeint, dass uns das vielleicht einen guten Schritt vorwärtsbringt. Auf der Fahrt hierher ist mir allerdings klar geworden, dass es trotzdem sein könnte, dass wir uns da in was verrennen. Nicht dass ich deine Idee nicht teilen würde, aber wir sollten schon mit der gebotenen Skepsis an die Sache herangehen.«

»Das will ich ja auch gar nicht anders. Allerdings vermute ich, wie du bestimmt auch, dass unser Mann oder unsere Männer den Transporter direkt oder zumindest höchstens ein paar Tage vor der Tat irgendwo erworben haben. Wenn sie ihn geklaut haben, finden wir das sogar noch einfacher heraus.«

Er legte die Stirn in Falten.

»Natürlich kann es auch sein, dass er oder sie die Karre aus dem Anzeigenteil einer kleinen Regionalzeitung gekauft haben oder von einem Händler an der Straße, aber selbst die werden meistens zudem noch überregional angeboten. Das ist einer der segensreichen Einflüsse des Internets.«

Hain setzte sich. »Gut. Und bevor du mir jetzt noch die Einzelheiten deiner Geburt und deines ersten Geburtstags aufs Auge drückst, lass uns lieber anfangen. Was hast du schon erledigt?«

Lenz erklärte ihm kurz, was genau er sich online angesehen hatte.

»Hmm«, brummte Hain. »Es ist natürlich klar, dass die Anzeige, so es denn überhaupt eine gegeben hat, längst gelöscht ist. Oder mit an Sicherheit grenzender Wahrscheinlichkeit gelöscht wurde. Das heißt, wir suchen nach einer Anzeigenleiche, was die Sache nicht wirklich leichter macht.«

»So weit war ich auch schon, Thilo. Für diese eher demotivierende Aussage hätte ich dich nicht gebraucht.«

»Nun wart's doch mal ab, Gevatter Technikfeind. Ich sage, es ist vermutlich nicht leicht, von unmöglich habe ich nicht gesprochen.« Er loggte sich bei dem Verkaufsportal für alle Arten von Fahrzeugen ein und klickte sich durch ein paar Menüs. Schließlich hatte er eins erreicht, das auf die Aufbewahrung der gelöschten Anzeigen hinwies.

Gelöschte Anzeigen können bis 90 Tage nach Enddatum vom Anzeigenkunden eingesehen werden. Bitte senden Sie uns eine Mail mit der Angabe des Grundes, aus dem Sie eine Einsicht wünschen.

»Na, das ist doch schon mal ein erster Erfolg. Wenn wir nichts anderes finden, werden wir auf dieses Angebot zurückkommen.«

Er besuchte die Seite einer konkurrierenden Plattform, deren Zugang zu den gelöschten Anzeigen sich genauso darstellte. Es war ausschließlich dem Initiator der Anzeige möglich, sich einen erneuten Zugriff auf sein Inserat zu verschaffen.

»Aber der sind wir nicht«, gab Lenz zu bedenken.

»Aber wir sind die Bullen«, widersprach Hain. »Und wichtig für uns ist erst mal nur, dass es diese Anzeigen überhaupt noch gibt und sie nicht unwiderruflich gelöscht sind. Wenn wir es brauchen, bitten wir sie, nach alten Ducato-Offerten mit Alurädern zu suchen. Und ich bin mir sicher, die machen das.«

»Wenn du meinst.«

»Ja.«

Der Oberkommissar drehte sich herum. »Hast du bei Ebay nachgesehen?«

»Ja, aber da konnte ich auch nur die aktiven Angebote einsehen. Die abgelaufenen sind nirgendwo zu finden.«

»Herrje, wie konntest du mit deinem schmalen Hirn nur so alt werden?« Er öffnete die Seite des Auktionshauses und gab die Begriffe *Ducato* und *Alufelgen* ein.

»So weit war ich auch schon, du Flachpappe«, zeigte Lenz sich mit Blick auf die vielen Angebote für nackte Aluräder ziemlich beleidigt.

»Das glaube ich dir gern. Aber jetzt wird es halt erst richtig interessant.« Hain ließ den Mauszeiger über den Monitor fahren und öffnete das Untermenü *Höchster Preis*. Sofort tauchten die Wohnmobile auf, die auch Lenz schon gesehen hatte.

»Bravo«, grunzte der.

»Ja, Mann, heul doch. Du wirst auch noch ruhiger.«

Damit bewegte er die Maus in die rechte obere Ecke des Bildes, wo *Erweiterte Suche* zu lesen war, und klickte darauf. Es öffnete sich ein weiteres Menü, wo der junge Polizist unter der Rubrik *In die Suche einbeziehen* Haken bei *Verkaufte Artikel* setzte. Dann bewegte er sich auf der Seite ganz nach unten und schickte mit einem Klick auf den Button *Finden* die Anfrage los. Sofort tauchten wieder jede Menge beendete Angebote von einzelnen oder im ganzen Satz inserierten und auch verkauften Alufelgen auf.

»Gute Idee«, lobte Lenz. »Scheint uns aber leider nicht wirklich nach vorn zu bringen.«

Hain verzog keine Miene, während er sich mit der Maus in der Liste nach unten hangelte. »Noch so einen defätistischer Einwand und ich schmeiße dich raus.«

Dann stoppte er schlagartig jede Bewegung, hob die rechte Hand und wies auf das Bild eines weißen Fiat Ducato aus Bad Wildungen, der vor acht Tagen über das Ebay-Mitglied *Grashopper123457* den Besitzer gewechselt hatte.

»So, Kamerad«, erklärte er seinem Freund und Boss ebenso triumphierend wie leise schmunzelnd, »wenn ich jetzt noch ein Wort von dir höre, das mir auch nur im Ansatz nicht gefällt, drücke ich ohne Vorwarnung den Ausschaltknopf und gehe nach Hause.«

»Wetten, das würdest du nicht übers Herz bringen?«

»Leg es lieber nicht drauf an, Hasenfuß.«

Die nächste Viertelstunde verbrachten die beiden damit, so viel wie möglich über den Verkäufer des Transporters herauszufinden. Hain loggte sich dazu mit seinem privaten Account ein und gelangte über ein paar Umwege schließlich zur Maske *Mit Mitglied Kontakt aufnehmen.*

Hier gab er ein:

Sehr geehrter Grashopper123457,

mein Name ist Thilo Hain, ich bin Kriminaloberkommissar bei der Kriminalpolizei Kassel. Ich schreibe Sie im Zusammenhang mit dem Verkauf Ihres Fiat Ducato vor etwa einer Woche an. Nach unseren Erkenntnissen wurde dieses Fahrzeug in der Zwischenzeit bei der Verübung eines Verbrechens benutzt. Natürlich wissen wir, dass Sie den Transporter verkauft haben, und bringen Sie nicht in Verbindung mit der Straftat. Allerdings könnte der Hinweis, an wen Sie das Fahrzeug veräußert haben, für uns von größter Bedeutung sein. Ich bitte Sie deshalb, mich dringend im Polizeipräsidium Kassel zu kontaktieren.

Mit freundlichen Grüßen
Thilo Hain

Darunter vermerkte er noch seine Festnetz- wie seine mobile Rufnummer.

»Wenn er oder sie sich meldet, wäre das der schnellste Weg, den wir beschreiten können«, erklärte er Lenz. »Wenn das nicht fruchten sollte, müssen wir uns morgen früh mit der Staatsanwaltschaft in Verbindung setzen und uns einen Beschluss besorgen. Ohne den rückt Ebay nämlich die Klarnamen von Mitgliedern nicht heraus.«

»Würde ich auch nicht.«

»Klar. Wenn ich auf der einen Seite sitze und gern hätte, dass meine Daten sicher sind, würde ich das genauso sehen. Mache ich ja auch. Aber in unserer jetzigen Situation würde es uns natürlich helfen, wenn wir einfach bei denen anrufen könnten und die uns ohne großes Affentheater den Namen und die Anschrift des Mitglieds geben.«

»Wir könnten auch versuchen, uns direkt einen Beschluss zu besorgen, Thilo.«

Hain nickte. »Dann lass uns doch ab jetzt zweigleisig fahren. Du kümmerst dich um die offizielle Seite und ich bleibe weiter hier am Ball.«

»Andersrum wäre es mir lieber.«

»Ich weiß. Aber da du ja leider der ziemlich fest sitzende Korken im Arsch des Fortschritts bist, der sich immer davor gedrückt hat, sich mit den neuen Medien einzulassen, klappt das nicht.«

Lenz stöhnte auf. »Jetzt gehen mir die Argumente aus. Schreib mir alle Dinge auf, die ich für den Beschluss brauche, und ich mache mich los.«

Der Oberkommissar griff sich einen Zettel und einen Stift und begann zu schreiben. Dann reichte er seinem Boss das Papier.

»Ich drück dir die Daumen, dass es ohne großes Drama abgeht, weil ich weiß, wie sehr du diese Besuche in der Frankfurter Straße hasst. Aber so ist es nun mal, du musst es auf dich nehmen.

Lenz griff sich den Zettel und ging zur Tür. Bereits auf dem Flur hörte er das Telefon auf ihrem Schreibtisch klingeln und rannte zurück.

»Thilo Hain, Kriminalpolizei Kassel, guten Abend«, hörte er den jungen Kollegen sagen, der den Anruf mit eingeschaltetem Lautsprecher angenommen hatte.

»Guten Abend«, erklang die skeptische Stimme einer

Frau aus dem Lautsprecher. »Haben Sie mir eben diese komische Mail geschrieben?«

»Ja, das war ich.«

»Und Sie sind wirklich Polizist?«

»Oberkommissar bei der Kripo Kassel.«

»Kann ich das irgendwie überprüfen? Ich meine, es sind so viele komische Mails unterwegs …«

»Klar können Sie das. Sie könnten sich zum Beispiel die Nummer des Polizeipräsidiums Kassel aus dem Telefonbuch oder dem Internet besorgen, dort anrufen und sich mit mir verbinden lassen. Einfach nach Thilo Hain fragen, das ist mein Name.« Er hörte im Hintergrund das Klappern einer Tastatur.

»Warten Sie mal einen Moment«, forderte die Frau.

Es dauerte etwa 20 Sekunden, bis sie sich wieder meldete.

»Ich habe mir die Nummer des Präsidiums herausgesucht. Das scheint, wenn ich mir die ersten Stellen anschaue, zu passen, deshalb glaube ich Ihnen jetzt einfach mal, dass Sie Polizist sind.«

»Schön, das vereinfacht die Sache ein wenig. Es ist auch eigentlich gar nicht viel, um das ich Sie bitte. Es wäre uns einfach unheimlich wichtig zu erfahren, an wen Sie Ihren Ducato mit den Alufelgen verkauft haben.«

»Das war eigentlich gar nicht mein Ducato, und das ist jetzt, glaube ich, das größte Problem.«

»Wie, das war nicht Ihr Ducato?«

»Der Transporter gehörte eigentlich meinem Mann, von dem ich geschieden bin. Er stand hier seit mehr als einem Jahr bei uns vor dem Haus und hat alles blockiert. Ich habe meinen Exmann mindestens hundert Mal gebeten, das Ding wegzuholen, aber er hat es einfach nicht gemacht.

Und weil er sowieso mit dem Unterhalt im Rückstand ist, habe ich ihn einfach ins Internet gesetzt und verkauft. Mein Rechtsanwalt hat mir deshalb schon die Hölle heiß gemacht, aber ich war so pleite, dass ich nicht mal wusste, wie ich das Essen für die Kinder bezahlen sollte.«

»Das spielt bei unserer Anfrage überhaupt keine Rolle, Frau …?«

»Schäfer. Ich heiße Schäfer.«

»Ja, Frau Schäfer, dieser Hintergrund ist für uns wirklich komplett bedeutungslos. Und wenn Sie Ihren Mann so oft gebeten haben, das Auto zu beseitigen, stand Ihnen vermutlich sogar ein Verwertungsrecht zu. Wir bräuchten jetzt allerdings ganz dringend den Namen des Mannes oder der Frau, an den Sie den Transporter verkauft haben. Ich hoffe, Sie haben einen Kaufvertrag gemacht.«

»Natürlich habe ich einen Kaufvertrag. Ich renne auch gerade mit dem Telefon am Ohr durch das Haus und suche danach, aber …«

Es entstand eine kurze Pause.

»Wissen Sie was, ich rufe Sie gleich zurück. Ich glaube, ich weiß, wo er gelandet ist, aber ich muss vielleicht auch noch ein bisschen suchen. Ist das okay für Sie?«

Sowohl Lenz als auch Hain atmeten hörbar durch.

»Klar ist das okay für mich. Es wäre nur unheimlich wichtig für uns, dass Sie ihn finden.«

»Ich weiß, dass er da ist, ich muss ihn nur finden.«

»Gut. Bis gleich dann.«

27

Sebastian Koller erwachte aus einem fahrigen, immer wieder von Albträumen durchzogenen Schlaf. Er war schweißgebadet und hatte den Eindruck, am ganzen Körper zu stinken. Eigentlich war es egal, ob er wach war oder schlief, die Dämonen der Angst waren in beiden Fällen allgegenwärtig. Der Verkaufsleiter zog sich die dünne, verschwitzte Decke bis zum Kinn und versuchte, das Zittern seiner Hände irgendwie in den Griff zu bekommen.

Die Luft in seinem Verlies wurde zwar, da war er sich sicher, mithilfe einer Ventilationsanlage regelmäßig ausgetauscht, dennoch war es stickig und muffig. Koller schloss die Augen und holte tief Luft.

In den Stunden, bevor er eingeschlafen war, hatte er sich ein paar Gedanken zu einer möglichen Flucht gemacht. Am einfachsten war es ihm erschienen, sich bewusstlos zu stellen, um seinen Entführer in den Kerker zu locken. In diesem Moment böte sich ihm die Chance, den Mann zu überwältigen.

Aber vielleicht ist es ja gar kein Mann. Oder es sind mehrere, dann mache ich natürlich keinen Stich.

Mit ständig wachsender Wut war er jedes Detail durchgegangen, hatte sich ausgemalt, wie er diesen Scheißkerl mit den blanken Händen erwürgen würde, ihm die Scheiße aus dem Darm prügeln würde. Darüber war er schließlich eingeschlafen. Nun hatte sich sein Mut weitgehend verflüchtigt, geblieben war allerdings die blinde Wut auf die Person hinter der Tür.

Mit vorsichtigen Bewegungen tastete er seinen stark schmerzenden Penis ab. Dort, wo die elektrischen Leitungen angeschlossen gewesen waren, hatte er deutliche Verbrennungen davongetragen. Zudem hatte sich ein Taubheitsgefühlt eingestellt. Als ob alles eingeschlafen wäre.

Cindy. Vielleicht war es ein Fehler gewesen, sie abzuschießen. Die konnte Sachen mit einem machen, meine Herren.

Zu anderen Zeiten hatte er immer sofort eine Erektion bekommen, wenn er an den Sex mit Cindy dachte, doch nun rührte sich in seiner Hose gar nichts.

Bockmist!

Er wurde von dem Gedanken durchzuckt, dass diese Stromstöße ihn womöglich impotent gemacht hatten. Dass er nie mehr in seinem Leben einen hochkriegen würde.

Ich bringe dich um, du verdammte Sau. Wenn ich dich in die Finger kriege, bringe ich dich ohne zu überlegen um.

Wieder fuhr seine Hand in seine Hose. Doch außer Schmerzen verspürte er nichts.

Ich muss hier raus. Ich muss ihn dazu kriegen, hier hereinzukommen.

Oder Rita. Die gute Rita, die immer eine verlässliche Freundin gewesen ist. Und eine gute Mutter. Die hatte doch bestimmt Himmel und Hölle in Bewegung gesetzt, nachdem er verschwunden war.

Garantiert sucht die Polizei schon längst bundesweit nach mir. Und wenn die erst mal richtig …

»Aufstehen, los!«

Koller war schon bei der ersten blechernen Silbe hochgeschreckt. Nun stand er taumelnd vor der Liege und starrte in die Dunkelheit. Dann flammte wieder das Licht auf. Der noch immer wankende Mann hob den rechten Arm und hielt sich die Hand vor die Augen.

»Im Vorraum liegen ein paar Utensilien für Sie bereit. Holen Sie sie und verfahren Sie damit genau so, wie ich es Ihnen auf dem separaten Zettel vorgegeben habe. Verstanden?«

Sebastian Koller nickte. »Wann lassen Sie mich gehen?«, fragte er leise.

»Bald. Wenn Sie das aufgeschrieben haben, um das ich Sie … bitte, dauert es nicht mehr lang.«

Es entstand eine Pause.

»Wahrscheinlich«, setzte die knarzende Stimme hinzu.

»Ich will das nicht«, erwiderte der Vertriebsleiter trotzig. »Ich werde nicht mit Ihnen zusammenarbeiten.«

»Das würde mir sehr leidtun, Herr Koller. Wenn das wirklich Ihr fester Wille ist, kann ich es zwar akut nicht ändern, Sie zwingen mich allerdings in diesem Fall, Ihnen erneut Schmerzen zuzufügen. Möchten Sie das?«

»Ich will hier raus!«, schrie Koller. »Und ich will nicht mehr von Ihnen hören, dass ich erst noch dies und das erledigen muss. Ich will auf der Stelle hier raus!«

Wieder gab es eine Pause.

»Ich kann verstehen, dass Sie erregt sind«, zeigte sich die Stimme fast versöhnlich. »Aber ich muss Sie bitten, auch meine Position zu verstehen. Ich brauche Sie, und Sie werden mir helfen. Auf einen für Sie angenehmen Weg oder einen etwas ungemütlicheren. Das liegt an Ihnen.«

»Ich werde Ihnen nicht mehr helfen. Und das ist mein letztes Wort.«

Pause.

»Gut. Lassen wir das mal so stehen. Ich werde Ihnen aber, damit Sie mir nicht hinterher vorwerfen, ich hätte Sie nicht gewarnt, erzählen, was ich als Nächstes mit Ihnen vorhabe, falls Sie tatsächlich die Kooperation verweigern. Einverstanden?«

Der Mann vor dem Bett reagierte nicht.

»Ich werte das mal als Zustimmung. Also, Sie haben, wie ich vorhin an Ihren Reaktionen unter der Bettdecke sehen konnte, gewisse Probleme im Bereich Ihres Unterleibs. Sie müssen nicht antworten, ich weiß, dass es so ist. Falls Sie aber glauben sollten, dass damit das Ende der, verzeihen Sie mir den vielleicht etwas unpassenden Ausdruck, Fahnenstange erreicht ist, muss ich Sie leider eines Besseren belehren. Als Nächstes werde ich Sie nämlich erneut betäuben und Ihnen dann ein relativ dünnes Glasröhrchen in den Harnleiter einführen. Das klingt jetzt ein wenig unangenehm, ist es aber gar nicht. Unangenehm wird die Prozedur erst, wenn ich dieses Glasröhrchen von außen mechanisch zerstöre, was nichts anderes bedeutet, als dass ich mit einem Hammer auf ihr bestes Stück schlagen werde. Das Röhrchen zerbricht und Millionen von mikroskopisch kleinen Glasteilchen werden sich in ihrem Harnleiter befinden. Was das für Schmerzen werden, wenn Sie wieder aufwachen, muss ich Ihnen nicht näher erläutern. Erst recht nicht, wie schmerzhaft das nächste Wasserlassen oder die nächste Ejakulation sein wird. Allerdings, so befürchte ich, werden sich die verletzten Stellen allesamt entzünden, was aber nicht zu behandeln sein wird, weil sich ja die Glasreste noch an Ort und Stelle befinden. Um es kurz zu machen, es wird auf eine Amputation hinauslaufen. Nach furchtbaren, ja eigentlich höllisch zu nennenden Schmerzen.«

Koller musste unwillkürlich schlucken. Schon bei der Schilderung seiner möglichen nächsten Qualen waren ihm

Schauer über den Rücken gelaufen. »Aber das können Sie doch nicht machen«, murmelte er.

»Wie bitte? Was sagten Sie?«

»Ich habe gesagt, dass Sie das doch nicht machen können. Kein Mensch sollte einem anderen Menschen so etwas Bestialisches antun.«

»Sie meinen, es sei besser, Kinder mit Glyphosat zu killen?«

»Aber …« Der Agroquest-Mitarbeiter brach ab. »Sie sind ein Monster«, flüsterte er.

»Nein, da irren Sie sich leider, Herr Koller. Das Monster bin nicht ich, das Monster sind Sie und Ihresgleichen, die ohne mit der Wimper zu zucken und nur aus Profitstreben über Leichen gehen und auch nicht davor zurückschrecken, Menschen zu schikanieren und zu diffamieren. Sie und Ihresgleichen sind die wahren Monster, nicht ich.«

Es knisterte in der Verbindung.

»Bleibt es bei Ihrer ablehnenden Haltung, Herr Koller? Oder konnte mein kleiner Hinweis auf die möglichen Folgen Sie vielleicht doch umstimmen?«

Koller nickte schwer. »Ich mache es«, brummte er schließlich. »Ich mache es.«

»Das habe ich nicht anders erwartet. Bitte nehmen Sie also die Utensilien an sich und beginnen Sie. Ich bin in drei Stunden zurück und hole die von Ihnen erstellten Schriftstücke ab.«

Wieder ein Knacken, dann war die Verbindung getrennt. Koller ging zur Tür, öffnete sie und hob eine auf dem Boden liegende Kladde auf. Zuerst dachte er, es handle sich dabei um das Gutachten der Shea-Kommission, doch dem war nicht so. Zurück in der Zelle setzte er sich auf die Pritsche und öffnete die Mappe.

Zuerst waren da mehrere Blankoseiten liniertes Papier. Dann fand er in der Mitte eingeklemmt einen gut in der Hand liegenden Stift und schließlich eine eng beschriebene, ausgedruckte DIN-A4-Seite. Sofort begann er zu lesen.

Sie werden den folgenden Text ohne jedwede Abweichung, Ergänzung oder Kürzung in Ihrer gewöhnlichen Handschrift abschreiben. Sollten Sie versuchen, auf irgendeine wie auch immer geartete Weise gegen diese Auflage zu verstoßen, wird das die besprochenen Folgen für Sie haben. Und nun zu Ihrem Text:

Ich, Sebastian Koller, erkläre hiermit, dass die folgende Urschrift ohne fremde Einflüsse oder Zwang entstanden ist. Ich befinde mich im Vollbesitz meiner geistigen Kräfte und versichere, dass mich niemand angeleitet oder genötigt hat, dieses Geständnis zu verfassen.

Ich gestehe hiermit, dass ich seit mehreren Jahren davon Kenntnis habe, dass glyphosathaltige Pestizide, speziell das von Agroquest hergestellte und vertriebene Produkt Squeeze, hochgradig kanzerogen ist.

Weiterhin ist mir bekannt, dass das Unternehmen, für das ich arbeite, Menschen bedroht, diffamiert und juristisch terrorisiert, die daran arbeiten, diesen Betrug an der Allgemeinheit öffentlich zu machen.

Ich gestehe weiterhin, am Tod der beiden Kinder Julia und Ulrike Kramer eine Mitschuld zu tragen.

Außerdem …

Koller legte die Seite weg und schüttelte den Kopf.

Und wenn du Arschloch mir den Schwanz gleich selbst abschneidest, das werde ich garantiert nicht schreiben. Eher bringe ich mich um.

Er schüttelte erneut angewidert den Kopf.

Niemals!

»Probleme, Herr Koller?«

Koller stand auf und holte tief Luft. »Ich werde das nicht schreiben. Und wenn Sie mir alles antun, was Sie sich in Ihrem kranken Hirn so ausgedacht haben, ich werde es nicht machen. Vergessen Sie es einfach.«

»Das ist Ihr letztes Wort?«

»Das ist mein absolut letztes Wort, ja.« Damit fegte der Vertriebsmann das Papier vom Bett und ließ sich darauf fallen. Es dauerte keine zehn Sekunden, dann ertönte aus Richtung der Tür ein leises Zischen.

»Mach doch, du Arsch«, schrie Koller wie von Sinnen. »Schneid mir doch von mir aus den Schwanz ab, du bekommst trotzdem nicht, was du willst.«

»Da, lieber Herr Koller«, tönte es blechern aus dem Lautsprecher, »bin ich wirklich sehr gespannt, ob Sie das nicht bereuen werden.«

28

»Ich bin's wieder, Jutta Schäfer aus Bad Wildungen.«

Hain und Lenz tauschten einen erleichterten Blick aus. Es hatte länger als eine Viertelstunde gedauert, bis sich die Verkäuferin des Lieferwagens wieder gemeldet hatte. »Ja, Frau Schäfer. Schön, dass Sie sich wieder melden. Haben Sie den Kaufvertrag gefunden?«

»Ich halte ihn hier in der Hand.«

»Und wie ist der Name des Käufers?«

»Butterweck. Friedrich Butterweck.«

Hain hätte beinahe laut losgelacht.

»Butterweck? Sind Sie sicher?«

»Das hat er mir so gesagt. Ich meine … diktiert.«

»Sie haben den Mann also nicht nach seinem Personalausweis gefragt?«

»Nein. Ich war froh, als er das Geld auf den Tisch gelegt hat. Eigentlich wollte er nicht mal einen Kaufvertrag aufsetzen, aber weil der Ducato ja noch angemeldet war, habe ich darauf bestanden.«

»Aber ohne sich seinen Ausweis anzusehen.«

»Das war bestimmt nicht clever, da gebe ich Ihnen recht. Aber umgemeldet sollte der Ducato schon sein, das hat er mir auf jeden Fall versprochen. Innerhalb von drei Tagen wollte er es machen.«

»Wie sah der Mann denn genau aus, Frau Schäfer? Können Sie ihn mir irgendwie beschreiben?«

Einen Moment lang war Stille auf der anderen Seite.

»Tja, wie sah der aus? Eigentlich ganz gut, wenn Sie mich so fragen.«

»Wie alt ungefähr?«

»So um die vierzig, vielleicht ein paar Jahre älter.«

»Groß oder eher klein?«

»Nein, schon größer.«

»Haarfarbe?«

Sie überlegte.

»Das kann ich Ihnen gar nicht so genau sagen, er hat nämlich die ganze Zeit eine Schildmütze getragen.«

»Hmm«, machte Hain. »Wissen Sie vielleicht noch, was das für eine Schildmütze war?«

»Natürlich. Daran kann ich mich noch gut erinnern, weil mein mittlerer Sohn hinterher zu mir sagte, dass er sich genauso eine zum Geburtstag wünscht. Er hat in zwei Wochen Geburtstag, müssen Sie wissen.«

»Ach so. Und was für eine Kappe war es?«

»Na, mein Junge ist ein totaler Fan von Bayern München. Und der Mann, der den Transporter gekauft hat, hat so eine getragen.«

Wieder tauschten Lenz und Hain einen Blick. Diesmal jedoch wussten die beiden Kommissare, dass ihnen der wahrscheinlich entscheidende Durchbruch im Fall der Entführung von Sebastian Koller gelungen war. Jeder von ihnen sah in diesem Augenblick die Szene auf dem Hof der Kramers vor seinem geistigen Auge. Jene Szene, als Werner Hessler, der Nachbar der Kramers, auf der Bildfläche erschienen war, auf dem Kopf eine Bayern-München-Kappe.

»Auch wenn es selbst in Kassel und Umgebung einige Bayern-Fans geben sollte, kann das kein Zufall sein«, meinte Lenz, nachdem sein Kollege das Gespräch beendet hatte.

»Nein, das glaube ich auch nicht. Aber trotzdem werde ich sofort prüfen, ob es eine Zulassung auf seinen Namen gibt. Hessler hieß der, oder?«

»Genau. Werner Hessler.«

Der Oberkommissar wechselte die Maske und hatte eine Minute später herausgefunden, dass auf den Namen des Nachbarn der Kramers kein Fiat Ducato zugelassen war. Es gab zwei Autos, die auf ihn angemeldet waren, einen Ford Ranger und einen Toyota Auris.

»Das muss aber nichts heißen«, winkte Hain ab. »Ich schau mal nach, ob es überhaupt eine Ummeldung auf den neuen Halter gibt, oder ob die Karre noch auf diesen Herrn Schäfer aus Bad Wildungen läuft.«

Diesmal dauerte die Sache ein wenig länger, dann hatte der Polizist herausgefunden, dass der Ducato mit den so untypischen Alufelgen noch immer auf Stefan Schäfer angemeldet war.

»Er ist es, Paul«, zeigte sich Hain völlig überzeugt. »Fragt sich nur, ob er es allein gemacht hat oder im Verbund mit den Kramers. Aber Werner Hessler ist der Schlüssel zur Lösung dieses Falles.«

»Gut, fahren wir hin und konfrontieren ihn mit unserem Wissen. Mal sehen, wie er reagiert.«

»Dann los.«

Die Fahrt zum Hof von Werner Hessler verlief weitgehend schweigend. Jeder der beiden war mit sich und seinen Gedanken beschäftigt. Hain parkte den Dienstwagen gut 200 Meter vor der Einfahrt, den Rest legten sie zu Fuß zurück. Das landwirtschaftliche Anwesen zeigte sich als nahezu identische Kopie zu der Anlage eine Hausnummer weiter bei den Kramers. Auch hier gab es einen gepflegten kleinen Bungalow im rechten Teil vor dem eigentlichen

Haupthaus, der Hof wurde gesäumt von mehreren, durchgängig verbundenen Nebengebäuden und Stallungen. Vor der Eingangstür lag ein dösender Hund, der den Polizisten nicht die geringste Beachtung schenkte. Lenz klingelte und trat ein wenig zurück. Als sich nach 15 Sekunden im Innern des Hauses nichts getan hatte, legte er erneut den Finger auf den Taster. Wieder keine Reaktion.

»Vielleicht ist er im Stall?«, meinte Hain.

Lenz sah auf seine Armbanduhr. »Glaube ich nicht. Die Kühe haben bestimmt schon Nachtruhe.«

»Spinner.«

Der Hauptkommissar trat nach vorn und startete einen weiteren Versuch, der jedoch wie die vorherigen endete.

»Sehen wir uns ein bisschen um«, schlug Hain vor.

»Ja, das machen wir. Aber zuerst statten wir seinen Nachbarn einen Besuch ab. Vielleicht wissen die ja, wo er sich herumtreibt.«

Hain nickte, und gemeinsam machten sie sich auf den kurzen Weg. Schon beim Näherkommen und noch vor dem Betreten des Kramer'schen Hofs konnten die Beamten das angeregte Gespräch auf der Terrasse hören. Und sie vernahmen die Stimme Werner Hesslers. Freundlich lächelnd traten sie auf die drei zu und nickten zur Begrüßung.

»Guten Abend, die Herren«, erwiderte Sigmar Kramer. »Sie scheinen ja einen richtigen Narren an uns gefressen zu haben.«

»Das könnte man so sagen«, gab Lenz immer noch freundlich zurück. »Allerdings gilt unser Besuch nicht wirklich Ihnen oder Ihrer Frau, sondern Ihrem Nachbarn.«

Damit sah er Hessler direkt ins Gesicht. Wie bei ihrem

ersten Zusammentreffen thronte auch heute auf dessen Kopf die Bayern-München-Kappe.

»Würde es Ihnen etwas ausmachen, uns ein paar Fragen zu beantworten?«

»Nicht das Geringste«, bekam er ebenso freundlich zur Antwort.

»Möchten Sie hier bleiben? Ich meine, bei Ihren Nachbarn?«

»Selbstverständlich. Wir haben keine Geheimnisse voreinander. Oder, Siggi?«

Kramer schüttelte den Kopf und deutete auf die freien Stühle auf der gegenüberliegenden Tischseite.

»Setzen Sie sich. Möchten Sie vielleicht ein Bier trinken? Oder geht das nicht, weil Sie im Dienst sind?«

»Das wäre sicher ein Grund, es nicht zu tun, aber im Moment habe ich keinen Durst.« Der Leiter der Mordkommission sah seinen Kollegen an, der ebenfalls ablehnte.

»Also, was kann ich für Sie tun?«, zeigte Hessler sich dem Ansinnen der Kripomänner sehr aufgeschlossen.

»Zunächst«, begann Hain, während er seinen kleinen Notizblock aufklappte, »könnten Sie uns sagen, wo Sie vorgestern zwischen 21 Uhr und 23 Uhr gewesen sind, Herr Hessler.«

»Da war ich zu Hause«, kam es wie aus der Pistole geschossen. »Es lief eine Sendung im Fernsehen, die ich gern sehen wollte.«

»Allein?«, hakte Lenz nach.

»Natürlich allein. Oder ist das nicht gut für mich, wenn ich allein zu Hause war?«

»Das weiß ich nicht. Sagen Sie es mir.«

»Ich weiß nicht, warum mir das schaden sollte.«

Lenz wies auf die Kappe auf seinem Kopf. »Schwerer Bayern-Fan, wie ich vermute.«

»Allerdings. Und das, schon seit ich denken kann.«

»Und immer mit der Kappe unterwegs, wie ich vermute.«

»Meistens, klar. Aber ich habe mehr als diese eine.«

»Das glaube ich auch«, bestätigte Sigmar Kramer. »Wahrscheinlich gibt er für diesen Bayernkram mehr Geld aus als für Essen und Trinken.«

»Sie hatten diese Kappe auch auf, als Sie in Bad Wildungen den Ducato gekauft haben, nicht wahr?«

Hessler blieb völlig unbeeindruckt. Sein Gesichtsausdruck veränderte sich um kein Jota. »Wie meinen Sie? Was für einen Ducato?«

»Den weißen Ducato«, präzisierte Hain, »den Sie Frau Schäfer in Bad Wildungen abgekauft haben. Und mit dem Sie nach unseren Erkenntnissen vorgestern Abend Sebastian Koller entführt haben. Der, nachdem alle Identitätsmerkmale herausgeflext und -getrennt worden waren, im Wald bei Lohfelden ausgebrannt ist. Na, keine Erinnerung?«

Hessler zog ein wenig mitleidig die Stirn nach oben. »Nicht die geringste. Ich befürchte, Sie sind da einer ganz gehörigen Räuberpistole aufgesessen.«

»Das sehen wir anders. Und deshalb werden wir Ihren gesamten Hof auf links drehen. Wir werden in jede Schublade und hinter jede Tür schauen und wir sind uns sicher, dass irgendwo dort drüben Sebastian Koller zu finden sein wird. Hoffen wir, dass er am Leben ist, sonst kommt eine wirklich schwere Zeit auf Sie zu.« Der junge Polizist sah dem Landwirt provozierend in die Augen. »Wobei ich damit auf keinen Fall gesagt haben will, dass die nächste Zeit nicht auch so schwer genug für Sie werden wird.«

Sigmar und Verena Kramer waren der Unterhaltung mit von Silbe zu Silbe größer werdender Irritation gefolgt.

»Aber das kann doch nicht sein«, stammelte die Frau und blickte ihren Nachbarn zweifelnd an. »Du hast doch mit dieser Entführung nichts zu tun, Werner. Oder?«

»Nein, Verena, ich habe mit dieser Entführung nichts zu tun. Das verspreche ich dir.«

»Das wäre ja auch furchtbar.«

Sigmar Kramer sah von einem Polizisten zum anderen. »Wie kommen Sie darauf, dass Werner diesen Mann entführt haben soll? Ich gebe Ihnen mein Wort, dass er damit nicht das Geringste zu tun hat.«

»Was macht Sie da so sicher, Herr Kramer?«

»Ich kenne ihn einfach. So etwas würde er nicht machen.«

»Trotzdem müssen wir Sie bitten, uns aufs Präsidium zu begleiten, Herr Hessler. Für morgen früh wird eine Gegenüberstellung anberaumt, und wenn sich herausstellen sollte, dass Sie diesen Transporter nicht gekauft haben, werden wir uns natürlich in aller Form bei Ihnen entschuldigen. Bis dahin allerdings sind Sie der Tat dringend verdächtig, und deshalb werden wir auch noch heute Abend einen Durchsuchungsbeschluss für Ihr Haus und Ihren Grund erwirken. Es besteht die Möglichkeit, dass Sebastian Koller in Lebensgefahr schwebt, was diese Maßnahme durchaus angemessen macht.«

»Aber, meine Herren«, versuchte Siggi Kramer, der offenbar schon eine Flasche Bier zu viel intus hatte, die Gemüter ein wenig zu beruhigen. »Dazu braucht es doch sicher keinen Durchsuchungsbeschluss.« Er sah seinen

Nachbarn aufmunternd an. »Es macht dir doch garantiert nichts aus, Werner, den Polizisten dein Haus zu zeigen, oder?«

»Warum sollte ich das machen? Nur weil die denken, ich hätte diesen Mann entführt? Nein, da müssen Sie schon mit mehr Beweiskraft kommen als mit einer dusseligen Bayern-München-Cap.« Er sah die Polizisten herausfordernd an.

»Was passiert eigentlich, wenn ich mich weigere, mit Ihnen zu gehen? Werde ich dann erschossen?«

»Das sicher nicht, Herr Hessler«, antwortete Lenz sachlich, aber bestimmt. »Allerdings müssten wir dann unmittelbaren Zwang ausüben, und das machen wir ungern.«

Verena Kramer stand abrupt auf. »Kann ich dich kurz sprechen, Werner?«

»Warum das denn, Verena?«, wollte ihr Mann wissen.

»Weil ich eben etwas mit ihm zu besprechen habe.«

»Und das kannst du nicht hier draußen bei uns?«

»Nein, das kann ich nicht hier draußen bei euch. Und ich *will* es auch nicht hier draußen bei euch machen.«

»Verena? Was ist denn los mit dir?«

Sigmar Kramer griff nach der Hand seiner Frau, die sich jedoch sofort von ihm losmachte.

»Gar nichts.« Sie beugte sich nach vorn, gerade so, als wolle sie Werner Hessler vor sich her scheuchen. Der bewegte sich jedoch keinen Zentimeter.

»Komm jetzt, Werner. Bitte!«

Kramer stand nun ebenfalls auf. »Hier geht keiner vom Tisch weg, jedenfalls nicht, ohne mir vorher zu erklären, was es zu besprechen gibt, das ich nicht hören darf.«

Wieder galt sein Griff dem Arm seiner Frau, die sich ihm erneut genauso schnell entzog.

»Du willst hier gar nichts wissen, Siggi. Überleg einfach, was du sagst. Und wenn du nichts zu sagen hast, dann schweig gefälligst einfach mal.«

»Verena …«

Die Frau sah von ihrem Mann zu Hessler, dann zu den Polizisten, die dem Dialog mit großem Interesse folgten, und schließlich wieder zu Kramer. »Ich wollte ihn einfach unter vier Augen fragen«, gab sie leise von sich, während sie sich langsam wieder setzte, »ob er diesen Mann entführt hat. Ob er irgendetwas mit dieser Entführung zu tun hat.«

»Und warum kannst du das nicht hier vor uns allen fragen?«

»Weil ich es einfach nicht wollte. Kapierst du das denn nicht?« Sie hatte den letzten Satz mit großem Furor nahezu herausgebrüllt. »Und ich will es auch nicht erklären müssen, Siggi. Ich will nichts von dem erklären müssen, was sich in den letzten Tagen hier auf dem Hof abgespielt hat.« Sie funkelte ihn mit zusammengekniffenen Augen an. »Lass es besser einfach so stehen, ja?«

»Ja, natürlich«, gab er kleinlaut zurück.

Ihr Blick traf wieder Hessler. Sie griff sich an die Brust und hielt ihm ein an einer Kette hängendes Amulett entgegen.

»Und du, Werner, wirst mir jetzt im Angesicht Gottes ganz offen und ehrlich sagen, dass du mit dieser Entführung nichts zu tun hast. Das stimmt doch, oder? Du hast weder einen Transporter gekauft, noch hast du diesen Menschen entführt und verschleppt.«

Alle Augen der am Tisch versammelten Menschen hefteten sich nun auf Werner Hessler.

»Hör auf, Verena«, zischte der ungehalten. »Hör auf mit dieser ewigen Liebe-Gott-Nummer, die ich wirklich nicht mehr hören kann. Wir beide wissen nur zu gut, dass du als Letzte frei bist von Sünde. Also lass mich einfach in Ruhe damit.«

Lenz und Hain tauschten einen kurzen Blick aus, der auf beiden Seiten *irgendwie scheint es hier gleich richtig interessant zu werden* ausdrückte.

Siggi Kramer starrte derweil seine Frau und seinen Freund mit unverhohlenem Misstrauen an. »Warum ist Verena als *Letzte frei von Sünde*, Werner? Was genau willst du damit sagen?«

Hessler winkte ab. »Das war nur so dahingesagt. Weil sie immer so gläubig tut, aber gar nicht so gläubig ist.«

»Und das weißt du besser als ich, oder was?«

»Ja ... nein. Es war einfach nur so dahingesagt. Lassen wir es dabei bewenden, ja?«

»Nee, so einfach geht das jetzt nicht. Ich will schon wissen, was hier genau läuft mit euch.«

Verena Kramer verschränkte die Hände ineinander, sah Hessler intensiv an und schüttelte dabei kaum merklich den Kopf. Ihr Mann hatte die Bewegung jedoch registriert.

»Läuft da was zwischen euch? Oder wie darf ich dieses Affentheater, das ihr hier aufführt, sonst verstehen?«

»Mach dich bitte nicht lächerlich, Siggi«, erwiderte Verena unwirsch. »So tief muss das Niveau ja nun wirklich nicht sinken.«

»Wir werden uns auf keinen Fall in Ihre Privatangelegenheiten einmischen«, ging Lenz nun entschlossen dazwischen, »aber für uns ist diese Unterhaltung hiermit beendet.« Er deutete auf Hessler. »Sie und wir besichtigen jetzt Ihren Hof, und wenn Sie sich weigern sollten, uns zu unterstützen, werden Sie uns von einer Seite kennenlernen, die Ihnen garantiert nicht gefällt. Das kann ich Ihnen versprechen.«

Der Nachbar der Kramers hatte bei den Worten des Kommissars Verena Kramer nicht für einen Sekundenbruchteil aus den Augen gelassen und tat es auch weiterhin nicht. Es kam Lenz vor, als würde der Landwirt ihn überhaupt nicht hören.

»Sag es ihm, Verena«, murmelte er stattdessen.

»Bitte, Werner!«

»Sag es ihm endlich, verdammt noch mal. Los!«

Sigmar Kramers Kopf flog von seiner Frau zu seinem Freund und zurück. »Was sollst du mir sagen, Verena? Was sollst du mir sagen?«

»Nichts, Siggi. Wir reden nachher darüber.« Sie blickte Hessler nun mit hasserfüllten Augen an.

»Und du verlässt jetzt unseren Hof, Werner. Ich will dich nie mehr hier sehen. Hast du das …?«

»Ich will nicht *nachher* darüber reden«, fiel Kramer ihr ins Wort. »Ich will auf der Stelle wissen, was ihr beiden für ein Geheimnis teilt.«

»Siggi, das geht jetzt nicht«, erwiderte Verena Kramer fast zärtlich. »Das geht jetzt einfach nicht, und ich bitte dich, das zu akzeptieren.«

»Gar nichts werde ich …« Sigmar Kramer brach ab und riss die Augen auf. Sein Blick war auf Werner Hessler gerichtet, der aufgesprungen war und in dessen linker Hand sich ein kleiner Revolver befand, der direkt auf ihn gerichtet war. Sowohl Lenz als auch Hain hatten zwar die Bewegung wahrgenommen, die Waffe jedoch erst registriert, als es zu spät war.

»Sitzen bleiben und zwar alle«, zischte Hessler und wandte sich, ohne seinen Freund aus dem Blick und der

Schusslinie zu nehmen, den Polizisten zu. »Waffen auf den Tisch, aber ganz vorsichtig. Wenn Sie irgendwelchen Unsinn machen oder einer von Ihnen den Helden zu spielen versucht, werde ich schießen.«

Lenz schüttelte den Kopf. »Das bringt doch alles nichts, Herr Hessler. Wir wissen, dass Sie Sebastian Koller entführt haben. Wenn er noch lebt, kommen Sie mit acht Jahren davon, also seien Sie jetzt kein Idiot.«

Der Mann mit der Waffe grinste ihn breit an. »Acht Jahre? Was ist das gegen lebenslänglich, das ich hier aufgebrummt bekommen habe?«

»Lebt Koller noch?«

Werner Hessler lachte laut auf, nickte und stieß zischend Luft aus. »Waffen raus, und zwar plötzlich.« Nun fuhr sein Arm nach rechts und nahm den Hauptkommissar ins Visier.

Hain machte eine langsame, kaum zu sehende Bewegung, doch Lenz schüttelte erneut den Kopf. »Lass es, Thilo. Er ist es nicht wert.«

Beide griffen nach ihren Dienstwaffen und legten sie vorsichtig auf dem Tisch ab. Hessler nahm eine nach der anderen auf und steckte sie in seinen Hosenbund.

»Herr Hessler, was soll das denn?«, machte Lenz einen erneuten Versuch. »Sie kommen nicht mal aus der Stadt raus, geschweige denn aus dem Land. Und falls Sie das doch schaffen würden, was wollen Sie dann machen? Also, seien Sie vernünftig, und nehmen die Waffe runter. Mein Kollege und ich versprechen Ihnen, dass wir dann ein gutes Wort für Sie einlegen werden. Und die Sache, die hier gerade abläuft, vergessen wir ganz einfach.« Er beugte sich nach vorn. »Das Wichtigste ist jetzt, Herrn Koller zu retten. Sagen Sie uns, wo er ist, damit wir das veranlassen können.«

Es entstand eine Pause. Offenbar überdachte Hessler das Angebot. Dann jedoch fiel sein Blick wieder auf Verena Kramer.

»Warum will mir hier jeder sagen, was gut ist für mich? Ich glaube, ich bin alt genug, um das selbst zu beurteilen.«

»Alt genug bist du sicher, Werner«, mischte Verena sich ein, »aber vielleicht bist du im Moment ja ein wenig überlastet.«

Ihr Ton war nun sehr warm und auch in ihrem Gesichtsausdruck war jetzt wieder die frühere Güte zu erkennen.

»Überlastet? Davon kannst du mal ausgehen«, gab Hessler leise zurück. »Jeder Vater wäre überlastet, wenn seine Kinder sterben und er nicht einmal angemessen um sie trauern kann.«

Verena Kramer riss die Augen auf. »Tu es nicht, Werner, bitte. Lass die Dinge, die wir nicht mehr ändern können, ruhen. Ich bitte dich wirklich inständig darum.«

»Was …?«, entfuhr es Sigmar Kramer, weiter kam er jedoch nicht.

»Halt deinen Mund, Siggi«, wurde er barsch von seinem Freund und Nachbarn unterbrochen. »Ich rede mit Verena.«

Die Frau hob die Hände vors Gesicht. Zwischen den Fingern konnte man Tränen sehen. Werner Hessler trat einen Schritt zurück, sodass er für einen Überraschungsangriff von Lenz oder Hain komplett außer Reichweite war.

»Sag es ihm, Verena. Sag es ihm jetzt oder ich mache es.«

»Ich kann nicht.«

»Was sollst du mir sagen?«, schrie Kramer wie von Sinnen. »Verdammt, was geht hier vor?«

»Verena kann dir nicht erzählen, dass du meine Kinder großgezogen hast, Siggi. Meine beiden Mädchen.«

Die Frau heulte auf wie ein angeschossenes Tier. »Nein, Werner!«

»Wie …?«, zeigte sich Kramer nun restlos überfordert. Er hatte zwar die Worte seines Nachbarn gehört, der Inhalt war jedoch noch nicht bis zu ihm vorgedrungen. »Was … meinst du … damit? *Deine beiden Mädchen*?«

Lenz hatte das Gefühl, sich in einem Theaterstück zu befinden. In einem Theaterstück und mitten auf der Bühne.

»Er will damit sagen«, presste Verena Kramer heraus, »dass er der leibliche Vater von Julia und Ulrike ist.« Sie legte ihrem Mann mehr bittend als zärtlich die Hand auf den Unterarm. »Aber der eigentliche Vater der beiden bist nur du, Siggi. Nur du.«

»Du hast mit ihm …?«

»Ja, ich habe mit ihm geschlafen, das ist wahr. Aber ich habe es für uns gemacht. Nur für uns.«

Es war, als hätte sie ihm mit voller Wucht ins Gesicht geschlagen.

»Nur für uns?«

»Wir wollten so gern ein Kind, Siggi, und es hat einfach nicht geklappt. Erinnerst du dich, wie sehr das unsere Ehe belastet hat? Und eines Tages habe ich mir einfach nicht mehr anders zu helfen gewusst. Es war mir immer klar, dass Werner mich gut leiden kann, deshalb musste ich ihn nicht lang bitten. Aber es war nur rein körperlich, das musst du mir glauben.«

Kramer schüttelte wie in Trance den Kopf. »*Rein körperlich*«, wiederholte er. »Bei Uli und auch noch bei Julia? *Rein körperlich*?«

»Wir wollten Kinder, Siggi, und es war nun einmal so, dass es bei uns nicht klappen wollte. Erinnerst du dich denn gar nicht, wie schwer die Zeit damals war? Wie wir

Monat für Monat unglücklicher geworden sind miteinander?«

Der Landwirt sah seine Frau lange an. In seinem Blick
lag tiefste Trauer, aber auch so etwas wie Verständnis. Dann
wandte er sich an Hessler.

»Du hast also den Mörder deiner Kinder entführt«,
stellte er überraschend sachlich fest, um sich im nächsten Augenblick auf den Mann mit der Pistole zu stürzen.
Allerdings war sein Angriff schon im Ansatz zum Scheitern verurteilt, weil die Distanz zwischen ihnen deutlich
zu groß war, um etwas auszurichten. Hessler trat einfach
einen schnellen Schritt zur Seite und gab dabei einen Schuss
ab. Sigmar Kramer wurde in der Bewegung zurückge-
schleudert und schlug mit einem Oberarmdurchschuss
auf dem Tisch auf. Gleichzeitig riss Hessler die Waffe wieder herum und nahm erneut Lenz und Hain ins Visier.
Verena hatte bereits beim ersten Zucken ihres Mannes auf-
geschrien und beugte sich nun über ihn.

»Siggi, es tut mir alles so furchtbar leid.«

»Als du damals mit mir im Bett warst, hat sich das ganz
anders angehört«, schleuderte Hessler ihr hasserfüllt entgegen, bevor er sich seinem Nachbarn zuwandte. »Da war
es nämlich ganz und gar nicht klar, dass Uli und Julia *eure*
Kinder sein würden. Da war schon im Gespräch, dass die
heilige Verena vielleicht die Seiten wechselt.« Er spuckte
auf den Tisch. »Aber dafür hat ihr Mut dann doch nicht
gereicht, und so ist es bei der Rolle des guten Onkels für
mich geblieben. Und du glaubst nicht, wie es mich genervt
hat.«

Kramer stöhnte mit schmerzverzerrtem Gesicht auf.
»Verschwinde, du Drecksau«, schrie er. »Verpiss dich auf
der Stelle aus unserem Leben.«

»Nichts lieber als das. Es gibt nämlich nichts mehr, das mich hier hält.« Damit wandte er sich den Polizisten zu. »Den Autoschlüssel. Her damit.«

Hain legte ihn ohne zu zögern auf den Tisch.

»Her zu mir«, bellte Hessler ihn an und deutete auf die Stelle vor sich. »Hier her.«

Der Oberkommissar schob den einzelnen Schlüssel nach links, wobei er darauf spekulierte, dass der Mann mit der Waffe ihm einen Moment der Unaufmerksamkeit schenken würde, was jedoch nicht geschah.

»Ich hätte nicht wenig Lust, euch alle zu erschießen«, zischte der stattdessen, während er sich den Schlüssel in die Hosentasche schob.

»Und jetzt eure Handschellen raus!«

Sowohl Lenz als auch sein Kollege griffen sich langsam an den Gürtel, zogen die Metallschlaufen aus ihren Kunststoffetuis und legten sie auf den Tisch.

»Gegenseitig anlegen«, blaffte er. »Und zwar mit den Armen kreuzweise durch die Lehne der Bank. Aber vorher will ich die Schlüssel haben. Beide.«

Es dauerte einen Moment, bis die Beamten verstanden hatten, was genau er meinte, dann übergaben sie ihm die Schlüssel und fixierten sich anschließend gegenseitig so mit den Armen um die Lehne der äußerst massiven Holzbank, dass sie sich nicht wegbewegen konnten.

»Hör doch bitte auf mit dem Unsinn, Werner«, bat Verena Kramer ihn erneut. »Wenn du, wie ich vermute, diesem Herrn Koller bisher noch nichts angetan hast, wird sich das doch alles regeln lassen. Und wenn man bedenkt, dass du es für deine eigenen …« Sie brach schluchzend ab und umarmte ihren stöhnenden Mann ein wenig fester.

»Der Typ hat alles verdient, was ihm widerfahren ist«, erklärte Hessler ihr bemerkenswert ruhig. »Und er hat auch das verdient, was noch auf ihn zukommt.« Ein letzter Blick in die Runde, dann wandte er sich ab und rannte davon.

»Frau Kramer«, rief Hain, nachdem er aus ihrem Sichtfeld verschwunden war, »ich brauche Ihre Hilfe. In meiner rechten Jackentasche ist ein kleines Etui, das müssen Sie mir in die Hand geben. Die Frau folgte seiner Bitte, und kurz darauf hielt der junge Polizist sein Einbrecherwerkzeug in den Händen. Mit fliegenden Fingern kramte er das benötigte Utensil aus dem Sortiment und machte sich an die Arbeit. Keine 15 Sekunden später war das erste Schloss geöffnet. Er richtete sich auf, streifte die Schelle vom Handgelenk und befreite seinen Boss von dessen Metallarmband.

»Rufen Sie 110 an«, forderte Lenz von Verena Kramer. »Und sagen Sie den Kollegen, was hier passiert ist. Außerdem brauchen wir einen Krankenwagen für Ihren Mann, aber das können die auch veranlassen. Und Sie gehen beide ins Haus und schließen sich ein. Verstanden?«

Die beiden nickten.

»Haben Sie eine Waffe im Haus?« Synchrones Kopfschütteln.

»Egal.«

Hain, der schon auf dem Weg zur Einfahrt zum Hof war, drehte sich um. »Komm, Paul.«

Die Polizisten verließen gemeinsam das Gelände, liefen auf die Straße, bewegten sich vorsichtig nach rechts und kamen etwa eine Minute darauf an Werner Hesslers Haus an. Dort stand ein blauer Skoda Octavia Kombi mit laufendem Motor vor der Tür.

»Vorsichtig, Thilo«, flüsterte Lenz. »Ich bin mir absolut sicher, dass der Typ weiß, dass er nichts mehr zu verlieren hat. Also keine Heldentaten. Wir kriegen ihn auf jeden Fall, auch wenn er uns abhaut.«

»Wenn das so ist, können wir ja eigentlich auch wieder rüber zu den Kramers gehen und dem guten Siggi beim Bluten zuschauen.«

»Idiot.«

Die beiden bewegten sich, immer Deckung hinter Bäumen oder einem Holzstapel suchend, auf die Tür zu.

»Wenn ich ihn richtig verstanden habe, dürfte er gerade dabei sein, Koller den Saft abzudrehen«, murmelte Hain.

Lenz deutete zunächst auf die Eingangstür und dann auf das riesige Nebengebäude.

»Du gehst ins Haus, ich rüber zu den Stallungen. Und bitte, Thilo, sei vorsichtig.«

»Geht klar, Boss. Das gilt aber auch für dich.«

»Los!«

Sie sprinteten vorwärts, jeder in seine Richtung. Hain war ein paar Sekunden später im Hausflur verschwunden, Lenz erreichte kurz darauf eine der Türen zu den Stallungen. Irgendwo im Innern hörte der Kommissar die typischen Laute von Rindern. Er drückte sich an die Wand und lauschte.

Nichts außer diesen verdammten Kühen.

In dem Raum, in dem er stand, offenbar eine Waschküche, sah er nichts von Belang. Mit zögernden Schritten bewegte er sich auf die Tür an der gegenüberliegenden Wand zu. Er drückte sie auf, warf einen kurzen Blick hinter die Tür, lief geduckt vorwärts und kauerte sich hinter ein altes, muffiges Ölfass. Hier war es deutlich dunkler als in der Waschküche, und er musste sich anstrengen, um die Umrisse der Gegenstände um ihn herum zu erkennen.

Zwei Schränke, eine Anrichte und etliche Regale. Ein paar Gartengeräte und eine Schneeschaufel.

Der Polizist hob den Kopf und wollte sich weiter nach vorn bewegen, als Hessler keuchend in der Tür auftauchte. Eine Glühbirne an der Decke flammte auf, und noch bevor der Leiter der Mordkommission auch nur im Ansatz reagieren konnte, hatte sich der Landwirt auf ihn geworfen und deckte ihn mit Fausthieben ein. Lenz versuchte, sich zur Seite zu drehen, um so dem Schlaghagel zu entkommen, doch Hessler fixierte ihn mit seinem linken Knie am Boden. Mit den Armen über dem Kopf sah Lenz sich um und entdeckte eine umgefallene Sprühdose neben dem Ölfass. Er streckte den rechten Arm nach vorn, was seine Deckung fast zur Gänze aufriss und ihm ein paar wirklich schwere Treffer einbrachte, griff sich die Dose, hielt sie in Hesslers Richtung und drückte auf den Knopf. Der Strahl kam überraschend gerichtet und traf den Bauern direkt ins Gesicht. Mit einem gequälten Schrei und vor den Augen gehaltenen Händen warf Hessler sich nach hinten.

»Verdammt«, schrie er auf. »Ich kann nichts mehr sehen.«

Lenz kam keuchend hoch, stellte sich vor seinem nun knienden Gegner auf und schlug ihm die rechte Faust krachend gegen den Schädel. »Das wird schon wieder«, brummte er dabei genervt.

Nun allerdings sprang Hessler auf, bewegte sich mit zusammengekniffenen Augen auf die Gartengeräte zu und hielt Sekundenbruchteile später drohend eine Mistgabel in den Händen. Ohne Vorwarnung schoss sein Körper vorwärts, die Gabel mit den vier massiv aussehenden Zinken direkt auf Lenz gerichtet. Der Kommissar versuchte, der Attacke auszuweichen, was ihm jedoch nur eingeschränkt gelang. Hessler erwischte ihn in der Aufwärtsbewegung am rechten Arm.

Oh, verdammt! Lenz blickte nach links und entdeckte an seinem Oberarm eine tiefe Fleischwunde, die sofort stark zu bluten anfing. Er taumelte zurück, stieß mit dem Rücken gegen die Wand hinter ihm und schnappte nach Luft. Hessler setzte nach, riss die Mistgabel zurück, nahm Anlauf und stürzte sich mit einem lauten, gellenden Schrei vorwärts.

Lenz erkannte instinktiv, dass er diesem vernichtenden Angriff, der sich direkt gegen seine Körpermitte richtete, nichts entgegenzusetzen hatte. Mit letzter Kraft sprang er vom Boden ab und konnte schließlich nur noch zusehen, was geschah. Wie in Zeitlupe nahm er wahr, dass die Zinken der Mistgabel immer näher kamen, reckte dabei den Hals, doch fliegen konnte er nicht. Dann hatten die Spitzen der Zinken seinen Unterleib erreicht und bohrten sich in das Fleisch. Fast hatte er den Eindruck, als könne er hören, wie das Metall jede einzelne Faser seines Körpergewebes durchtrennte. Dann jedoch durchzuckte ein solch gewaltiger, grenzenloser Schmerz seinen Leib, dass er mit weit aufgerissenen Augen aufschrie.

»Was …?«, kam es gurgelnd aus seinem Mund. Er senkte den Kopf und sah, wie Hessler die Mistgabel mit einer schnellen Bewegung aus ihm herauszog. Das Blut schoss in mehreren pulsierenden Fontänen Richtung Boden.

Oh, verdammt.

*

Thilo Hain hatte das gesamte Wohnhaus abgesucht und dabei nichts gefunden, das auf die Anwesenheit des entführten Sebastian Koller hinwies. Er wollte sich gerade dem Keller zuwenden, als ein markerschütternder Schrei aus dem Nebengebäude kam. Mit einer schnellen Bewegung drehte er sich um, flankte die vier Stufen hinunter und stieß in der Tür zu den Stallungen direkt mit Hessler zusammen. Dessen Kleidung war von oben bis unten mit Blut besudelt und in der Hand hielt er eine ebenso blutige Mistgabel. Hain machte kein großes Federlesen, deckte ihn mit ein paar gekonnt ausgeführten Kettenfauststößen ein und trat ihm danach mit voller Wucht in die Weichteile. Hessler fiel wie eine Bahnschranke nach hinten um, schlug mit dem Kopf auf dem Betonboden auf und machte keinen Mucks mehr. Der Oberkommissar strebte weiter in das Gebäude, sah sich in der Waschküche um und hörte die Geräusche der Rinder. Dazwischen jedoch war ein leises, kaum herauszuhörendes Wimmern zu vernehmen.

»Paul!«, schrie er. »Paul, wo bist du?«

Energisch stürmte er in den nächsten Raum. Dort blieb er für einen Moment in der Tür stehen, weil sich sein Gehirn einfach weigerte, den sich dort bietenden Anblick in der gebotenen Weise zu verarbeiten. Sein Boss und Freund lag auf dem Rücken, aus mehreren Wunden in beiden Oberschenkeln pulste Blut aus seinem Körper.

»Paul!«, brüllte er ebenso hysterisch wie ängstlich auf, sprang auf ihn zu und kniete sich neben ihn.

Der Hauptkommissar hatte eine aschfahle, bläulich schimmernde Gesichtsfarbe und seine Augen blickten in irgendeine Form der Unendlichkeit entgegen.

»Thilo«, flüsterte er kraftlos. »Er hat mich ziemlich ärgerlich erwischt.«

Hain griff mit beiden Händen in die Wunden und versuchte, das wild spritzende Blut unter Kontrolle zu bekommen.

»Halt durch, Paul, ich muss den Notarztwagen rufen.«

Damit nahm er die rechte Hand vom Bein des Kollegen und versuchte, an sein Telefon zu kommen. Mit zitternden, blutbeschmierten Fingern drückte er ein paar Tasten und wollte das Gerät an sein Ohr drücken, doch es fiel ihm aus der glitschigen Hand. Er griff danach, hielt es ans Ohr und wartete.

»Halt durch, Paule«, flüsterte er leise. Dann war die Verbindung zur Leitstelle hergestellt und er konnte seinen Standort und den Grund des Anrufs durchgeben. »Und macht schnell, Leute, bitte, meinem Kollegen geht es wirklich nicht gut.«

Das Telefon flog zur Seite und der Oberkommissar beugte sich erneut hinunter. Mit einer sanften Bewegung griff er Lenz unter die Arme und richtete ihn ein wenig auf.

»Sie sind gleich hier, Paul. Die kriegen dich schon wieder hin. Die flicken dich wieder zusammen, alte Hütte.«

Über Lenz' Gesicht huschte die Andeutung eines Lächelns. Er wollte etwas sagen, doch es kam nichts außer Blut aus seinem Mund.

»Ruhig, Paul, bitte. Nicht bewegen und nicht reden.« Er sah hinunter zu den Wunden, aus denen unnachgiebig Blut floss. Allerdings hatte es auf Thilo den Anschein, als würde das Pumpen ein wenig schwächer werden. Plötzlich sackte Lenz' Körper zusammen. Er verlor jegliche Spannung. Außerdem setzte seine Atmung aus.

»Bleib bei mir, Paul! Atme!«

Jetzt spannte sich der Torso des Freundes. Hain hielt das zunächst für ein positives Zeichen, doch das Zittern, das dann einsetzte, erschreckte ihn zutiefst. Es wurde von einem krampfartigen Zucken abgelöst und schließlich sackte der Oberkörper in die Arme des Oberkommissars. Lenz hob ein letztes Mal den Kopf, sah ihm ins Gesicht und nickte. Er nickte, nickte ein weiteres Mal, verzog schmerzverzerrt das Gesicht und riss die Augen auf. Seine rechte Hand griff nach der linken von Hain, drückte sie sanft und während er das tat, wurden seine Augen starr.

»Paul! Bitte! Paul! Tu mir das nicht an, Junge!«

Auf dem Hof ertönten die Sirenen eines Notarztwagens. Hain machte sich vorsichtig frei, rannte hinaus und wies den beiden Männern und der Frau den Weg.

»Machen Sie was, bitte! Ich will nicht, dass er stirbt!«

Der jüngere der beiden Männer schob ihn sanft, aber energisch in die Waschküche.

»Wir tun, was wir können. Aber Sie haben ja selbst gesehen, was mit ihm passiert ist.«

»Peter, wir brauchen den Defi«, rief die Ärztin laut. »Los, beeil dich!«

In Thilo Hains Gehirn kam alles gedämpft wie durch Watte an. Er beugte sich nach vorn und übergab sich. Als er ein paar Sekunden später wieder die Augen öffnete, wurde ihm bewusst, dass sich direkt unter ihm der immer noch leblose Körper von Werner Hessler befand.

29

Auf dem Hof von Werner Hessler war mittlerweile jeder freie Quadratmeter besetzt. Zu den etwa 20 Polizeieinsatzfahrzeugen hatten sich mehrere Notarztwagen und zwei Feuerwehrfahrzeuge gesellt. Hain stand mit Verena Kramer neben einem der Rettungswagen.

»Es sieht nicht gut aus, oder?«, fragte sie besorgt.

»Nein, ganz und gar nicht. Er hat schwere Verletzungen an beiden Oberschenkeln. Die Ärzte sind immer noch mit ihm beschäftigt.«

»Hat er Familie?«

Hain nickte. »Ich habe seine Frau schon verständigt.« Der Polizist senkte den Kopf.

»Wie geht es Ihrem Mann?«

»Ist versorgt. Seine Verletzung ist nur eine Fleischwunde.«

»Das ist wenigstens …« Er brach ab, weil in diesem Augenblick Maria um die Ecke kam. Sie hielt direkt auf ihn zu und er nahm sie zur Begrüßung in den Arm.

»Was ist passiert, Thilo?«, wollte sie ohne große Einleitung wissen.

Hain sah sie traurig an. Über sein Gesicht liefen dicke Tränen. »Ich weiß es nicht genau, Maria. Wie es aussieht, hat ihn der Typ, der diesen Koller entführt hat und der hier wohnt, mit einer Mistgabel verletzt. Beide Oberschenkel sind betroffen.«

»Aber das kann doch nicht so schlimm sein, Thilo. Wo ist er denn?«

»Wir können nicht zu ihm. Die Ärzte sagen, dass es wirklich ... verdammt ... eng ist.«

»Wie meinst du das, *verdammt eng*? Er ist doch nicht in Lebensgefahr, oder?«

Der Polizist zuckte mit den Schultern. »Ich kann es dir wirklich nicht sagen, Maria. Ich hoffe nur, dass das alles gut geht.«

Sie wollte sich gerade von ihm abwenden, als in der Tür, die zur Waschküche führte, die Notärztin auftauchte. Hinter ihr kamen mehrere weitere Mediziner her. Alle sahen abgekämpft, traurig und auch erschüttert aus. Hain und Maria gingen mit schnellen Schritten auf sie zu.

»Wie geht es meinem Mann?«, wollte Maria wissen.

Die Notfallmedizinerin sah ihr ins Gesicht und schluckte. »Wir haben alles unternommen, was in unserer Macht steht, aber die Verletzungen waren zu schwerwiegend. Wir konnten Ihren Mann nicht retten; er ist leider gestorben.«

»Was? Aber das kann doch nicht sein?«

»Leider ist es wirklich so, Frau ...?« Sie trat zu Maria, die durch sie hindurchstarrte, und berührte ihren Arm.

»Ich weiß, dass es keine schlimmere Nachricht im Leben eines Menschen gibt, aber ich kann Ihnen leider nichts Positiveres sagen. Wenn Sie ...«

»Das kann doch nicht sein«, murmelte Maria in Thilo Hains Richtung. »Das kann doch einfach nicht wahr sein.«

Dann sackten ihr die Beine weg.

30

»Seine beiden Oberschenkelarterien waren verletzt«, erklärte die Ärztin dem wie paralysiert wirkenden Polizisten, nachdem Maria versorgt, ruhig gestellt und in psychologische Betreuung gebracht worden war. »Bei einer völligen Durchtrennung von einer Arterie gibt es noch so etwas wie Hoffnung, aber wenn beide Arterien verletzt sind, ist das nahezu unmöglich. Ich muss Ihnen sagen, dass Ihr Kollege eigentlich schon tot gewesen ist, als wir hier ankamen, so leid mir das auch tut.«

Der Polizist schüttelte völlig apathisch den Kopf. »Es ist nicht auszuhalten, Frau Doktor. Ich weiß nicht, wie ich das hinkriegen soll.«

»Brauchen Sie auch etwas zur Beruhigung? Ich könnte das sehr gut verstehen, Herr Kommissar.«

»Nein, das möchte ich nicht. Ich habe hier noch zu tun.«

»Wie Sie meinen. Wenn Sie Ihre Meinung ändern sollten, lassen Sie es mich oder irgendeinen Kollegen einfach wissen.«

Er nickte. »Vielen Dank.«

Sie wandte sich ab und ging zu dem Notarztwagen, mit dem sie gekommen war. Hain lehnte sich mit dem Rücken an die Hauswand, starrte in den Himmel und ließ seinen Tränen freien Lauf.

Irgendwann tauchte ein Uniformierter vor ihm auf und sprach ihn vorsichtig an. »Wir haben den Entführten gefunden, Herr Kommissar. Er war in einem speziellen Raum unter dem Stall eingeschlossen. Wie es aussieht, geht es ihm den Umständen entsprechend gar nicht so schlecht. Nur der offene Bruch der Schulter sieht übel aus.«

Der Kripobeamte wischte sich die Wangen ab. »Ich schau mir den Stall gleich an.«

»Du solltest dir hier gar nichts mehr anschauen, Thilo«, hörte er im gleichen Augenblick von der Seite. Er drehte sich um und sah in das tieftraurige Gesicht von Kriminalrat Herbert Schiller. Der gab dem uniformierten Kollegen mit einem eindeutigen Blick zu verstehen, dass er mit Hain allein sein wollte. »Ich weiß nicht«, setzte er unbeholfen an, »was ich jetzt genau sagen kann oder soll oder müsste. Ich weiß es einfach nicht.«

Die Polizisten traten aufeinander zu und nahmen sich in den Arm. Beide weinten hemmungslos.

»Wir haben hier gleich den ganz großen Bahnhof zu erwarten, Thilo«, erklärte der Kriminalrat, nachdem sie sich voneinander gelöst hatten. »Du weißt, wie das ist, wenn ein Polizist im Dienst getötet wird.«

»Ja, das weiß ich, Herbert, das hatten wir schon. Aber ich wusste nicht, wie es ist, wenn ein Freund getötet wird.«

»Deshalb wirst du hier auf dem Hof gar nichts mehr unternehmen oder dir ansehen. Wenn es nach mir ginge, würde ich dich auf der Stelle zu unserer Psychologin schicken, aber das kann ich nicht anordnen. Ich werde später sicher noch bei ihr vorbeigehen, aber das muss jeder selbst mit sich ausmachen.«

»Ich werde nach Hause fahren. Carla ist der Ruhepol in meinem Leben, auf den werde ich mich auch in dieser Situation stützen können.«

»Das ist gut.« Schiller sah sich auf dem Hof um. »Ich habe gehört, dass Maria schon hier gewesen ist?«

»Ja. Sie ist umgekippt und jetzt in der Klinik.«

»Also versorgt?«

»Versorgt, ja.«

»Dann mach du dich jetzt auch los, Thilo. Ich kümmere mich hier um alles.« Der Kriminalrat legte seine Hände auf Hains Schultern. »Wir müssen spätestens ab morgen früh an dem Bericht arbeiten und erklären, wie es dazu gekommen ist. Meinst du, du schaffst das?«

»Muss ja.«

»Dann hau jetzt ab.«

»Kümmerst du dich um diesen Koller?«

»Natürlich.«

Hain schluckte. »Und auch um Werner Hessler?«

»Auch um den.«

Hain machte eine kurze Geste mit dem Kopf und wandte sich ab. Anscheinend überlegte er es sich anders, denn er drehte sich noch einmal um und trat an seinen Chef heran.

»Ich habe im ersten Moment ernsthaft daran gedacht, ihm eine Kugel zu verpassen«, flüsterte er ihm zu. »Aber anscheinend bin ich zu sehr Bulle, als dass ich es hinbekommen hätte.«

»Wäre mir sicher genauso gegangen. Aber gut, dass du es gelassen hast, ich brauche dich nämlich noch. Und zwar als guten Bullen und nicht als Knasti.«

»Passt schon.«

Hain warf noch einen Blick auf die Hofszenerie, atmete tief ein, wischte sich die erneut laufenden Tränen ab und ging davon.

EPILOG

Thilo Hain kämpfte sich mühevoll aus dem Bett. Carla, seine Frau, hatte die Zwillinge zu ihrer Mutter gebracht und war anschließend zur Arbeit gegangen. Er trat an den Kühlschrank, nahm eine Orangensaftflasche heraus, setzte sie an und trank sie in einem Zug aus.

Die letzten Tage hatten einem Spießrutenlauf geglichen. Wie Herbert Schiller schon gesagt hatte, war beim gewaltsamen Tod eines Polizisten großer Bahnhof angesagt, und genau das war eingetreten. Die Presse hatte sich bundesweit auf den Fall gestürzt und die internen Ermittler hatten Thilo mehr als acht Stunden durch die Mangel gedreht. Nun war er für eine Woche beurlaubt.

Zweimal hatte er sich Hilfe bei der Polizeipsychologin geholt. Es hatte, entgegen seiner Erwartung, gutgetan, mit ihr zu sprechen. Zwar war das taube, unwirkliche Gefühl, das sich immer einstellte, wenn er an Lenz dachte, noch längst nicht verschwunden, aber die Therapeutin hatte ihm klar gemacht, dass es einfach eine Frage der Zeit sei. Und dass es einfacher wäre, wenn er die Trauer zulassen würde. Mit einer Tasse Kaffee in der Hand war er wieder auf dem Weg ins Bett, als ihm die aufgeschlagene Lokalzeitung auf dem Küchentisch ins Auge fiel. Dort war ein Artikel von Carla mit einem Textmarker hervorgehoben worden. Er ging zurück, setzte sich und begann zu lesen.

Mit großer Übereinstimmung haben die Vertreter der mit der Sache befassten Ministerien heute beschlossen,

die weitere Zulassung glyphosatbasierter Unkrautver-
nichtungsmittel zu stoppen. Dies war, auch nach Aussage
eines Sprechers des Bundeswirtschaftsministeriums, nach
Bekanntwerden des sogenannten Shea-Gutachtens, *das*
anonyme Quellen dem Rechercheverbund aus WDR, NDR
und Süddeutscher Zeitung zugespielt hatten, unumgäng-
lich. Dort war durch Auswertungen von Quellen, die bisher
unter Verschluss gehalten worden waren, bekannt gewor-
den, dass der Wirkstoff Glyphosat offenbar für deutlich
mehr Krebserkrankungen verantwortlich ist, als bisher
angenommen. Natürlich, hieß es aus Berlin, werde man
weiter in dieser Sache forschen, die aktuelle Studienlage
ließe jedoch keine andere Herangehensweise zu.

Der Oberkommissar nickte wissend, nippte an seinem
Kaffee und blätterte dabei lustlos weiter in dem Blatt. Acht
Seiten weiter hinten kam er zu den Todesanzeigen. Er las,
weinte und las erneut. Dann stand er auf, zog sich seine
Sportklamotten an und ging joggen.

ENDE

Das Neueste aus der Gmeiner-Bibliothek

Unser Lesermagazin

Bestellen Sie das kostenlose Krimi-Journal in Ihrer Buchhandlung oder unter www.gmeiner-verlag.de

Informieren Sie sich ...

- **www** ... auf unserer Homepage:
  www.gmeiner-verlag.de
- **@** ... über unseren Newsletter:
  Melden Sie sich für unseren Newsletter an unter www.gmeiner-verlag.de/newsletter
- **f** ... werden Sie Fan auf Facebook:
  www.facebook.com/gmeiner.verlag

Mitmachen und gewinnen!

Schicken Sie uns Ihre Meinung zu unseren Büchern per Mail an gewinnspiel@gmeiner-verlag.de und nehmen Sie automatisch an unserem Jahresgewinnspiel mit »mörderisch guten« Preisen teil!

WWW.GMEINER-VERLAG.D
Wir machen's spanner